KB045771

너는 기억 못하겠지만

JIKYU 300 EN NO SHINIGAMI

ⓒ Fujimaru 2017

All rights reserved.

First published in Japan in 2017 by Futabasha Publishers Ltd., Tokyo.

Korean translation rights arranged with Futabasha Publishers Ltd.

through JM Contents Agency Co.

이 책의 한국어판 저작권은 JMCA를 통해
저작권자와 독점 계약한 ㈜북이십일에 있습니다.
저작권법에 의하여 한국 내에서 보호를 받는 저작물이므로
무단전재와 복제를 금합니다.

時給三〇〇円の死神

너는 기억 못하겠지만

후지마루 장편소설 | 김은모 옮김

arte

차례

일러두기
옮긴이 주는 괄호 안에 '옮긴이'를 함께 넣어 표기하였습니다.

프롤로그

살면서 잠깐 신기한 시간을 보낸 적이 있다.

흩날리는 눈 속. 부옇게 흐려진 세상에서.

우두커니 선 그에게 나는 이렇게 말했다.

내가 사신 아르바이트를 하던 때의 이야기야.

이 아르바이트는 최악이지.

시간 외 수당은 안 나와.

교통비도 없어.

아무렇지도 않게 이른 아침부터 불러내지.

게다가 유령 같은 '사자(死者)'를 저세상으로 보낸다는
상식 밖의 일을 시켜.

무엇보다 시급이 300엔이야.

300엔이라고.

어이없는 수준을 넘어서 웃음이 날 정도지.

정말로 돼먹지 못한 아르바이트라니까.

"하지만 말이야."

그래.

하지만.

"그래도 너한테 이 아르바이트를 추천할게."

묘비처럼 우두커니 선 그에게 나는 생명을 불어넣는다.

이 아르바이트는 최악이었다.

그러나 동시에 소중한 무언가도 붙잡을 수 있었다.

내 앞에서 사라져간 많은 사람들.

모두가 빛나는 희망을 주었다.

"알아주었으면 해. 이 세상에 멋진 사람들이 있었다는 것을."

분명 아무도 들어보지 못한 이야기.

흩날리다 사라지는 눈 같은 이야기.

그걸 지금, 너에게 전할게.

눈 속에서 나는 기억의 한 페이지를 펄럭 넘겼다.

1장

사신 아르바이트

"그럼 널 사신으로 채용할게."

"뭐?"

내가 현관문을 열자마자 하나모리 유키는 대뜸 그렇게 말했다.

같은 반이지만 이야기 한번 제대로 나눈 적 없는 여학생의 뜬금없는 말을 듣고 "예, 알겠습니다" 하고 대답하는 사람이 과연 이 세상에 있을까. 적어도 여기에는 없다. 없는 게 정상이지.

하지만 왜 이런 말을 듣게 되었는지 일단 짐작 가는 구석은 있었다.

어제 있었던 일.

빗소리와 함께 기억이 재생됐다.

어제 나는 한마디로 말하자면 '이제 어쩌면 좋을까'라는 기분으로 비를 맞으며 서 있었다.

너무나 갑작스레 쏟아지는 정체 모를 불안과 공포.

잿빛 빌딩들. 탁한 소용돌이같이 칙칙한 우산들의 행렬.

욕하는 듯한 빗소리. 비껴가는 사람들.

뭐가 원인인지는 모르겠지만.

아무튼 나는 비 내리는 횡단보도 앞에서 빚으로 찌든 인생에 넌더리가 났다.

6월의 비는 납덩이처럼 묵직했다.

"이런, 참 답답한 인생이군요."

"어…….."

그런 내 앞에 사람이 불쑥 나타났다.

새하얀 우산에 새하얀 카디건. 몹시 흰 얼굴에는 음산한 웃음이 맺혔다.

마치 처음부터 거기 있었다는 듯 남자는 이쪽을 바라보았다.

불길한 예감이 들었다.

과연 내 감이 들어맞은 걸까.

"도와드릴까요? 당신에게 딱 맞는 일이 있습니다."

"일?"

횡단보도 건너편에서 남자는 그렇게 말했다. 닿을 리 없는 목소리가 신기하게도 내 안에서 들려왔다. 심장을 붙잡힌 것 같아서 섬뜩했다.

나는 뭐라고 대답했더라.

몹시 선명하게 울려 퍼지는 그 목소리가 나에게 손을 휘휘 흔들었다.

"조만간 사람을 보내겠습니다. 그럼 안녕히 계십시오."

다음 순간. 어느새 남자는 사라지고 없었다.

비에 녹아든 듯이. 인파에 섞여든 듯이.

마지막까지 웃음을 흘리던 그 사람은 비 너머로 홀연히 사라졌다.

남겨진 나는 그저 우두커니 서 있었다. 어느 틈엔가 잿빛 공포는 물러갔다.

비일상과의 접촉은 어쩐지 얼떨떨했다.

"그럼 실례할게!"

"야, 잠깐만."

그리고 다음 날.

시각은 오후 5시. 구름이 어중간하게 낀 저녁녘.

난 어제의 만남이 꿈이 아니었음을 깨달았다.

"있어보라니까. 왜 멋대로 들어오는 거야."

"이야, 제법 지저분한 집에 사는구나."

"야, 이렇게 느닷없이 뼈 때리기 있나?"

하나모리 씨는 아주 무례한 소리를 내뱉고 천연덕스러운 얼굴로 밥상 앞에 앉았다.

윤기가 흐르는 머리는 나뭇잎 사이로 비쳐드는 눈부신 햇살 같다.

이목구비가 반듯한 얼굴은 맑은 수면을 연상시킨다.

덧붙여 늘 웃는 상인 데다 성격도 천진난만하여 사람들의 평판이 좋다. 반의 중심에서 항상 친구들을 웃기며, 요즘 유행하는 패션과 짧은 치마도 포함해 남학생들에게 인기가 폭발한다는 것이 내가 하나모리 씨에게 느끼는 인상이다.

보석 같은 눈빛이 긴 속눈썹을 스치며 나를 꿰뚫었다. 그린 계열 향수 냄새가 심장을 간질였다. 하굣길에 바로 온 걸까. 교복 옷깃 틈새로 살짝 내비치는 뽀얀 살결에 아주 약간 설렌 것은 사실이다. 하지만.

먼저 말해두겠다.

그런 감정은 순식간에 안개처럼 흩어졌다.

"거두절미하고 설명할게. 난 '사신'이라는 조직에서 일해. 너도 일하고 싶어 하니까 설명해주라는 지시를 받고 왔어. 일단 우리 목적은 미련이 남아 이 세상을 떠나지 못하는 '사자'를 저세상으로 보내주는 거야. 그리하여 사람들을 '행복'으로 가득 채우고 사회를, 더 나아가 세계를 '행복'하게 만든다는 이념 아래 일하고 있어. '행복'이야말로 인류의 희망! '행복'이야말로 존엄한 희망의 빛! 그걸 실현하는 게 우리의⋯⋯."

등등.

그 후로도 '행복이 어떻고', '행복이 저떻고' 하며 전혀 마음에 와닿지 않는 행복론을 펼쳐댔다. 이런 상황에서 품을 생각은 당연히 하나밖에 없다.

'아아, 완전히 잘못 걸렸네.'

그게, 생각해봐라.

빚에 쪼들려 졸업도 위태로운 고등학생 앞에 몹시 수상한 남자가 나타나는가 싶더니, 다음 날에는 미인 동급생이 어딘지 가르쳐주지도 않았는데 집으로 찾아와 행복론을 속사포처럼 쏟아낸다. 이건 두말할 것도 없이 '그건 그렇고 이 항아리 말인데, 단돈 20만 엔에 행복을 가져다준다니까'라는 패턴이겠지. 선글라스를 쓴 패거리가 연립주택 주변을 둘러싸고 있으면 100퍼센트다.

교실에서와 다름없이 출랑거리며 행복론을 난사하는 하나모리 씨에게 경계심을 품는 게 당연하다. 설마 동급생이 수상한 종교에 빠졌을 줄이야.

그런 마음이 얼굴에 드러나기라도 한 걸까.

"후후후. 사쿠라, 내가 위험하다고 생각하는구나."

"아니, 딱히 그런 건."

"시치미 떼기는. 얼굴에 다 쓰여 있어."

드러난 모양이다. 이거 실례했군.

하나모리 씨는 기분 나빠하는 기색도 없이 "네 마음은 이해해, 처음에는 나도 그랬거든" 하고 깔깔 웃으며 예상 외의 물건을 꺼냈다.

······어떤 의미에서는 항아리나 그림이 나왔을지도 모르 겠다.

"그럼 이 서류에 서명과 날인을 부탁해."

"서류?"

"응. 고용계약서야."

계약서. 계약서란 말이지.

"이 서류에 날인하는 순간, 사쿠라는 사신 아르바이트로 채용돼. 기간은 반년. 근무지는 이 동네 부근. 내가 선배 사수로서 지도를 맡을 거니까 잘 부탁해! 아, 덧붙여 급료는 일당을 먼저 지급할 거야. 질문 있어?"

"사신 아르바이트."

따라 말하면서 망설였다.

안다. 이런 수상한 서류에 사인하면 안 된다는 것쯤은.

분명 조그마한 글씨로 '항아리를 20만 엔에 구입'이라는 함정을 파놓았으리라는 것도.

하지만 '아르바이트'와 '채용'이라는 말에 크게 혹했다.

"질문해도 될까?"

"응, 물론이지."

"사신 아르바이트라는 거, 시급은 얼마인데?"

"300엔."

"제정신이야?"

무심코 폭언을 내뱉자 하나모리 씨는 받아쳤다.

"좋은 반응이야, 사쿠라. 너 재미있다."

아니, 뭐가 재미있다는 거야. 300엔이라니, 웃어넘길 일이 아니라고.

이 시점에서 마음을 접어도 됐겠지만 혹시나 몰라 질문을 계속했다.

그리고 이것이 바로 하지 말걸 그랬다 질문집이다.

"으음, 근무 시간은?"

"학생은 하루에 네 시간. 뭐, 근무 시간은 있으나 마나지만."

"어? 잔업이 있어?"

"응, 경우에 따라 조기 출근도 있고 잔업도 있어."

"시간 외 수당은?"

"없는데."

"뭐?"

"시간 외 수당은 없다고."

"한 푼도?"

"응. 덧붙여 근무 스케줄은 조정 불가능."

"……쩝."

"불가능."

"……"

"……"

"교통비는."

"노."

"복리후생은."

"노."

"보너스."

"당연히 노."

"유급 휴가."

"노."

"무지개의 네 번째 색깔은?"

"노란색!"

걸려들었군. 정답은 초록색이다.

이런 시답잖은 퀴즈나 내고 있을 때가 아니다. 아이고, 골치야…….

텔레비전에 보도되는 악덕 기업이 천국으로 보일 만큼 열악한 조건. 이거야말로 진정한 악덕 기업이라 할 수 있겠지. 과연 자칭 사신답다. 웬만한 악덕 사장은 명함도 못 내밀겠어.

과연 채용할 마음이 있기는 한지 의심스러운 하나모리 씨를 보고 있자니 도리어 웃음이 났다. 이런 조건으로 아르바이트를 하려는 사람이 있겠느냐는 의미도 포함해서다.

그런 내게 더 황당한 조건을 제시하다니 참 대단하다고 할 수밖에.

"아, 조건은 최악이지만 근무 기간을 채우면 어떤 소원이든 딱 하나 이루어주는 '희망'을 신청할 수 있어. 그것만

유념해둬."

"어휴."

덧붙여진 이야기에 그렇게 대꾸했다.

아니, 진짜로 어휴라는 말밖에 안 나온다. 뭐야, 생뚱맞게 희망이라니.

아주 멋진 조건처럼 소개해본들 사신이며 300엔으로 가득 찬 머리에 그게 들어올 리 있나. 정말 어떻게 반응해야 할지 난감하다.

"후후후. 내가 완전히 정신이 나간 게 아닐까 의심할 때가 됐는데."

"아니라니까."

"그래? 진짜로?"

이렇듯 이러지도 못하고 저러지도 못한 채 시간만 잡아먹었다.

이제 할 이야기가 다 떨어진 걸까. 하나모리 씨는 "그것보다 어제 개그 프로그램이", "요즘 코미디언은 옛날에 비해", "나 같으면 그 장면에서 팬티 한 장 차림으로" 등등 정말로 쓸데없는 잡담을 시작했다. 팬티 한 장이라니.

그리고 "믿든 말든 네 마음이야, 내가 해줄 말은 그게 다야", "그럼 이만 가야겠다, 내일도 같은 시간에 올게, 다음

주에 보자!"라는 말을 남기고 폭풍처럼 떠나갔다. 그 뒷모습을 바라보다가 내일인지 다음 주인지 확실히 하라는 마음으로 한숨을 쉬며 계약서에 눈길을 주었다.

보통은 찢어서 버리겠지.

한마디 하겠는데, 어떤 소원이라도 이루어준다는 헛소리를 믿는 건 아니다. 어차피 이렇게 험난한 아르바이트를 반년이나 계속했으니 앞으로 어떠한 고난도 극복할 수 있는 긍정적인 마음, 즉 희망이 생긴 거나 마찬가지라는 덜떨어진 소리나 할 테니까. 그런 헛소리에 혹한 것이 아니다. 하물며 수상한 종교를 믿겠다는 것도, 예쁜 동급생에게 홀랑 넘어간 것도 아니다.

다만 즉시 채용. 선지급.

여기에 너무 마음이 끌렸다.

"사신 아르바이트라."

아무도 없는 방에서 불쑥 혼잣말을 했다.

내가 태어나고 자란 이곳은 쇠퇴하지는 않았지만, 그렇다고 번성이라고 표현하기도 모호한 중소도시다.

여기서 국도를 타고 북쪽으로 10분쯤 가면 쓸모없이 높은 산 위에 내가 다니는 현립 고등학교가 있다. 찌는 듯이 더운 6월 하순에는 욕이 절로 나오는 위치다. 높으니까 시원한 바람이 불지 않느냐는 사람도 가끔 있지만 그만큼 태양이 가까우니까 더운 건 똑같다. 짜증나는 태양이 여름이 왔음을 알려준다.

더위 속에서 졸음이 최고조에 다다르는 세계사 수업이 진행되는 가운데, 문득 생각에 잠겼다.

어제 하나모리 씨에게 묘한 이야기를 들은 탓인가. 아니, 그거랑은 상관없다.

좀 예전 일이 떠올랐다.

'내 인생이 어쩌다 이렇게 됐담.'

한숨과 함께 투덜거렸다.

지금이야 이렇듯 의욕 없이 구제불능 상태지만 옛날부터 그랬던 건 아니다. 오히려 어릴 적에는 나름대로 장래를 촉망받는 소년이었다.

초등학생 시절.

나는 빠른 발을 살려 축구부에서 활약했다.

학교는 공부하는 곳이라지만 운동을 잘하는 학생이 잘나가는 곳이기도 하다. 당시 나는 반 중심에 서서 충분히 행복하다 할 만한 나날을 누렸다.

내 입으로 말하기는 그렇지만 여학생에게도 인기가 있

었다. 중학생 때는 동아리 매니저와 사귄 적도 있다. 서로 집이 가까워서 같이 등하교했다. 커서 결혼하면 정말 좋겠다고 생각했다. 그런 생각을 예사롭게 할 만큼 자신감이 넘쳤다. 자만심이 아니다. 걔도 나를 나름대로 마음에 품고 있었을 테니까.

행복해지리라고 믿었다. 의심의 여지가 없었다.

하지만 내 인생은 실질적으로 거기까지였다.

열다섯 살에 뼈저리게 느꼈다. 행복이란 잃고 나서야 깨닫는 법임을.

중학교 3학년 때. 어떤 이유로 다리를 다쳐 달릴 수 없게 된 것이 시작이었다.

그때부터 불행의 연속이었다. 말해봤자 재미없으므로 자세한 이야기는 생략하겠지만, 지금으로부터 1년쯤 전에 회사를 경영하던 아버지가 터무니없는 사고를 쳐서 체포됐고 신용을 잃은 회사는 도산했다. 부모님은 이혼했고 어머니는 외갓집으로 돌아갔다. 남은 건 죽을상으로 아득바득 일하는 아버지와 막대한 빚뿐이다. 내 인생은 단숨에 점심 값도 아껴 써야 하는 수준으로 전락했다.

그 때문일까.

"계약서라."

아무에게도 들리지 않도록 작게 중얼거렸다.

아버지가 평범한 사람이었다면 이 정도는 아니었으리라. 하지만 회사를 차리기 전에 정치가로 활동해 나름대로 유명했기 때문에 아들인 내가 받는 피해는 막심했다. 경영자들은 위험을 싫어하므로 나는 아르바이트 면접을 보는 족족 떨어졌다.

다리를 다친 탓에 힘쓰는 일을 못하는 것도 감점 요소였다. 온갖 걸 다 팔아서 돈을 마련해도 저금은 줄어들기만 했다.

대학은 이미 포기했지만 하다못해 고등학교만이라도 졸업하자 싶어 계산기를 두드리는 나날.

그런 상황에서…… 나는 꼭 목돈이 필요했다.

아니, 꼭은 아니다. 없으면 없는 대로 체념하겠지. 하지만 가슴속의 뭔가에 매듭을 짓기 위해 돈이 필요했다.

10만 엔은 바라지도 않는다.

하다못해 5만 엔이라도 벌 수 있다면.

이유를 들으면 대부분 "그런 일로?" 하고 말하겠지만, 그래도 개인적으로 5만 엔이 필요한 이유가 있었다.

아무리 생각해도 수상한 종교다. 행복을 연호하는 사람 중에 제대로 된 작자는 없다. 게다가 하필 사신이다. 행복이랑은 정반대 아닌가. 하지만 사이비 종교든 뭐든 조금이라도 벌 수 있다면. 내 건전한 식견과 판단을 애써 억눌렀다.

하나모리 씨가 권유했다는 점에도 영향을 받았는지 모른다. 아는 사람이 있으면 그래도 좀 든든하다. 게다가 아버지가 체포된 후로 동급생과 거리가 생겼는데 먼저 말을 걸어주어서 실은 조금 기뻤다.

쉬는 시간에 문득 아사쓰키 시즈카와 눈이 마주쳤다.

아사쓰키는 검은 머리를 하늘거리며 손을 살짝 흔들어주었다. 한순간 가슴이 철렁하여 아무도 모르게 살며시 손을 들었다. 아사쓰키는 다정함과 수줍음이 담긴 미소로 응했다. 잊어버리고 있던 마음속 한 부분이 뜨끔 쑤셨다.

어릴 적에는 성공하리라 믿어 의심치 않았다.

난 특별하다고 믿었다. 그 믿음은 일단 적중했다고 할 수 있겠지.

난 특별했다.

특별하게, 변변치 못한 인생을 살고 있다.

창밖 하늘을 올려다보다 호주머니에서 계약서를 꺼냈다. 혹시나 불리한 조항은 없는지 한 번 더 확인하고 깔끔하게 접어서 다시 호주머니에 넣었다.

바로 찢어버리지 않은 시점에서 답은 나왔는지도 모르겠다. 필요한 건 틀리지 않은 판단이라고 스스로를 설득할 시간이었다.

그걸 '생각한다'는 말로 달리 표현했을 뿐이다.

결국 나는 계약서에 사인했다.

오후 5시경 학교에서 돌아와 우편함에 아무것도 들어 있지 않다는 사실에 탄식하며. 그리고 "덥다 더워, 비와코 호수가 다 말랐을 때만큼이나 덥네" 하고 가슴께를 펄럭이며 찾아온 하나모리에게 계약서를 건넸다. 비와코 호수가 도대체 언제 말랐다는 거냐. 덧붙여 하나모리 씨라는 경칭은 "어, 지금 가슴 봤지? 사쿠라도 참 엉큼하구나" 하고 말한 순간에 두 번 다시 사용하지 않기로 맹세했다.

몇 번이나 말하지만 사신을 믿는 건 아니다. 하물며 어떤 소원이든 이루어준다는 문구를 믿은 것도 아니다. 돈만 벌 수 있다면 뭐든 상관없었다. 여차할 때는 그만두면 된다는 생각도 한몫했다.

"여기 1,200엔. 하지만 가슴을 봤으니까 1,150엔으로 깎아야겠다."

"싸네. 나도 모르게 줄 뻔했어."

농담은 접어두고 손에 쥔 첫 일당은 1,200엔이다. 당장 오늘부터 시작이다. 그건 놀랍지 않다. 그것보다 일당을 제대로 지불해서 안도했다.

동시에 드디어 괴상한 아르바이트에 뛰어들었다는 사실에 조금 불안해졌다.

과연 고등학생 둘이서 대체 무슨 일을 한다는 걸까.

이러저러하여 집을 출발해 현재 이동 중. 아무래도 직장은 걸어서 갈 수 있는 거리인가 보다.

슬렁슬렁 걷는 내 옆에서 하나모리가 "어제 저녁에 튀김을 먹었는데 김튀김은 앞에서 읽으나 뒤에서 읽으나 똑같아" 하고 전혀 상관없는 이야기를 늘어놓았다. 유감스럽게도 정말 흥미가 없었으므로 "그러게" 하고 맞장구만 치고 말았다.

하나모리 유키.

다시금 소개하자면 역시 남녀를 불문하고 다들 좋아하는 인기인이라는 한마디로 족하다.

고등학교에서 처음 안면을 튼 여자애. 2학년 때 같은 반이 되었다. 아이들과 잘 어울려 교실에서 겉도는 나에겐 손이 닿지 않는 그림의 떡. 남학생들이 '오늘은 브래지어가 비쳐 보일지 말지'를 두고 수군거리는 걸 들은 적이 있는 정도다.

늘 웃는 상이고 유머가 넘치며 무엇보다 예쁘다. 오늘도 교실에서 아이들에게 둘러싸여 즐겁게 모두를 웃겼다. 어제의 그건 뭐였을까 싶을 만큼 평소와 똑같았다. 예상한 바였지만 나에게 말을 걸지도 않았다. 걸어도 난감하겠지만.

그건 제쳐두고 사실은 이야기 한 번 제대로 나눈 적 없으면서 나는 하나모리가 거북하다.

왜냐고 물어도 답이 궁하다. 스스로 생각하기에도 참 실례다 싶다.

하지만 이렇게 눈을 똑바로 쳐다보는 여자를 보면 어쩐지 속사정이 있을 것 같다. 어머니와의 추억이 영향을 준걸까.

실제로 속사정이 있다고 봐야겠지. 이렇게 이상한 아르바이트를 권했으니까.

그리고 한 가지 더.

"야야, 사쿠라."

"응?"

"나 좋아해?"

"뭐야, 갑자기."

"후후후. 나님쯤 되면 남학생을 사랑의 포로로 만드는 건 일도 아니거든."

제 입으로 인기 있다고 자랑하는 사람 중에 제대로 된 인간은 없다.

판단 근거는 내 감이다.

"싫어하지는 않지만 특별히 좋아하지도 않는데."

"음, 그렇구나. 역시 아사쓰키를 좋아하는가 보네."

"응…… 으으응?!"

"귀청 떨어지겠네. 모를 줄 알았어?"

"야, 너 무슨…….'"

느닷없이 큰 고비가 찾아왔다.

당황하여 쩔쩔매며 애써 변명했다.

"무슨 소리야. 갑자기 아사쓰키가 왜 나와."

"얌전한 점이 좋아?"

"그러니까 좋아하는 거 아니라고."

"다리가 예뻐서?"

"아니래도. 그게 아니라."

"그래. 그게 아니겠지."

"그럼. 난 딱히 그런."

"가슴이 커서 좋아하는 거야?"

"아사쓰키한테 절대로 그런 말 하지 마. 농담 아니다."

히죽대는 하나모리를 보자 나도 모르게 얼굴이 붉어졌다.

뭐야. 너, 남자한테 그런 소리를 하는 타입이냐. 너무나 당황스러워 스스로도 느낄 만큼 얼굴이 화끈거렸다.

그런 나를 보고 하나모리는 경쾌하게 "아하하" 하고 웃었다.

웃는 얼굴이 초여름 햇살을 받고 눈부시게 빛났다.

"그럼, 다시 묻겠는데 나는 좋아해?"

"싫어."

"예쁜데도?"

"싫어."

"치마가 짧은데도?"

"싫어."

"드래곤퀘스트의 게레게레는 무슨 종족?"

"킬러팬서."

"사쿠라는 비앙카랑 플로라 중에서 어느 쪽이 좋아?"(드래곤퀘스트5에서 주인공이 비앙카와 플로라 중 한 명을 골라 결혼하는 이벤트가 있다 – 옮긴이)

"굳이 고르자면 플로라."

"아사쓰키는 플로라를 닮았지."

"그 이야기는 그만하라니까."

내가 언성을 높이자 하나모리는 또 "아하하" 하고 웃었다. 어쩐지 진 기분이다, 젠장.

그러더니 웃는 얼굴로 덧붙였다.

"다행이다. 싫어하는구나. 일단 확인해두고 싶어서."

무슨 뜻일까. 마음에 걸렸지만 귀찮아서 그냥 넘어갔다. 이 느슨한 분위기는 뭐지. 역시 싸구려 아르바이트답다. 너무 대충대충이다.

이렇듯 성질만 긁는 이동 시간이 지나갔다.

덕분에 '왜 넌 이런 아르바이트를 해?'라는 질문을 까먹었다. 나중에 돌이켜보건대 이건 꼭 짚고 넘어가야 했다. 그랬다면 이 아르바이트를 좀 더 깊이 이해할 수 있었을 테니까.

그도 그럴 것이 누가 믿느냐는 말이다.

이 시급 300엔짜리 아르바이트가.

정말로 사신 아르바이트임을.

이때는 추호도 믿지 않았다.

"사쿠라?"

"어, 아, 응."

목적지에 도착한 순간, 하늘을 올려다본 후 하나모리를 가볍게 째려보았다.

이 행동에는 이게 어떻게 된 거냐는 의미가 담겨 있다.

"안녕, 아사쓰키. 소개할게. 이쪽은 아르바이트 동료, 예쁜 여자에 사족을 못 쓰는 사쿠라야."

"야, 진짜 좀 하지 말라니까."

"응? 거, 뭐?"

"아사쓰키, 헛소리하는 거니까 신경 쓰지 마."

도착한 장소는 우리 집에서 20분쯤 떨어진 곳. 웬걸, 같은 반 아사쓰키 시즈카의 집이었다.

교복을 갈아입었겠지. 현관에서 맞이해준 아사쓰키는 시원해 보이는 사복 차림이었다.

하나모리가 황당해하는 우리를 본체만체하며 이야기를 진행시켰다.

"그러면 사쿠라, 아르바이트를 시작해볼까. 기념할 만한 첫 번째 업무는 아사쓰키의 고민을 해결하는 거야. 준비됐어?"

"엥?"

"어?"

엥이 나고 어가 아사쓰키다. 예상외의 전개라 당황스러

웠다.

'뭔 소리야.'

아니, 잠깐, 잠깐. 진심으로 뭔 소린지 모르겠다. 갑자기 이게 무슨 상황이람.

아사쓰키의 고민을 해결한다. 그게 사신 아르바이트? 어렵쇼.

아사쓰키도 나와 같은 기분인 듯하다. 갑자기 등장한 우리를 보고 명백하게 난처한 표정이다. 그럴 만도 하다. 평소 교실에서 어울리지 않는 반 아이가 찾아오더니만 고민을 해결해주겠다고 하니까. 이게 다 무슨 일인가 싶겠지.

나는 허둥대며 변명거리를 찾으려 애썼다.

미안해, 갑자기 찾아와 뜬금없는 소리를 해서.

당장 돌아갈게. 얘가 아무래도 더위를 먹었나 봐.

동시에 역시 이런 엉뚱한 아르바이트는 하는 게 아니었다, 이건 아르바이트가 아니라 하나모리의 몰상식한 장난이라는 생각이 들었다.

그런데 사태가 뜻밖의 방향으로 흘러갔다.

"아아, 그런 거구나."

"응?"

뭐지. 아사쓰키가 그렇게 중얼거리고 뭔가 이해한 듯한

표정을 지었다. "사쿠라는 아직 모르는구나" 하고 역시 작은 목소리로 중얼거리고 하나모리에게 눈짓하며 고개를 살짝 끄덕였다. 뭐야. 지금 이 말은 대체 무슨 뜻이지.

무슨 뜻인지는 나중에 알게 된다.

"갑작스러운 일이라 놀랐겠네. 미안해, 사쿠라. 그럼 다시 부탁할게. 사쿠라, 하나모리. 나 고민이 있어. 도와줄 수 없을까."

"어, 응. 그래야지."

진지한 아사쓰키와 곤혹스러움에 빠진 나. 하나모리는 그런 우리를 생글생글 웃으며 지켜보았다.

아직 상황을 완전히 이해하지 못한 나는 아랑곳없이 아사쓰키가 말을 이었다.

비장함이 담긴 투명한 목소리로.

"나, 꼭 고마움을 전하고 싶은 사람이 있어. 부탁이야. 도와줘."

아사쓰키의 고민은 실로 단순하면서도 복잡했다.

"하나모리한테는 요전에 설명했는데."

"실은 네 살 어린 여동생이 있어. 소아병 때문에, 요즘 내내 몸 상태가 별로야."

제1형 당뇨병.

아사쓰키는 병명을 그렇게 소개했다.

"생명에 지장은 없어. 그 정도는 아니야. 인슐린 주사를 제때 맞으면 돼. 하지만 지금은 병원 신세인 데다 매일 구역질로 고생하면 짜증이 나잖아. 그래서인지 신경이 예민해져서 아무하고도 말을 안 하려고 해. 고생하는 동생한테 뭔가 해주고 싶어. 부탁 좀 해도 될까?"

부모님은 일하러 가신 걸까.

아무도 없는 집에 들어가서 아사쓰키 방으로 안내받아 이야기를 들었다.

당연히 놀랐다. 몰랐다. 아사쓰키에게 그런 사정이 있었다니. 아사쓰키하고는 다른 초등학교를 나왔으니 터울 지는 동생에 대해 얘기할 일이 없었던 거겠지.

하지만 이런 유의 이야기는 그렇게 드물지도 않다. 반 아이의 형이 병으로 입원했다거나, 그런 이야기는 예전에도 들어봤다. 어느 집이든 그 집 나름의 사정이 있으리라.

다만 그런 것보다도, 아니 이렇게 말하면 실례겠지만 아무튼 꼭 먼저 확인할 부분이 있었다.

아사쓰키가 "마실 것 좀 가지고 올게" 하고 자리를 비운 틈을 노려 하나모리에게 따졌다.

"야, 어떻게 된 거야?"

"응? 왜 그래?"

"왜 그러냐니."

속사포처럼 질문을 쏟아냈다.

어떻게 된 거냐. 이게 무슨 사신 아르바이트냐. 아니, 이제 사신이니 뭐니 그건 제쳐놓자. 그보다도.

아사쓰키의 고민을 해결해주고 아사쓰키에게 돈을 받는 거야? 사업체 소속이 아니라 네가 취미 삼아 하는 일이야? 아사쓰키는 그걸 알아? 알면서 고민을 상담한 거겠지? 그 전에 너희들 친구였어? 교실에서 이야기하는 거 한 번도 못 봤는데. 아까부터 얼굴 거리가 미묘하게 가까운걸. 지금이 장난칠 때냐. 그만해, 얼굴이 빨개지긴 누가. 장난치지 말고 한번 제대로 설명 좀 해봐. 그런 질문을 단숨에 퍼부었다.

질문 끝에 돌아온 대답은 예상에 어긋나지 않았다고 할까. 달리 말하자면 기대에는 어긋났다.

"걱정 마, 괜찮아. 지금은 신경 쓰지 말고 아사쓰키에게 힘이 되어줘. 이 아르바이트가 뭔지는 금방 알게 될 거야."

그러고는 능글맞게 웃으며 사족을 덧붙였다.

"아사쓰키를 좋아하잖아. 멋진 모습을 보여줄 기회야.

이히히."

시끄러워. 목소리가 커. 아사쓰키가 들으면 어쩌려고. 동생에 대해 알고 있었던 걸 보니 아사쓰키와는 나름 이야기를 나누는 사이일 것이다. 그럼 나와 아사쓰키의 관계도 어느 정도는 알 테니, 괜한 참견은 하지 마. 우리 관계는 복잡하단 말이야.

그런 생각을 하는 참에 아사쓰키가 쟁반을 들고 돌아와서 마음을 다잡았다.

젠장. 너무 뜬금없고 이해도 안 가지만 이런 이야기를 듣고 그냥 돌아갈 수도 없다. 즉, 아사쓰키와 함께 고민해야 한다는 뜻이다.

솔직히 성가시기도 했고 아사쓰키의 동생을 위해 그렇게까지 힘을 써줄 만큼 착한 놈도 아니지만. 그래도 아사쓰키를 위해 할 수 있는 일은 해주고 싶었다. 그러니까 마음을 다잡을 수 있었던 거겠지.

결국 지금도 아사쓰키에게 미련을 버리지 못한 거다.

"으음, 그래서 아사쓰키 넌 어쩌고 싶은데? 고마움을 전하고 싶다면서."

"어, 구체적이지 못해서 미안한데, 아무튼 시오리, 아 동생 이름이야. 시오리에게 늘 고맙다는 마음을 전하고 싶어. 언니 노릇을 제대로 못 했는데 가능하면 그것도 사과하고 싶고."

"흠."

아사쓰키가 고개를 살짝 숙인 채 꺼내놓은 말에 모호한 콧숨으로 답했다. 뭐야 그게. 마치 동생과 다시는 못 만날 것처럼. 아사쓰키의 말에 작은 위화감을 느꼈다.

생명에 지장이 없다고 한 건 아사쓰키 본인이다. 그런데 어째서. 우리를 걱정시키기 싫어서 거짓말을 한 걸까.

사신 아르바이트라는 단어가 머릿속에 울려 퍼졌다.

사신은 공상의 존재다. 하지만 불길한 이미지는 씻어지지 않는다. 젠장, 하나모리가 하필 사신이라는 말을 꺼내는 바람에. 정체 모를 불안감에 짓뭉개질 것만 같았다.

하지만 지금은 그런 생각을 할 때가 아니다. 생각해본들 답은 안 나오고 물어봤자 하나모리는 대답해주지 않겠지. 아까부터 생글대며 빨대만 물고 있으니까. 그렇다면 내가 할 수 있는 일은 아사쓰키의 얼굴을 조금이라도 밝게 만드는 것뿐이다. 일단 아르바이트비도 먼저 받았으니.

"그럼 진부하지만 선물을 주는 건 어떨까? 선물로 기분을 풀어주는 김에 고마운 마음도 전하는 거지."

"오호라, 사쿠라는 여자한테 선물을 주는 타입이구나.

푸후훗."

"하나모리, 왜 거기서 웃는 거야?"

"응, 그러게. 선물이라. 뭘 가지고 싶어 하는지 알기는 아는데."

"뭐야, 그럼 이야기가 빠르지."

아사쓰키 말에 따르면 동생이 두 번째로 가지고 싶어 하는 것은 요즘 유행하는 가방이라고 한다. 여자 취향이라면 취향이랄까. 난 뭐가 좋은지 도통 모르겠지만.

아니, 그게 아니라.

"첫 번째는?"

"첫 번째는 됐어. 못 주거든."

"건강한 몸이나 뭐 그런 거야?"

"후후, 그건 아니고. 난 환자가 아니라서 잘 모르지만, 진심으로 그걸 바라는 사람은 별로 없지 않을까. 병에 걸린 사람은 일단 그 몸에 익숙해지려 애쓰는 모양이니까."

실언한 듯하다. 반성하자.

하나모리가 "눈치는 물에 말아먹었니" 하고 웃으며 핀잔을 줘서 울컥했다.

"걔가 가지고 싶은 건 그런 게 아니라 뭐랄까. 언제든지 손에 넣을 수 있지만 그런 줄 모르는 것? 에헤헤, 무슨 말인지 모르겠지. 신경 쓸 것 없어."

당연히 신경 쓰였지만 그 쓴웃음을 보니 궁금한 티를 내기가 미안했다. 그래서 더는 묻지 않고 넘어갔다.

그 후로도 우리는 자매 사이를 돈독하게 만들 방법을 찾아서 몇몇 의견을 주고받았다. 하지만 좋은 아이디어가 간단히 나올 리 없는지라 시간만 흘러갔다.

결국 처음에 제안한 '선물을 주는 김에 이야기해본다'는 방법이 제일 나을 것 같았다.

아사쓰키가 동의했으므로 그 방법을 써보기로 했다.

"오늘은 늦었으니 선물은 내일 사러 가야겠네. 토요일이라 학교를 쉬니까 선물 사서 병원에 갈 건데 같이 가주면 안 돼? 영 불안해서."

"물론이지. 걱정 붙들어 매셔, 아사쓰키."

"알았어."

물론 하나모리도 나도 거절할 이유는 없었다.

우리는 약속 장소와 시간을 정하고, 늦었으므로 이만 돌아가기로 했다.

"첫날은 제법 괜찮은 느낌이네. 내일도 열심히 하자, 사쿠라 대원!"

집을 나선 순간, 내 인사는 씹어 먹겠다는 듯이 하나모리는 제 할 말만 하고 장난스럽게 웃는 표정으로 쌩하니 돌아갔다.

여자 혼자 밤길은 위험하지 않을까 걱정할 틈도 없었다. 모퉁이를 돌아가 보았지만 어디에도 눈에 띄지 않았다. 아무래도 발이 겁나게 빠른가 보다. 그러고 보니 운동 신경은 나쁘지 않았던가. 잘 달려서 좋겠다고 중얼거렸다. 그냥 생트집이다.

"그럼 사쿠라. 또 보자."

"응, 갈게."

헤어질 때 "또 보자" 하고 인사하는 아사쓰키의 말버릇은 변함없었다. 손을 흔드는 모습도 그렇고.

교실에서처럼 남의 눈치를 보지 않는다. 아사쓰키답게 조심스러우면서도 다정함이 담긴 작별 인사. 이 작은 동작이 정말 좋다. 아사쓰키의 애틋함이 잘 드러난다.

솔직히 말하면 헤어지기 아쉬웠다. 하지만 이제 밤인데 여자 방에 단둘이 있고 싶다고 말할 용기는 없었다. 하고 싶은 이야기는 산더미처럼 많았지만 꾹 참았다. 분명 아사쓰키에게 민폐겠다 싶어서.

"안녕."

"응, 잘 가."

홀로 밤길을 걸으며 기분이 날아갈 듯하다는 것을 깨달았다.

아르바이트 때문은 아니다. 물론 돈 때문도. 아르바이트와 하나모리에 대해서는 여전히 백지 상태나 마찬가지였지만, 그건 아무래도 상관없었다.

아사쓰키와 오랜만에 이야기를 많이 나누었다. 가슴이 부푼 이유는 바로 그거다.

들떴다. 부정할 수 없다. 사람은 들뜨면 대번에 방심한다. 내일도 분명 좋은 하루를 보낼 거라고 착각한다. 좋은 일이 생긴 것을 계기로 앞으로의 인생도 펴지리라고 자만한다.

아무 근거도 없이.

딱 잘라 말하겠다.

아르바이트 둘째 날은 개떡 같았다.

떠올리기도 싫으니 간추려서 이야기하겠다.

한낮에 하나모리가 우리 집에 왔다. 아사쓰키와 만나기 전에 일당을 주러 온 모양이다.

토요일 출근은 각오한 바지만, 1,200엔을 보자 시간 외 수당과 주말 할증이 없다는 사실에 새삼 한숨이 나왔다.

아사쓰키를 위한 일이라며 스스로를 위로했다.

그 후 우리는 아사쓰키를 만나기 위해 백화점으로 향했다.

동생에게 줄 선물을 골랐다. 난 내버려둔 채 여자 둘이서만 신이 났다. 신기하게도 기분이 좋았다. 한참을 기다려도 짜증이 나지 않았다.

여기까지는 좋았다.

바꾸어 말하자면 여기까지만 좋았다.

병원에 가는데 버스로 30분쯤 걸렸다. 1,200엔이 차비 때문에 대번에 860엔으로 줄었다. 돌아올 일이 걱정이었다. 그런데 그 직후에 내 걱정과는 비교도 안 될 만큼 큰일이 터진다.

4인용 병실 앞에 도착했다. 환자가 여자애라 나는 복도에서 기다리기로 했다. 미닫이문이 닫혀서 돌아갈 차비나 계산해보려고 했다.

목소리가 들렸다. 분명 심상치 않은 목소리가.

당황스러웠다. 어찌 할 바를 몰라 우왕좌왕했다. 이 선택을 나중에 크게 후회하게 된다.

결국 내가 뭔가 행동에 나서기 전에 아사쓰키와 하나모리가 나왔다. 문을 닫는 순간 야멸찬 고함 소리가 들렸다.

억지로 웃음을 띤 아사쓰키의 얼굴이 뇌리에 박혔다. 보는 게 아니었다.

"사쿠라, 갈까."

"응."

우리는 병원을 뒤로했다.

선물은 어떻게 됐느냐고 도저히 물어볼 분위기가 아니었다.

참으로 경솔했다.

선물은 무슨. 좀 더 진지하게 생각했어야지, 이 멍청아.

동생 마음을 전혀 고려하지 않았다. 상상조차 하지 않았다. 건강한 몸을 바라지 않느냐고? 정말 아무 생각도 없었다는 증거다. 늘 이렇게 후회한다.

하나모리는 아무 말도 없이 뒤만 따라왔다.

그날 밤.

옛날에 아사쓰키와 둘이서 자주 갔던 공원에 왔다.

주택가 구석에 자리한 이 공원은 근처 주민의 민원에 죄다 응한 탓에 공놀이 금지, 반려동물 산책 금지, 고성방가 금지, 달리기 금지라서 도대체 뭣 때문에 만들어놨느냐고 따지고 싶어질 만한 곳이었다. 하지만 덕분에 단둘이서만 이야기를 나누기에는 딱 좋았다.

왜 이런 곳에 있느냐 하면 아사쓰키가 가자고 했기 때문이다.

병원에서 아사쓰키 집으로 돌아온 후, 퇴근한 아사쓰키 어머니가 저녁을 지어주었다. 나를 기억하는지 오랜만이라며 웃음으로 맞아주었다. 우리 아버지에 대해서는 언급하지 않았다. 예전과 다름없이 다정한 사람이었다.

저녁을 먹는 내내 하나모리가 떠들었다. 그것만으로도 분위기가 밝아졌다. 녀석 나름대로 마음을 썼는지도 모르겠다. 지금까지 내 멋대로 거북하게 여겨서 조금 부끄러웠다. 내가 플로라를 사랑한다는 이야기를 날조해서 말했을 때는 그런 마음도 싹 다 날아갔지만.

저녁을 먹고 나서 아사쓰키가 "잠깐만 둘이서 이야기하자"라고 제안했다.

그러자 하나모리는 이만 돌아가겠다고 했다.

"오늘 밤을 소중하게 간직해. 이런 기회는 두 번 다시 없을 거야."

헤어지는 순간에도 하나모리가 쓸데없는 소리를 하기에 한마디 쏘아붙이려고 하자, 어제처럼 재빨리 모퉁이를 돌아서 자취를 감추었다. 도대체 얼마나 발이 빠른 거야. 신출귀몰한 녀석이다.

이러저러하여 지금 나와 아사쓰키는 벤치에 나란히 앉아 밤하늘을 올려다보고 있다.

별이 총총한 여름 하늘이 잘 보였다. 우주에 은빛을 흩뿌리는 검은 캔버스가.

별자리는 하나도 몰라서 좀 아쉽지만.

"고마워."

아사쓰키가 편안한 침묵을 다정하게 깨뜨렸다.

달빛을 받으며 아사쓰키는 이렇게 말했다.

"도와줘서 고마워. 결과는 좋지 못했지만, 그래도 한 걸음 앞으로 나아갔어. 정말 큰 도움이 됐어."

수줍은 미소와 조금은 장난스러운 말투에 담긴 감사의 마음.

아무리 생각해도 감사를 받을 입장이 아니다. 도대체 뭘 했다고. 그래도 "도움이 되었다니 다행이네" 하고 대답했다. 그래야 제일 기뻐하리라는 걸 아니까. 난 언제 어느 때나 아사쓰키가 기뻐하면 좋겠다.

"걔, 언제부터인가 말 붙이기도 힘들어졌지만 옛날에는 안 그랬어. 언니, 언니 하며 얼마나 잘 따랐는데. 병 때문에 힘들 텐데도 내 앞에서는 늘 밝은 모습이었지. 그게 참 기뺐거든. 동생의 웃음을 한 번 더 보고 싶었는데…… 에헤헤, 잘 안 되네."

"다음 기회를 노려야지. 분명 시간이 해결해줄 거야."

나름대로 위로하겠답시고 꺼낸 말이었다. 진짜다. 진심으로 그렇게 되길 바랐다. 아사쓰키의 마음이 얼마나 아플지 짐작이 가고도 남았으니까.

결과적으로는 위로가 되지 않았는지도 모르겠다.

"그보다 오랜만에 사쿠라와 둘이서만 이야기를 하네. 옛날에는 매일같이 그랬는데."

"휴, 아버지가 그 모양이라 면목 없다."

"힘이 되어주지 못해서 미안해."

"무슨 소리야. 내가 헤어지자고 했잖아. 아사쓰키는 잘못 없어."

실제로 그렇다. 아사쓰키는 아무 잘못도 없다.

우리 집이 이런 꼴이 되어, 사람들의 꺼림칙한 시선을 받게 되어.

아사쓰키는 신경 쓰지 말라고 했지만 내가 견딜 수 없었다. 미안했다. 아사쓰키가 호기심의 시선에 시달리는 것이.

다리를 다쳐 뛸 수 없는데도 축구부 담당 선생님은 끝까지 함께하자고 설득해주었다. 하지만 나는 자포자기하듯

축구부를 탈퇴했다. 그때부터 축구부 매니저인 아사쓰키와 사귀는 것에 미안한 마음이 들었다. 나와 계속 만나면 아사쓰키가 비웃음을 당할 것 같았다. 하지만 그건 견딜 수 있었다. 그래, 그것까지는.

하지만 범죄자의 아들이 되었을 때는 더 이상 견딜 수 없었다. 사람들이 아사쓰키를 어떤 눈으로 볼지 생각하자 도저히 버틸 수 없었던 것이다.

나는 약해빠진 놈이다.

"저어, 사쿠라. 오랜만이니 실컷 이야기하자."

"하지만……."

"괜찮아. 오늘은 아무도 없는걸. 모처럼 단둘만이잖아."

떼쟁이 모드에 들어간 아사쓰키는 오랜만에 보았다.

모처럼 단둘만이라는 말이 메마른 가슴에 단비처럼 스며들었다.

"그럼 무슨 이야기를 할까."

"하나모리랑 어디까지 진도를 나갔는지 가르쳐줘."

"잠깐, 갑자기 웬 착각? 딱히 그런 사이 아니야."

"하나모리는 미인이잖아. 역시 사쿠라도 예쁜 애를 좋아하는구나."

"진짜로 왜 이래? 아니라니까. 어, 혹시 화났어?"

아사쓰키가 떼쟁이 모드에 들어가면 감당이 안 된다는 게 생각났다. 사귀는 사이든 헤어지고 나서든 결국 아사쓰키에게는 못 당한다.

그 후로도 우리의 대화는 계속됐다.

주로 아사쓰키가 만약의 미래를 상상하고, 내가 그에 응하는 식이었다.

만약 같이 대학에 간다면 어디가 좋을까. 만약 함께 여행을 간다면 어디가 좋을까. 만약 집을 짓는다면, 아이를 키운다면.

얼굴이 살짝 붉어질 만한 만약의 미래에 관해 이야기를 나누었다.

즐거웠다. 틀림없이 행복했다.

이대로 시간이 멈추기를 바랄 만큼 행복했다.

내 왼쪽에 앉은 아사쓰키가 오른손을 벤치에 얹었다. 손을 뻗으면 닿을 거리. 그래도 잡을 용기는 없었다. 하지만 기뻤다. 다시는 못 잡을 줄 알았던 밤하늘 달이 아직 손닿는 곳에 머물러 있었다는 것이. 다시 시작할 수 있을지도 모른다는 것이.

얼마나 대화를 나누었을까.

갑자기 아사쓰키가 희한한 이야기를 꺼냈다.

"사쿠라, 난 눈을 보면 그 사람이 뭘 바라는지 알아."

"아, 응?"

뜬금없는 말에 뭐라 반응해야 좋을지 몰랐다.

"앗, 안 믿는구나. 진짜야. 한 번이라도 눈이 마주치면 그 순간, 딱 안다니까. 시오리가 원하는 것도 그렇게 알아냈는걸."

"아아…… 그래."

쿡쿡 웃는 아사쓰키에게 열없는 목소리로 답했다. 어떤 반응을 원하는지 경험이 미숙한 나로서는 짐작이 가지 않았다. 뭐지 이건. 아사쓰키 나름의 개그일까. 그렇다면 받아주는 게 정답이려나.

"그럼 나도 같이 알자. 음…… 현대국어 후루키가 원하는 건?"

"요시다 선생님."

"어우야, 정말?"

충격적인 발언에 나도 모르게 큰 소리가 나왔다.

분명 서른 살은 어릴 텐데. 아니, 그래서인가.

"정말이고말고. 깜짝 놀랐지?"

"너무 놀라서 간 떨어질 뻔했어. 그럼 요시다가 원하는 건 뭔데?"

50

"얼마 전에 결혼한 아오야마 선생님."

"우리 학교 완전히 개판 5분 전이로구나."

"아하하, 재미있다."

이것도 아사쓰키 나름의 개그일까. 센스를 따라잡기 힘들어서 헛웃음밖에 안 나왔다. 동시에 아사쓰키의 장난기를 발동시킨 나 자신이 조금 자랑스러웠다. 분명 이 세상에 나뿐이리라. 교실에서는 얌전한 아사쓰키에게 이런 웃음을 안겨줄 수 있는 사람은.

"그럼 하나모리는? 걔는 척 보기에도 현실에 충실한 타입이라 허황된 바람은 안 품을 것 같은데."

"하나모리는 세계 평화려나. 참 귀엽다니까."

"세계 평화가 귀여운 발상은 아닐 텐데."

뭐, 확실히 얼굴은 귀엽지만, 세계 평화라니. 무슨 의미로 한 말일까.

내가 의아해하자 아사쓰키가 기습을 가했다.

"덧붙여 사쿠라가 원하는 건."

"어, 나?"

"후후후."

"잠깐. 뭐야, 그 의미심장한 웃음은."

"아하, 그래, 그래."

"뭔데? 똑똑히 말해봐."

"알았다. 사쿠라는 육감적인 여자를 좋아하는구나."

"웬 망발이래. 야, 아사쓰키."

자기 몸을 끌어안는 포즈를 취하며 웃는 아사쓰키에게 허둥지둥 항의했다.

"아사쓰키, 타임. 뭐야, 무슨 말을 하고 싶은 건데?"

"아하하. 아무것도 아니야. 어머, 참. 아하하."

오랜만에 웃었다. 오랜만에 아사쓰키와 이야기를 나눴다. 아사쓰키가 이렇게 나를 봐준다. 그게 죽도록 기뻤다.

어느덧 나는 자연스럽게 아사쓰키에게 다가붙어 장난을 치며 어깨가 들썩이도록 신나게 웃었다. 아사쓰키는 기쁜 표정으로 몸을 이리저리 뒤틀었다.

가녀린 어깨가, 부서질 듯한 온기가, 옅은 향기와 더불어 나를 매혹시켰다.

나는 입이라도 맞출 수 있을 법한 거리에서 아사쓰키와 마주 보았다.

"사쿠라."

어느 틈엔가 웃음이 사라졌다. 좀 더 특별한 감정이 깃들었다.

촉촉한 눈동자가 나를 붙들고 놓아주지 않았다.

장난기 어린 웃음소리도 자취를 감추었다.

"네가 정말로 원하는 건 온기지. 하지만 난 그걸 줄 수 없어. 너도 알 거야. 그러니까 미안해."

"……."

무슨 뜻일까. 이때는 이해가 가지 않았다.

다만 뭐랄까.

농담이 아니라 진심으로 하는 말처럼 들렸다.

"저기."

"왜애?"

"우리, 언젠가 다시 시작할 수 있을까?"

"후후, 글쎄."

"꿈꿔도 될까?"

"난 이 시간이 꿈같아."

"장난치지 말고."

아사쓰키가 키득 웃었다.

"하지만 사쿠라는 하나모리와 사이가 좋아 보이던걸."

"장난치지 말래도. 그런 거 아니야."

"진짜?"

"진짜야. 내가 좋아하는 건."

"좋아하는 건?"

말문이 막혔다. 말할 수 없었다.

아사쓰키를 괴롭히기 싫으니까. 아니, 그게 아니다.

내가 상처 입기 싫으니까.

"……역시 관둘래. 다음에."

"후후, 싱겁기는."

아무 대꾸도 못 했다. 정말로 한심한 놈이다. 부정할 수 없다.

그렇지만. 이때 나는 간절히 바랐다.

언젠가 꼭. 언젠가 꼭 다시 시작할 때가 온다면.

그때는 꼭, 반드시 아사쓰키를.

그런 꿈을 꾸는 건 과연 잘못일까.

행복한 달 아래서 밤기운에 잠겼다.

이제 많이 늦은 시간이라 아사쓰키를 집에 돌려 보내기로 했다.

집까지 바래다주고 현관 앞에서 "학교에서 보자"하고 인사했다. 여기까지는 예전과 똑같았다. 1년 전까지만 해도 흔히 이랬다.

"오늘 정말 즐거웠어. 잔뜩 투정 부렸는데도 잘 받아줘서 고마워. 바이바이, 사쿠라."

"어, 그래."

오늘 밤은 여느 때의 '또 보자'가 아니었다. 왜일까.

혼자 걷는 밤길은 무더웠다. 구름에 가렸는지 방금 전까지 빛나던 달이 보이지 않았다.

……오늘 밤을 소중하게 간직해.

어째서인지 하나모리가 남긴 말이 문득 떠올랐다.

이상한 꿈을 꿨다.

어두운 수렁으로 가라앉는 꿈. 돌이킬 수 없는 지경에 빠지는 꿈.

식은땀을 흘리며 깨어나 꿈이었음에 안도하고, 일요일임에 안심했다. 오늘은 집에서 안 나가도 된다. 학교에서 호기심의 눈길에 시달리지 않아도 된다. 실은 아무도 보지 않는다는 걸 알면서도.

"……."

오늘도 집에 들어오지 않은 아버지 걱정은 당연히 안 하지만, 역시 아사쓰키 생각은 머리를 떠나지 않았다. 스마트폰을 팔아버려서 연락할 방법이 없다. 하지만 아사쓰키의 휴대전화 번호는 잊어버리지 않게 잘 메모해두었다.

거실에 있는 전화 수화기를 들고 번호를 눌렀다.

딱히 깊은 의미는 없었다. 그냥 목소리를 좀 듣고 싶었다. 목소리를 듣고 아까 꾼 꿈을 잊을 수 있다면 그만이었다.

단지 그뿐이었다.

"안녕, 사쿠라. 자, 오늘도 기운차게 아르바이트를……."

"어떻게 된 거야!"

입을 열자마자 내뱉은 첫마디.

나는 오늘도 한낮에 찾아온 하나모리에게 다그쳐 물었다. 그러고는 현관문을 열고 하나모리의 손을 잡아당겨 집 안에 들인 후 소리 질렀다.

문을 쾅 닫고 가느다란 어깨를 잡고 흔들며 가라앉지 않는 분노를 폭발시켰다.

그렇게라도 하지 않으면 미쳐버릴 것 같아서였다.

"아야야. 갑자기 왜 이래, 사쿠라?"

"잔말 말고 네가 아는 걸 다 털어놔."

평소와 다름없이 구는 하나모리를, 난생처음 내보는 무서운 목소리로 위협했다.

어쩔 수 없다. 이 녀석은 틀림없이 뭔가 알고 있을 테니.

오늘 아침에 아사쓰키에게 전화를 걸었지만 연결되지 않았다. 이 번호는 사용되지 않는다는 안내 멘트가 흘러나왔다.

그때만 해도 수상하게 여기지 않았다. 모르는 사이에 휴대전화를 바꿨겠거니 했다. 알려줄 기회가 없었나 보다 싶었다.

문제는 아사쓰키 집에 갔을 때 발생했다.

목소리를 꼭 듣고 싶은 마음에 민폐인 줄 알면서도 갔다. 그런데…….

"어머니께 아사쓰키한테 볼일이 있다고 했어. 그랬더니 이미 한 달 전에 교통사고로 죽었대. 너도 알면서 왜 그러느냐고 하시더라. 어떻게 된 거야. 대체 뭐야. 뭐가 어떻게 된 거냐고!"

거기서부터 횡설수설 말했다. 아니, 소리쳤다.

무슨 소리를 하는지 나도 모를 정도였다. 아무튼 불안, 분노, 공포, 절망을 몽땅 뒤섞어서 고함을 질렀다.

무슨 일이 생겼다. 무슨 일이 벌어지고 있다.

뭔가 잘못됐다. 대체 이건 무슨 농담이람.

아사쓰키 어머니의 얼굴이 뇌리에 박혔다.

절망과 분노로 채색된 그 표정은 평생 못 잊겠지.

딸을 잃은 어머니의 그 표정은.

"아사쓰키의 여동생이 제일 원했던 건 언니와 함께하는

시간이었어. 하지만 당연히 곁에 있으리라 여긴 탓에 언니를 소홀하게 대했지. 아사쓰키는 '사자'가 된 후 그 사실을 알고 어떻게든 화해하려 애썼어. 하지만 뭘 어떻게 해도 허사였지. 그래서 아사쓰키는 더 이상 삶을 이어나가길 포기한 거야."

"뭐?"

내 시선을 받으며 하나모리가 천천히 그렇게 말했다.

평소와 다름없이 밝고 시원스러운 표정과 목소리로.

하지만 내가 모르는 뭔가를 어른거리며 말을 이었다.

"이런 기회는 두 번 다시 없을 거라고 내가 그랬지. 아사쓰키는 이미 죽은 '사자'야. 미련을 끊지 못해 잔혹한 추가 시간을 얻은 슬픈 존재지. 눈을 보면 원하는 걸 안다는 이야기는 들었어? 그게 아사쓰키가 얻은 사자의 힘이야. 어제까지 있었던 일을 아무도 기억하지 못하는 건 존재하지 않는 역사가 수정되었기 때문이고. 기억할 수 있는 건 우리 같은 사신들뿐이야."

"……."

하나모리가 단숨에 이야기를 끝맺자 말문이 턱 막혔다.

뭐야. 무슨 소리야.

대체 얘가 무슨 소리를 하는 거지. 전혀 이해가 안 돼.

하나도 모르겠어. 하나도.

떠올랐다.

빗소리가. 비가 내리던 그날이. 빗속에 서 있던 하얀 형체가.

그건, 설마, 그런.

"다시 말할게."

하나모리가 입을 열었다.

어쩐지 구슬프고 서글픈 미소가 어렴풋이 맺힌 얼굴로.

하나모리는 내 이해력이 미치는 세상의 경계선에 서서 설명했다.

"사쿠라. 이게 바로 사신 아르바이트야. 이 세상에 남은 가엾은 '사자'를 저세상으로 보내는 게 우리 업무지. 아사쓰키는 이미 죽었어. 그리고 어제 남은 미련을 버리고 무사히 여행을 떠났지. 그게 다야."

"사…… 사신."

멍한 정신으로 우두커니 서 있는 것이 고작이었다.

모르겠다. 무슨 소린지 모르겠다.

단 하나 분명한 건.

"진짜야. 내가 좋아하는 건."

"좋아하는 건?"

"……역시 관둘래. 다음에."

"말도 안 돼. 그런."

절망하며 깨달았다. 아아, 또 실수했구나.

사람은 언제나 잃고 나서야 후회한다.

언제나 잃고 나서야 소중했음을 깨닫는다.

알고 있었는데. 행복은 반드시 망가진다는 걸 알고 있었
는데.

그런데 또 실수하고 말았다.

이날, 아사쓰키 시즈카는 이 세상에서 사라졌다.

2장

하얀 편지

내 한마디에 아사쓰키는 싫다고 고개를 저었다.

나는 아무 대꾸도 않고 가만히 서 있었다.

잠시 후 가망이 없음을 깨달은 걸까.

아사쓰키는 눈물을 글썽이며 "또 보자"라는 말을 남기고 떠났다. 나는 아무 말도 못 했다.

그리하여 우리가 함께한 시간은 덧없이 끝났다.

생각해본다.

만약 그때 다른 선택을 했다면, 다른 미래를 맞았을까. 아니면 아무리 발버둥 쳐도 운명을 거스를 수는 없었을까.

이제는 알 수가 없다.

"이 세상에는 죽었는데도 저세상으로 가지 못하는 사람들이 있어."

망연자실한 나에게 하나모리가 말했다.

현관에서 얼마나 넋을 놓고 있었을까. 하나모리가 내 손을 잡고 끌다시피 거실로 데려왔다.

그리고 밝혔다.

이 세상의 잔혹한 진실을.

"확실한 기준은 몰라. 아무튼 미련을 품고 죽은 사람 중에서 드물게 '사자'가 탄생해. 신의 힘으로 이 세상에 가둬진 불쌍한 존재가. 그리고 그들이 탄생한 순간 세상은 가짜 모습…… 추가시간으로 모습이 바뀌어. 그 세상에서는 죽음이 무효화돼."

거기까지 이야기하고 설명이 부족했다고 느꼈는지 하나모리는 고민하는 표정을 짓다가 다시 입을 열었다.

"아사쓰키는 한 달 전에 교통사고로 죽었어. 하지만 무슨 미련이 남아서 '사자'로 선택됐지. 그 때문에 세상이 아사쓰키가 죽지 않은 모습으로 재구성된 거야. 아사쓰키도 깜짝 놀랐을걸. 분명 사고 난 기억이 있는데, 사고가 났다는 사실 자체가 싹 지워졌으니까. 게다가 그걸 자각하는 건 아사쓰키 본인뿐이야. 사쿠라도 가짜 역사가 시작된 줄 몰랐지?"

내가 침묵으로 대꾸하자 하나모리는 말을 이었다.

"처음에 '사자'는 다들 기뻐해. 당연하지. 이미 죽었는데도 죽지 않은 셈이니까. 하지만 얼마 지나지 않아 깨달아. 추가시간이 몹시 잔혹하다는 사실을."

잔혹.

그 말이 내 어딘가에 콱 박혔다.

"추가시간은 미련을 해소하기 위해 주어진 제한된 시간이야. '사자'는 미련을 풀어서 추가시간을 끝내고 이 세상을 떠나든가, 언제 닥칠지 모를 종료시간을 기다리다 이 세상을 떠나든가 둘 중 하나를 선택해야 해. 게다가 어느쪽을 선택하든 추가시간에 생긴 모든 일과 기억은 무효화되지.

아무리 발버둥 쳐도 '사자'는 죽음이 찾아오는 걸 피할수 없어. 그리고 추가시간에 뭘 어떻게 하든 아무것도 남기지 못해. 학교에 다녔던 것, 동생에게 가방을 선물한 것등등 추가시간에 아사쓰키가 행한 모든 일은 모조리 무효화되고, 관련된 사람들의 기억도 아사쓰키가 사고로 죽었다는 원래 역사로 수정돼. 기억을 유지할 수 있는 건 다른 '사자'와 사신뿐이야."

아무 대꾸도 못 하는 내 앞에서 하나모리는 설명을 계속했다.

'사자'는 죽음의 공포와, 이 세상에 아무것도 남기지 못한다는 사실에 사로잡혀 대부분 절망한다.

그런 그들을 지원하는 조직이 사신이다.

이 조직은 일상의 이면에서 전 세계에 존재한다.

창설자와 조직의 전모, 자금 출처는 알려진 바 없다.

업무 지시와 일당도 전부 어디선가 우편으로 보낸다.

그런 내용이었다.

"그리고 이게 제일 중요한데…… 아까 말했다시피 추가 시간이 끝나도 다른 '사자'와 사신은 기억이 수정되지 않아. 그들과 관련된 뭔가, 예를 들어 추가시간에 아사쓰키에게 펜이라도 받았다면 그건 사라지지만, 펜을 받았다는 기억은 유지돼. 다만 아르바이트 기간인 반년 동안만이야. 일을 그만두는 순간 아르바이트를 하면서 얻은 기억은 모조리 상실되고, 사신이었다는 사실마저 잊어버려."

정말로 중요한 사항이라는 듯 하나모리는 내 눈을 쳐다보며 힘주어 말했다. 뭔가 기원하는 듯한 눈동자. 그 눈을 바라보며 머릿속으로 지금 들은 이야기를 곱씹었다. 신기하게도 나는 하나모리의 이야기를 완벽하게 이해했다.

솔직히 말해 믿기 힘든 이야기였다. 지금까지 살아온 인생이 게임처럼 느껴질 만큼 충격적이었다. 이렇게 비일상적인 일이 존재하다니. 그래도 단박에 믿었다. 이유는 안다. 오늘 아침에 본 그 표정이 모든 걸 말해주었으니까.

딸을 잃은 어머니를 처음으로 보았다. 그 사람 눈에 나는 어떻게 비쳤을까.

그 표정을 보았으니 믿을 수밖에.

'사자'가 정말로 존재한다는 것을.

"사쿠라, 괜찮아?"

"……응."

'괜찮을 리 있나.'

그와 동시에 이해와 수용은 완전히 별개라는 것도 깨달았다.

안 그래도 아사쓰키의 죽음이 믿기지 않는 상황인데, 이런 이야기까지 들었으니 참는 데도 한계가 있다. 솔직히 말하자. 나는 아직 하나모리를 용서할 수 없었다.

왜 가르쳐주지 않은 거지.

하나모리의 눈을 보며 떠오르는 생각은 그것뿐이다.

그날이 아사쓰키와 보내는 마지막 밤이라고 왜 알려주지 않았을까. 이유는 하나다. 믿지 않으리라 여겼겠지. 실제로 그렇다. 나는 사신 아르바이트를 종교 활동 비슷하게 받아들였다. 아사쓰키를 죽은 사람 취급했다면 아르바이트를 시작하지도 않았을 것이다. 그렇게 생각하면 오히려 하나모리에게 고마워해야 한다. 마지막 시간을 함께할 기회를 만들어주었으니까. 거기까지는 머리로 이해했다.

하지만 여기서 냉정하게 매듭을 지을 수 있을 만큼 난 어른이 아니었다.

뭔가 좀 더 괜찮은 방법도 있었을 거야. 마지막 시간이었다고.

갈 곳 없는 분노는 애먼 화풀이로 퇴화한다. 결국 나는 그 정도의 인간이다.

"하나모리."

"응?"

"돌아가."

"……음, 그래."

하나모리의 중얼거림을 끝으로 실내에 침묵이 드리웠다. 여름이라 그런지 짜증이 나서 그런지, 가만히 있자니 방이 푹푹 찌는 듯이 더웠다.

하지만 어쩔 수 없다. 도저히 뭔가 이야기할 기분이 아니었다.

"응, 알았어. 그럼 오늘은 몸이 안 좋아서 쉬는 걸로 해둘게. 하지만 내일부터는 열심히 일해야 해. 땡땡이치면 혼날 줄 알아!"

하나모리가 익살을 떨었지만 침묵으로 일관했다. 정말로 비겁한 놈이라고 자각했다.

그런 내게 하나모리가 종이 한 장을 내밀었다. 퇴직신청서라고 적혀 있었다.

아무래도 진짜 퇴직신청서인 모양이었다.

"혹시 정말 그만두고 싶다면 이걸 우체통에 넣어. 이건 사쿠라에게 일상을 되돌려줄 이정표야. 이걸 제출하면 사신 자격을 박탈당하고 아르바이트를 하면서 얻은 기억을 전부 잃어버리거든."

다만, 하고 하나모리는 덧붙였다.

"일단 퇴직하면 다시는 사신이 될 수 없어. 그럼 아사쓰키와 함께한 추가시간을 영원히 잃는다는 것만 알아둬. 뭐, 어차피 반년 후에는 잊어버릴 테지만."

그 말을 남기고 하나모리는 "그럼 내일 보자, 밥 잘 챙겨 먹어!" 하고 웃는 얼굴로 손을 흔들며 돌아갔다. 밝은 웃음이 나를 한층 비참하게 만들었다. 비참한 기분은 더 큰 분노로 이어져 나를 좀먹었다.

하나모리의 향기가 감도는 방에 또 서류 한 장과 함께 남겨졌다.

일상을 되돌려줄 이정표.

슬픔과 분노를 잊을 유일한 수단.

이런 게 있다 한들 답은 나오지 않는다.

나올 리 없다. 답이 다 무슨 소용인가.

"아사쓰키."

아무도 없는 방에서 불쑥 중얼거렸다.

대답은 없었다.

결국 그날 나는 집에서 한 발짝도 나가지 않았다.

물을 아끼려고 샤워기를 잠깐 틀어 땀을 씻어냈다. 식사는 사두었던 컵라면으로 때웠다. 이런 때도 배는 고프다니 한심했다. 그 후 바로 이부자리에 누웠다. 잠들고 싶었다. 당연히 잠은 오지 않았다.

괴롭다. 고통스럽다. 억울하다.

어젯밤은 행복했는데, 지금은 자칫하는 순간 공포에 삼켜진다. 여전히 내 행복은 오래가지 않는다. 밤은 영원하게 느껴질 만큼 길었다. 한숨도 못 자고 아침이 왔다.

그렇게 맞이한 월요일, 나는 학교를 쉬었다. 도저히 학교에 갈 기분이 아니었다. 그래놓고 오후에는 집을 나섰다. 하나모리와 만나고 싶지 않아서였다.

거리를 정처 없이 돌아다니다가 이슥한 밤에야 집에 돌아왔다. 당연히 하나모리는 없었다. 화났을까. 분명 아니겠지. 난감하다는 얼굴로 "어쩔 수 없네" 하고 웃었을 것이다. 그런 모습이 상상될 만큼은 하나모리에 대해 알고 있다.

그날도 잠을 이루지 못했다. 그저 괴로움에 신음했다.

또 뜬눈으로 밤을 지새웠다. 답은 나오지 않았다.

그런 시간을 사흘이나 더 보냈다.

그 결과 도달한 답은 아무 해결책도 아니었다.

"아르바이트, 계속할게."

"정말? 다행이다."

금요일을 맞았다. 아사쓰키가 사라진 지 엿새째 오후.

이날 오랜만에 학교에 다녀왔고, 4시가 지나 하나모리가 콧노래를 부르며 찾아오자 그렇게 말했다.

분명히 말하겠다. 어쨌거나 기분은 최악이었다.

새삼 돌이켜봐도 이 아르바이트는 조건이 너무 열악하다. 시급은 짜고, 시간 외 수당도 안 나온다. 유령 같은 '사자'와 접촉한다는 상식에서 벗어난 일을 한다. 나쁜 점만 찾으려는 것도 아닌데, 나쁜 점밖에 떠오르지 않는다. 미리 알았다면 반드시 거절했으리라고 단언할 수 있을 정도다.

하지만 이미 시작했으니 무를 수는 없다. 하나모리의 이야기가 사실이라면 그만두는 순간 아사쓰키와 보낸 밤을 잊어버리고, 원래 역사에 맞게 기억이 수정된다. 진실인 동시에 허위이기도 한 역사로.

그것만은 싫었다.

지금 그 밤을 잊어버리다니.

여전히 모르겠다. 하나모리 말로는 미련을 품고 죽은 사람이 '사자'가 된다는데, 아사쓰키의 미련은 뭐였을까. 동생에게 고마움을 전하고 싶다고 했지만 어떻게 봐도 실패한 것 같았다. 그게 동생과의 마지막 만남이라니, 별 도움이 되지 못해 후회스러웠다.

어쨌거나 아사쓰키는 사라졌다. 아무 말도 없이 나를 잔혹한 세상에 남겨둔 채.

하나모리는 그걸 가리켜 무사히 여행을 떠났다고 했다.

모르겠다. 하나도 모르겠다. 그러니까.

'잊을 수 없어. 절대로.'

아무리 꼴사나워도 이 아르바이트를 그만둘 수는 없었

다. 아사쓰키와 만든 추억을 지키려면 일단 일을 계속해야 한다.

그것이 설령 언젠가는 잃어버릴 기억일지라도.

"이야, 정말 마음이 놓이네. 모처럼 생긴 파트너를 이렇게 갑자기 잃나 싶었거든. 다행이야, 다행."

하나모리는 평소와 다름없이 촐랑대는 목소리로 말했다. 아사쓰키의 죽음을 이미 극복한 것처럼 쾌활하게 넉살을 떨며.

이게 의미하는 바는 무엇일까. 조금 생각하면 알겠지만 굳이 생각하지 않았다. 아직도 하나모리를 용서하지 못하는 것이 잘못임을 알면서도.

"좋아, 그럼 힘내서 일하러 가볼까."

"그래, 빨리 가자."

"오, 의욕이 넘치는걸, 사쿠라."

"의욕은 무슨. 빨리 끝내고 쉬려고 그러지."

"과연. 멋진 여학생과 애프터 파이브를 즐기고 싶은 거구나."

"굳이 시간을 따지자면 애프터 나인 아니냐?"

"애프터 나인이라니, 어머, 사쿠라. 그렇게 늦은 시간에 뭘 기대하는 거니?"

"아무 기대도 안 해."

"그래, 그래. 사쿠라도 드디어 애프터 나인이로구나."

"날 얼마나 안다고 그런 소리야."

"외톨이인 사쿠라가 애프터 나인이라니."

"외톨이가 뭔 상관이래……."

상대하는 게 바보 같아서 한숨을 푹 쉬었다. "아하하, 농담이야" 하고 하나모리가 등을 두드리자 더 열이 뻗쳐서 무시하고 집을 나섰다. 뜨거운 햇살을 받자 다시 한숨이 새어나왔다. 길을 걷는 동안 하나모리가 이래저래 말을 걸었지만 전부 흘려들었다. 그래도 하나모리의 얼굴에서 웃음이 걷히지 않아 더 짜증스러웠다.

질 낌새가 없는 태양이 나를 한없이 비웃었다.

이리하여 사신 아르바이트가 다시 시작되었는데.

최악의 기분으로 맞이한 임무가 우울함을 더 키웠다.

"난 구로사키다. 너희가 새로 온 사신인가?"

"네, 뭐."

통칭 편지 아저씨.

내가 만난 두 번째 '사자'다.

"잘 들어. 지금이야 은거한 몸이지만 난 얼마 전까지만

해도 대기업 임원이었어. 학생 나부랭이와는 신분이 다르
다고. 그 점을 명심하고 일해. 알겠나."

'뭐야, 이 인간은.'

집에서 도보로 몇 십 분 거리에 위치한 하천 둔치.

북쪽에서부터 차례대로 '낚시터', '테니스 코트', '달리기
코스'로 정비되어 주민의 휴식 공간으로 이용되고 있다.
하지만 거기서 만난 남자는 휴식과는 동떨어진 감정을 안
겨주었다.

척 보기에도 꼰대 기질이 넘쳐나는 중노년층이라는 이
미지다. 나이는 아마 예순 전후. 얼굴에 주름이 많고 머리
도 희끗희끗 세었지만 키가 커서 그런지 호리호리한 것에
비해서는 위압감이 있었다. 그 나이치고는 눈빛이 사나운
데다 목소리도 나지막하여 어쩐지 압박감도 느껴졌다. 구
릿빛으로 탄 피부도 그런 분위기에 한몫하는 것 같았다.

다만 외모는 둘째 치고 성격이 문제였다.

"그쪽 아가씨는 어제도 봤지. 어이, 꼬맹이. 넌 뭐야? 어
른을 봤으면 인사를 해야지."

"사쿠라입니다. 사쿠라 신……."

"흥, 써먹을 데도 없는 사내놈 이름은 알아서 뭐하게. 것
보다 빠릿빠릿하게 굴어라. 난 덜떨어진 놈들이 딱 질색이

니까."

'뭐야, 짜증나게.'

이 짧은 대화에서 알 수 있듯이 구로사키는 거만한 인간이었다.

말투도 그렇지만, 대기업이라든지 나이를 들먹이며 사람을 내려다보는 그 태도가 아니꼬웠다. 왜 하필 기분이 이럴 때 이딴 사람과 만나야 하는가. 세상살이는 정말로 만만치 않았다.

내 기분에는 아랑곳없이 하나모리가 말을 꺼냈다.

"자, 그럼 자기소개도 끝났으니 슬슬 일을 시작할까. 이번 임무는 잃어버린 편지 찾기야. 정신 바짝 차리고 열심히 하자. 아자!"

"편지?"

"내가 말할 테니 아가씨는 잠자코 있어."

내가 의아해하자 구로사키가 직접 자신의 사연을 들려주었다.

일찍이 구로사키에게는 아내와 아들이 있었다고 한다.

하지만 일벌레였던 탓에 가족과 사이가 좋지 못해, 결국 아들이 다섯 살이 되던 해 이혼했다. 그로부터 20년이나 지났으므로 두 사람이 지금 어디에 사는지도, 아들이 어떻게 생겼는지도 모른다.

이혼한 후로도 일만 하던 구로사키는 과로로 병에 걸려 허무하게 죽고 말았다. 하지만 미련이 남아 '사자'로 선택됐고, 병에 걸린 사실이 무효화된 추가시간이 시작됐다.

그리고 그 미련이란.

"편지야. 이혼하기 전에 아들이 나한테 딱 한 번 편지를 줬어."

구로사키는 주변의 풀을 걷어차며 말했다.

"어버이날에 유치원에서 감사 편지를 쓰는 행사를 열었거든. 그때 아들이 편지를 써서 나에게 줬지. 그러고 얼마 지나지 않아서 헤어졌지만. 그래도 편지는 지갑에 넣어가지고 다녔는데 뇌경색으로 쓰러졌을 때 지갑째로 잃어버렸어. 난 그 상태로 '사자'가 됐지. 내가 쓰러진 곳이 바로 이 강가야."

구로사키는 눈앞에 펼쳐진 일대의 풍경을 턱으로 가리켰다.

헤엄칠 수 있을 만큼 큰 강을 따라 조성된 하천 둔치. 둑을 잇는 풀숲은 아까 말했듯이 테니스 코트를 만들 수 있을 만큼 넓다. 둔치의 총 길이는 몇 미터나 될까. 이건 킬로미터 단위로 측정해야 할 수준이다. 내가 상황을 이해하고 현기증이 날 뻔한 것도 무리는 아니다.

대번에 7월의 태양이 악마로 보였다.

'말도 안 돼. 여기서 찾으라니.'

속으로 중얼거리고 나서 다시 어깨를 축 늘어뜨렸다. 크디큰 한숨과 함께.

하지만 이때.

고개를 떨구면서도 한순간 최악의 기분에서 벗어났다.

첫인상은 완전히 꽝이지만 아들의 편지에 미련을 가지다니 뜻밖에 좋은 사람이구나 싶어서였다.

그런 마음은 정말로 한순간 만에 먼지처럼 흩어졌다.

"즉, 아들과의 추억을 찾고 싶다는 말씀인가요?"

"쳇. 너도 저 아가씨랑 똑같은 소릴 하는군."

"아하하. 그게 말이야, 사쿠라."

쓴웃음을 띠며 설명하려는 하나모리를 막은 것은 다름 아닌 구로사키였다.

"남자가 하는 일을 이해 못하는 여편네도 애새끼도, 그놈이 쓴 편지도 찾든 말든 상관없어. 다만 지갑에 그 편지를 넣어두면 여자들 반응이 좋거든. 그걸로 밤에 어른들이 가는 가게에서 또 신나게 놀아보고 싶다 이 말씀이야. 그게 내 미련이지. 알겠냐, 꼬맹아."

"……."

크고 깊게 탄식했다. 들으라는 듯이 한 번 더 한숨을 내뱉었다.

오늘 몇 번 맛본 최악의 기분이 더 업그레이드될 줄이야. 아무래도 신은 내가 정말 싫은 모양이다.

참으로 쓰레기 같은 이유다.

이 작자를 한순간이나마 좋은 사람이라 여긴 내가 얼간이다.

생각하기 따라서는 인간답다고 할 수 있을지도 모르지만, 아무튼 의욕이 없어진 건 확실했다.

작게 혀를 차며 하나모리를 다그쳤다.

"야, 하나모리."

"왜, 사쿠라?"

"저 엉큼한 아저씨, 정말로 죽었어?"

"이야, 자기는 제쳐놓고 엉큼한 아저씨라."

"괜히 시비 걸지 말고 질문에나 대답해."

"응. 구로사키 씨는 틀림없이 '사자'야. 사쿠라가 없을 때 똑똑히 확인했지롱."

하나모리는 간단히 설명했다.

'사자'가 탄생하자마자 근처에 사는 사신에게 업무지시

서가 발송된다고 한다.

업무지시서에는 '사자'의 외관상 특징과 주소, '설명하라'는 지시가 적혀 있다나.

지시를 받은 사신은 '사자'를 만나러 가서 혼란에 빠진 그들에게 설명을 한다.

그리고 그 즉시 미련을 해결하기 위해 힘을 빌려준다.

"구로사키 씨는 반년쯤 전에 '사자'가 됐대. 추가시간에 관해서도 이미 다른 사신이 설명해줬지. 다만 고민은 잘 해결되지 않았나 봐. 그 후로 사신이 몇 명 교체되었지만 해결은커녕 말썽만 일어나는 모양이야. 그래서 이번에 우리 차례가 되었다는 말씀. 후후후, 아무도 해결하지 못한 어려운 사건을 해결한다. 명탐정에게 딱 어울리는 상황이잖아."

어울리기는 개뿔이.

아주 진지하게 그렇게 소리치고 싶었다. 애당초 탐정도 아니다.

요컨대 이 아저씨가 너무 제멋대로라 감당이 안 되니까 뺑뺑이를 돌리다가 결국 우리 차례가 된 것뿐이잖아.

지금 이야기를 듣고 사신의 수가 의외로 많은 건 아닌지 궁금해졌지만, 그보다 반년 전이라는 구절이 더 마음에 걸렸다. 그렇게 오래전부터 편지를 찾아다녔나.

이렇게 넓은 둔치를 뒤지는 것만 해도 절망적인데, 잃어버린 게 반년 전. 미치겠다. 발견되느냐 마느냐 이전의 문제다. 이거 진심으로 하는 소린가. 야, 지금이 태평하게 웃을 때냐.

곤혹스러운 기분으로 어떻게든 내뺄 방법이 없을까 머리를 쥐어짰다.

하지만 그런 방법이 마침맞게 떠오를 리도 없고.

"이것들이, 놀러 왔냐? 꾸물대지 말고 빨리 찾아."

"아, 예, 예. 죄송합니다."

하나모리는 풀숲을 걷어차는 아저씨에게 웃는 얼굴로 달려갔다.

제정신인가 싶었다.

하지만 나도 달아날 방도는 없다.

"꼬맹이, 너도. 일 똑바로 해. 돈 받았잖아."

"시급 300엔인데요."

"뭐라고 했냐?"

"아니에요."

발버둥 쳐봤자 아무 소용없다.

나는 체념하고 풀숲을 헤치며 발견되지 않을 지갑을 찾

기 시작했다. 그제야 지갑의 특징조차 듣지 못했다는 것이
생각났지만 찾을 마음도 없었으므로 내버려뒀다. 그냥 찾
는 척하며 포기하기를 기다리자. 그런 마음뿐이었다.

아무래도 상관없다. 될 대로 돼라.

아저씨도, 사신 아르바이트도.

나중에 돌이켜보건대 이때는 돈이 필요하다는 당초 목
적조차 잊어버렸던 것 같다. 아무튼 아사쓰키만 잊어버리
지 않을 수 있다면, 그런 생각뿐이었다.

이리하여 최악의 아르바이트는 그야말로 최악의 기분으
로 다시 시작됐다.

그 후로 더없이 개떡 같은 나날이 이어진다. 그 실태를
몇 가지 소개하겠다. 일단 대전제로서, 의욕이 솟지 않는
요인이 수없이 많았다.

아사쓰키, 시급, 방과 후 여가시간 박탈, 본격적인 더위,
곧 시작되는 기말고사. 이제 와서 성적을 걱정하는 건 아
니지만 보충수업은 듣기 싫다. 이것만 해도 신경이 곤두서
는 상황에서 나올 리 없는 지갑을 찾으란다. 농담에도 정
도가 있지 않느냐는 기분이었다.

그리고 무엇보다 구로사키라는 아저씨가 정말로 신경질

이 났다.

"야야, 게으름 부릴 생각 말고 빨랑빨랑 일해."

"늦었잖아. 학교 마치면 냉큼 뛰어와야지."

"벌써 가려고? 근성은 어디다 팔아먹었어? 난 소싯적에 혼자 회사를 차려서 성공한 적도 있다고."

정말 전형적인 꼰대질의 연속. 틈만 나면 설교를 늘어놓는다. 그러면서 자기는 피곤하면 쉬니까 더 열받는다.

"우히히. 죄송합니당."

하나모리는 힘들지도 않은지 평소와 다름없이 웃는 얼굴로 넘겼지만, 난 도저히 그럴 기분이 아니었다. 당연하다. 이런데도 의욕을 내라는 게 잘못된 거다.

그것도 모자라 구로사키의 진절머리 나는 자랑질도 끊이지 않았다.

"고급차 수집이 취미야. 요전에도 한 대 뽑았는데, 엔진소리가 기가 막히더라고. (……) 가까이 지내는 여자가 있거든. 아직 풋내가 나지만 나쁘지 않아. 내가 한마디 하면 껌뻑 죽는다니까. (……) 옛날 친구가 회사를 차렸대. 그 나이에 제법이야. 도와달라고 사정사정했지만 단칼에 거절했지. 우하하하."

"하아."

분명히 말하겠다. 아무 흥미도 없는 이야기를 들으려니 죽을 지경이었다.

상상해봐라. 더럽게 더운 날씨에 벌레가 끓는 풀숲을 헤치며 발견되지 않을 편지를 찾는 것만 해도 힘든데, 아저씨는 꼰대질에다 시시껄렁한 자랑을 끊임없이 늘어놓는다. 완전히 고문이다. 나날이 스트레스가 쌓여서 정이 뚝뚝 떨어졌다.

덧붙여 구로사키는 이 일대에서 편지 아저씨로 통하는 유명인이었다.

아침부터 밤까지 둔치를 어슬렁거리며 "이놈의 편지는 어디 있는 거야" 하고 무뚝뚝하게 투덜대니까 그렇게 불릴 만도 하다. 방관하는 사람. 소곤대는 사람. 인상을 찡그리는 사람. 지나가는 사람들의 반응은 다양했다. 당연히 구로사키를 돕는 우리도 한 세트로 묶여 같은 시선을 받으며 비웃음을 당했으므로 참으로 굴욕적이었다.

"구로사키 씨."

"왜? 편지 찾았어?"

"아니요. 일은 어떻게 하셨나 싶어서요."

"때려치웠어. 죽어서까지 일해야겠냐."

"그렇게 일에 전념하셨으면서요?"

"죽은 걸 안 순간에 의욕이 싹 가셨거든. 됐으니까 잡소리 말고 일어나 해."

고개를 쳐들어 하늘을 올려다보았다.

젠장, 직장인이었다면 회사에 찔러서 이딴 짓을 못하게 하려고 했는데. 무직인 데다 마음까지 바뀌었다면 약점이 없다. 기대가 빗나가서 고개가 절로 툭 떨어졌다.

결국 그날도 편지는 못 찾았다.

개떡 같은 날이 계속됐다.

편지를 찾기 시작한 지 닷새째.

"지랄 맞게 덥네. 야, 꼬맹이. 마실 것 좀 사러 가자."

"어, 아, 네."

저 멀리까지 찾으러 간 하나모리는 본체만체 구로사키가 갑자기 그런 말을 꺼냈다.

그날은 햇볕이 몹시 따가워서 저녁녘이 되어도 시원해질 낌새가 전혀 없었다. 그래서 명령조는 마음에 들지 않았지만, 뜻밖의 휴식시간을 얻어서 기뻤다. 하지만 안도한 것도 잠깐이었다.

믿기지 않게도 내 돈으로 음료수를 사야 했다.

조금 떨어진 편의점에 도착하자 구로사키는 페트병을

계산대에 탁 내려놓고 나갔다. 물론 점원은 뒤에 남은 나를 쳐다보았다. 정말로 분노가 폭발할 뻔했다. 내 시급이 얼마인지 뻔히 알면서.

하지만 불평할 기력도 없었으므로 결국 순순히 계산하고 편의점 앞 그늘에서 휴식을 취하기로 했다. 구로사키는 페트병에 든 커피를, 나는 물을 마셨다. 물을 고른 이유는 그게 제일 싸서였다. 비참한 기분을 맛보는 방법도 참 여러 가지였다.

"야, 꼬맹이."

그런 상황에서 구로사키가 잡담을 시작했다.

예상대로 들으나 마나 한 내용이었다.

"전에 그 아가씨한테 들었는데, 사실 아르바이트 기한을 다 채우면 어떤 소원이든지 이뤄준다는 거 사실이야?"

"아아, 그거요."

언젠가 하나모리가 들려준 이야기를 떠올렸다.

마지막까지 일하면 어떤 소원이든 딱 하나 이루어주는 '희망'을 신청할 수 있다.

처음 들었을 때는 무슨 소린가 싶었다. 하지만 지금은 생각이 다르다. 비일상도 이만큼 쌓이면 현실미가 더해지는 법이다.

이 아르바이트는 틀림없이 열악하지만, 그게 만약 진실이라면 6개월을 채울 가치는 있을지도 모른다. 그 점은 일단 이해하고 있었다.

하지만, 아무리 그렇더라도.

"글쎄요. 솔직히 별 기대는 안 해요. 소원의 범위가 어디까지인지도 모르겠고, 희망을 신청한다는 표현도 미묘하고요. 게다가 반년이나 일을 계속할 자신도 없거든요."

지금 이 말은 어느 정도 본심이다.

구슬 일곱 개를 모으면 나타나는 용신처럼, 뭐든 말하라고 해놓고 '그건 안 된다'고 할지도 모른다. 애당초 희망을 신청한다는 표현도 걸린다. 하나모리에게도 확인했지만 잘 모른다고 했다. 그러므로 과도한 기대는 품지 않기로 마음먹었다.

하지만 만약 정말로 어떤 소원이라도 이루어준다면.

구로사키에게는 밝히지 않았지만, 역시 이루고 싶은 소원이 있다.

아사쓰키. 나에겐 역시 그것뿐이다.

너무 기대하면 안 된다. 하지만 만약 딱 한 번만 더 만날 수 있다면.

이번에는 결코 후회하고 싶지 않다.

그런 은밀한 결의를 품었다.

"흐음, 희망을 신청한단 말이지."

구로사키는 내 설명을 듣고 무슨 기분이 든 걸까.

생각에 잠긴 표정으로 침묵을 지켰다. 그 옆얼굴에 평소와 달리 애수가 감도는 것처럼 보였다. 마음속 심연에 싹튼, 얼버무릴 수 없는 작은 애수가.

하지만 그것도 잠깐이었다. "뭐, 너 일하는 꼴을 보니 분명 반년은 무리겠어"라는 비아냥거림으로 대화를 끝맺었다. 정말이지 예쁜 구석이라고는 하나도 없는 아저씨다.

그 후 우리는 딱히 아무 말도 않고 그저 우두커니 서 있었다.

"줄게."

구로사키가 커피에 딸린 피겨 상품을 던져주었다. 필요 없어서 버릴까 하다가 그러면 또 툴툴거릴 것 같아서 그만뒀다. 한숨과 함께 바지 호주머니에 쑤셔 넣었다.

"이제 곧 여름방학이지? 그럼 시간이 남아돌겠군. 여름방학에는 아침에 나와."

구로사키가 앞장서서 걸어가며 그렇게 말했다. 기가 찼다. 하는 말마다 신경을 건드린다.

이제 곧 여름방학이라는 사실이 조금도 달갑지 않았다.

휴식을 마치고 돌아온 후에도 스트레스는 계속 쌓였다.

"사자는 특수한 힘을 하나 얻는다오, 사쿠라 대원."

둔치에서 하나모리와 합류해 여전히 눈에 띌 낌새가 없는 편지를 찾는데, 느닷없이 하나모리가 장난기 어린 목소리로 그렇게 말했다.

뭐야, 생뚱맞게.

"아직 설명을 제대로 안 했지. '사자'는 추가시간에 신비한 힘을 하나 사용할 수 있게 돼. 우리는 그걸 '사자의 힘'이라고 불러."

사자의 힘.

그러고 보니 전에 한 번 들은 것 같다.

"사람마다 얻는 힘은 제각각이야. 어느 날 갑자기 힘이 생겼다는 걸 깨닫지. 그리고 그 힘은 본인의 미련과 관련이 있는데, 다시 말해 사자의 힘은 자신의 미련이 무엇인지 알아낼 힌트이자, 미련을 해소하기 위한 방법이기도 한 거야."

그 말에 침묵으로 응하며 생각했다.

지금 이야기에 상당히 중요한 정보가 들어 있었기 때문이다.

신비한 힘에 관해서는 아니다. 이제 와서 그런 데 놀라지는 않는다. '사자'가 태연하게 음료수를 갈취하는 세상이니까. 그 정도에 놀랄 필요는 없겠지.

사자의 힘이 자신의 미련을 알아내는 힌트라는 부분이 의외였다. 요컨대 '사자'는 자신의 미련이 무엇인지 모르는 채 추가시간을 시작한다는 뜻이기 때문이었다.

죽었는데도 '사자'로서 추가시간을 살아간다.

그럴 만큼 미련이 큰데도, 정작 무엇에 미련을 품었는지는 모른다.

이 부분이 참으로 의미심장하게 느껴졌다.

"참고로 구로사키 씨는 얼굴을 보면 그 사람의 이름을 알아낼 수 있는 힘을 지니고 있어. 성과 이름, 무슨 한자를 쓰고 어떻게 읽는지도 척 보면 안대."

"이 힘으로 지나가는 커플에게 '아케미, 벌써 새 남자친구가 생긴 거야?' 하고 툭 던지면 얼마나 웃기는데. 크하하하."

이 인간은 정말 쓰레기구나.

무심코 혀를 찼다.

"아하하, 구로사키 씨는 장난꾸러기라니까. 사쿠라 넌 이 힘을 어떻게 생각해?"

"어떻게 생각하느냐니?"

"이 힘이 의미하는 바는 뭘까?"

"이봐, 아가씨. 그만해. 괜한 억측은 집어치워."

"글쎄, 내 알 바 아니지."

"아이고. 분위기 확 다운되네."

"내 알 바 아니라고? 이 자식이 사람 무시하나."

어이없이 웃는 하나모리와 떽떽거리는 구로사키에게서 시선을 돌려 대화를 중단했다.

뭐, 내 나름대로 생각은 있었다.

미련을 품고 죽은 사람이 '사자'가 된다. 사자의 힘을 통해 미련이 무엇인지 알아낸다.

20년이나 만나지 못해 어디에 사는지, 어떻게 생겼는지도 모르는 아들이 있다. 그리고 아침부터 밤까지 편지를 찾는다. 고작 여자를 꾀겠다는 이유로 반년이나. 이러한 정보를 갖추고도 아무것도 모를 만큼 얼간이는 아니다. 다만 지금은 내 알 바 아니라는 것뿐이다.

단순히 구로사키가 싫기도 했고, 찾을 힘이 있으면서 실행에 옮길 용기를 내지 못하는 건 본인이 알아서 해결할 문제다. 지금 나에게 아사쓰키보다 중요한 건 없으니까.

'능력은 자신이 무엇에 미련을 품었는지 알고, 그 미련을 해소하기 위한 힘.'

하나모리는 아사쓰키가 눈을 보면 그 사람이 무엇을 원하는지 알아내는 힘을 지녔다고 했다.

아사쓰키 본인도 그렇게 말했으니 틀림없겠지.

그렇다면 역시 아사쓰키는 동생과 화해하는 것에 미련을 품은 걸까. 동생의 바람을 알아내고 계기를 만든다. 그렇게 생각하면 앞뒤가 맞는 것 같다.

다만 그 미련을 어떻게 끊어냈는지는 역시 모르겠다.

하나모리는 말했다, 동생은 언니와 함께하는 시간을 원했다고. 아사쓰키도 동생이 원하는 건 언제든지 손에 넣을 수 있지만 그런 줄 모르는 것이라고 했다.

자매의 마지막 시간은 틀림없이 최악이었다. 동생이 원하는 건 주지 못한 듯 보였으니까.

그럼에도 아사쓰키는 저세상으로 떠났다.

하나모리 말로는 무사히 여행을 떠났다고 한다.

'젠장…….'

모르겠다. 아무리 생각해도 답이 안 나온다.

어째서. 왜. 왜 모르냐고.

"그나저나 네 이름, 참 평범하군. 그렇게 지은 이유라도 있나?"

구로사키가 뭐라고 말했지만 귀에 들어올 리 없었다.

"꼬맹이, 귀 먹었냐?"

"아하하. 자자, 그렇게 화내지 마시고요."

나는 구로사키를 달래는 하나모리의 목소리를 등지고 애석함을 삭였다.

계기는 이거였을까.

시원찮은 나날을 보내는 가운데, 나를 더욱 막다른 골목에 몰아넣는 일이 생겼다.

"하나모리."

편지를 찾기 시작한 지 열흘하고 조금 더 지났을 무렵.

수업을 마치고 집에 들르기도 귀찮아서 하나모리와 바로 하천 둔치로 향했던 맑은 오후. 갑자기 웬 목소리가 우리를 불러 세웠다. 한순간 누굴 부르는가 싶었지만 바로 알아차렸다. 하나모리가 손을 크게 흔들었기 때문이다.

"유코! 오, 마리도 있네. 어디 가?"

"시험이 바로 코앞이니까 미유 집에서 공부하기로 했어. 하나모리는?"

"오늘도 봉사활동이야. 참 장하지 않냐."

맞은편에서 걸어온 두 사람은 같은 반 여학생이었다. 이야기를 듣고 하나모리가 사신 아르바이트를 한다는 사실을 어떻게 둘러대는지 알았다. 이 녀석만큼 친구가 많으면 방과 후에 뭘 같이 하자는 아이들의 제안을 거절하기도 고생이겠다 싶었지만, 아무래도 봉사활동으로 핑계를 통일하는 모양이다. 하기야 그런 정보를 얻어봤자 나랑은 상관없지만.

"사쿠라도 자원봉사자야?"

"어? 응."

"그럼, 그럼. 내가 권했더니 오케이하더라고. 역시 남자는 미인 하기 나름이라니까."

"또, 또 우쭐한다. 다 사쿠라가 착해서 그렇지."

"고, 고마워."

갑자기 말을 걸어서 당황했지만 하나모리가 도와줘서 겨우 넘어갔다. 이것만 봐도 두 사람이 좋은 사람임을 알수 있다. 교실에서 겉도는 나에게도 말을 걸어주니까.

당연하다. 알고 있었다.

유코와 마리가 좋은 사람인 건 알고 있었다.

애들은 아사쓰키의 절친이었으니까.

'……윽.'

그 순간.

주체할 수 없는 공포에 사로잡혔다.

사소한 것을 계기로 새삼 깨달았다.

아사쓰키가 죽었음을. 더 이상 이 세상에 없음을. 한 달 반만 지나면 사이좋은 친구도 이렇게 된다는 사실을.

"그러고 보니 여름방학 때 모두 함께 아사쓰키 집에 분향을 드리러 가기로 했는데, 유키도 함께할래?"

"그럼, 당연히 가야지. 다 같이 가면 아사쓰키도 기뻐할 거야."

"그러게. 우리가 잘 지내는 모습을 아사쓰키에게 보여줘야지."

세 사람의 대화를 들으며 생각했다.

이 두 명은 좋은 사람이다. 나한테도 인사를 해줄 정도다. 의심할 여지가 없다. 아사쓰키의 친구니까 당연하다.

언제까지나 슬퍼만 할 수 없는 것도, 밝은 모습으로 자기 인생을 살아가야 하는 것도, 전부 당연하다. 그러니까 됐다. 아사쓰키가 없는 세상에서 웃어도 괜찮다. 그럼에도 나는 공포를 억누르기 힘들었다.

아사쓰키가 죽었다. 아사쓰키의 친구가 그 사실을 극복했다.

아사쓰키가 죽어도 세상은 별반 달라지지 않는다.

그리고 이 두 사람이 아사쓰키의 마지막을 모른다는 점

이 가장 큰 공포였다.

이 두 사람에게 아사쓰키는 한 달 반 전에 교통사고로 죽은 존재이며, 그 후의 추가시간은 없었던 셈이다.

아사쓰키가 두 사람에게 작별을 고했다 해도, 그건 없었던 일이 된다. 이제야 하나모리가 왜 추가시간은 잔혹하다고 했는지 알겠다.

문득 상상했다.

만약 내가 사신의 기억을 잃으면 어떻게 될까.

아사쓰키가 사고로 죽은 세상. 나는 거기서 어떤 눈을 하고 매일을 보낼까.

아사쓰키와 보낸 마지막 밤을 잊어버린 세상에서, 무슨 생각을 하며 살아갈까.

……어차피 반년 후에는 잊어버릴 테지만.

떠오르지 않아도 되는데 떠오른다.

씻어낼 수 없는 공포의 실체가.

"하나모리, 미처 못 물어봤는데."

두 사람과 헤어진 후 나란히 걷던 하나모리에게 물었다.

"아사쓰키가 '사자'가 됐을 때, 네가 추가시간에 대해 설명했어?"

"응, 맞아."

"그렇구나."

더 이상은 묻지 않았다. 물을 수 없었다.

아사쓰키는 자신이 죽은 걸 알았을 때 무슨 생각을 했을까. 죽을 운명에서 벗어나지 못한다는 걸 알았을 때 뭐라고 말했을까.

어찌 묻겠는가. 알고 싶지도 않다.

드디어 깨달았다. 나를 덮치는 짜증의 정체를.

나는 그저, 알려고 들지 않는 스스로에게 짜증이 난 것이다.

"못 찾았나? 이만 됐어, 오늘은 끝이다. 망할, 너희도 못 써먹겠군."

"아하하, 죄송합니당."

"도움이 안 된다 싶으면 다른 사신으로 갈아치울 거야. 듣고 있나?"

오늘도 성과가 없자 구로사키가 뭐라 뭐라 떠들었다. 한 귀로 듣고 한 귀로 흘렸다.

며칠 후, 돌려받은 시험지 점수는 최악이었다.

우리는 그 후로도 편지 수색을 계속했다.

구로사키의 불호령도 계속됐다. 편지는 코빼기도 보이

지 않았다.

그런 와중에 내 마음은 어딘가로 가버렸다.

어느 날 돌아오는 길에 문득 아사쓰키의 동생을 만나러 갈까 싶었다.

하지만 바로 그만뒀다.

아사쓰키 어머니의 얼굴이 생각났기 때문이었다.

아사쓰키의 추가시간이 끝난 지금, 동생이 어떻게 지내는지는 모른다.

아사쓰키가 사고로 죽었다는 걸 알았을 때 어떤 생각이 들었는지 알고 싶지도 않다.

사라졌다. 그날은.

병문안을 갔다는 것도, 선물한 가방도, 전부 다.

밤하늘 아래 집으로 돌아와 우편함을 살폈다. 오늘도 아무것도 들어 있지 않았다.

어째서인지 어머니 얼굴이 생각났다. 나와 눈을 맞추며 웃는 얼굴이.

한계였다.

이 세상에서 발버둥 치는 데 한계가 왔다.

마침내 내 안에서 뭔가가 폭발했다.

"집어치우죠."

"뭐?"

그날. 그 밤.

나는 결국 싫은 소리를 꺼냈다.

더는 견딜 수 없었다. 이 더위도, 시급이 쥐꼬리만 한 아르바이트도.

무엇보다 아무리 생각해도 아사쓰키의 마음을 모르겠다는 점이 나를 한계로 몰아넣었다.

"집어치우자고요. 찾는다고 나오겠어요? 지갑을 누가 주웠거나, 강에 떠내려갔으면 말짱 꽝이잖아요. 그게 아니더라도 몇 달이나 전에 잃어버린 편지를 어떻게 찾느냐고요. 왜 이렇게 쓸데없는 짓을 하는 거예요?"

"이 자식이."

구로사키가 나지막한 목소리로 으르댔다. 그만해야 한다는 건 알았다.

하지만 그만하지 않았다. 그만둘 수 없었다.

"여기서 이런다고 해결될 일이 아니잖아요. 앞으로 한 발짝 나아가야 한다고요. 아들을 보고 싶으면 보러 가면 될 걸 가지고. 그 힘을 이용해서 찾으러 가요. 왜 이렇게 허튼짓을 하고 있어요? 도대체 이 끝에 뭐가 있다는 거예요?

결국은 아들과 만날 용기가 없으니까 이렇게 시간만 낭비하며 자신을 합리화하는 거잖아요. 아무것도 안 하면 불안하니까 현실을 도피하는 것뿐이라고요. 그런 헛짓에 더 이상 우릴 부려먹지 말아요."

그 후로도 우린 계속 소리를 질렀다. 말이 한없이 쏟아져 나왔다.

내가 이런 말을 할 수 있다는 걸 알고 싶지 않았다. 그렇지만 억제할 방도를 몰랐다.

결국 나도 감정에 치우쳐서 행동한다. 표면상으로 무난하게 대응하다가도 마지막에는 본성이 나온다. 아버지랑 똑같다. 손찌검을 하느냐 마느냐의 차이에 불과하다. 그리하여 그 사람은 전과자가 됐다. 결국 그런 인간이다. 하지만 이때는 말하지 않고 배길 수 없었다. 답이 나오지 않는 아사쓰키와의 이별이 너무나 괴로웠으니까.

"……."

내 고함 소리를 말없이 들으며 구로사키는 무슨 생각을 했을까.

벌컥 성을 내리라 확신했다. 한 방 맞을 각오도 했다. 그렇다기보다 차라리 그러라는 심정이었다. 한 방 얻어맞고 이 무의미한 시간이 끝난다면야. 그게 속 시원하다. 그게 낫다.

그런데.

"뭐, 그렇겠지."

"구로사키 씨?"

하나모리가 의아하다는 목소리로 말했다.

어째서인지 구로사키는 예상과 달리 밤하늘만 올려다보았다.

그 순간 마음이 술렁거렸다. 돌이킬 수 없는 짓을 한 기분이었다. 결과적으로 그 생각은 들어맞았다.

나는 주워 담지 못할 말을 하고 말았던 것이다.

"솔직히 말할게. 내 인생은 비참함의 연속이었어."

"아."

불쑥 꺼낸 그 말.

밤의 어둠을 찢고 튀어나온 그 말. 바로는 무슨 뜻인지 이해가 되지 않았다.

내가 묻기 전에 구로사키가 모든 걸 털어놓았다.

말릴 틈도 없이 희망을 통째로 내버리듯이.

"실은 전부 거짓말이야. 일에 전념했다니 순 뻥이지. 끈기가 없는 탓에 작은 공장에서 아르바이트를 하다가 금방 애물단지 취급을 받아 잘리곤 했어. 계속 그러다가 일이고

뭐고 다 때려치우고 술독에 빠져 살았지. 아내는 오만 정이 다 떨어졌는지 결국 집을 나갔고. 그뿐이야."

"……헙."

구로사키의 고백에 숨을 삼켰다.

말려야 했는지도 모른다. 뭔가 말해야 했는지도 모른다.

하지만 입 다물고 가만히 서 있는 것이 고작이었다.

"과로로 병에 걸려 죽었다는 것도 거짓말이야. 내 최후는 그렇게 훌륭하지 않아. 슈퍼에서 훔친 술을 마시고 취해서 싸돌아다녔겠지. 어느 틈에 역 플랫폼에서 선로로 떨어졌더라고. 마지막까지 주변에 민폐만 끼쳤어.

또 있어. 회사를 차렸다고 했잖아. 그건 사실이지만 정확하게 말하면 세상 물정 모르는 멍청이가 회사를 차린 결과, 1년도 지나기 전에 빚만 잔뜩 지고 망한 거야. 근성. 오기. 다 헛소리지. 그딴 걸 강조하는 시점에서 이미 진 거야. 죄다 거짓말이야. 내 인생은 거짓말로 점철됐지. 고급 차를 수집한다는 이야기도 거짓말. 여자 이야기도 거짓말. 친구 이야기도 거짓말. 난 어릴 적부터 친구가 없었어. 당연하지. 염치도 없이 몇 번이나 거짓말로 믿음을 배신했으니까. 돈을 떼먹고, 도망치고, 나 스스로 한 명씩 내버린 셈이야. 거짓말로 가득한 공허한 인생이 내 종착역이라니까.

웃기지?

편지를 잃어버렸다는 것도 거짓말이야. 하지만 다섯 살난 아들이 열심히 써서 준 건 사실이지. 나에겐 단 하나의 추억인데 이 둔치에서 불량배들한테 걸려서 지갑째로 빼앗겼지 뭐야. 그러고 며칠이 지나 세상 하직했지. 인생의 마지막 한 컷이 그따위라니, 나한테 딱 어울려."

자조하듯이.

단숨에 이야기를 끝맺은 구로사키는 허탈함이 섞인 웃음을 지었다. 그 웃음이 의미하는 게 억울함인지 서운함인지는 모르겠다.

다만 이 순간 구로사키가 체념했다는 것만은 알았다.

"이제 됐어. 이쯤에서 끝내자. 여러모로 미안했다."

"아, 그게."

안달이 났다.

뭔가 말해야 한다. 이렇게 끝이라니.

내가 방아쇠를 당겨놓고 어떻게든 구로사키를 이 세상에 붙잡아놓으려고 애썼다. 이렇게 끝이라니 절대로 안 된다고 마음먹고서.

그 마음이 더 큰 후회를 낳았다.

"잠깐, 잠깐만요. 더 진지하게 찾을게요. 다시 힘내자고요. 포기하지 말고 한 번만 더."

"됐어. 넌 열심히 했어. 아까 네 입으로 그랬잖아. 찾는다고 나오겠어? 신세 많이 졌다."

"잠깐 있어보라니까요. 그럼 하다못해 아들이라도 찾죠. 실은 만나고 싶잖아요. 구로사키 씨의 힘을 사용하면 알아낼 수 있어요. 우리도 도울게요."

"고맙다. 하지만 그만둘래. 아들은 만나고 싶지 않아. 이건 진심이야."

"……그럼 하다못해 앙갚음이라도 해요! 아저씨에게 못된 짓을 한 불량배 놈들한테! 그놈들을 찾아서 경찰에 신고하면."

"됐다니까. 그런 놈이라도 내 아들이야."

"네?"

불이 꺼졌다. 불빛이 사라졌다.

그걸 알 만큼 막을 내릴 때가 가까워졌다.

구로사키가 마지막 비밀을 밝혔다.

'사자'가 된 지 한 달쯤 지났을 무렵. 구로사키는 자신을 덮친 놈들과 마주쳤다. 상대편도 구로사키가 기억났는지 히죽히죽 웃으면서 다가왔다.

그때 보았다.

한가운데 있던 남자의 얼굴에 아내의 성과 그리운 이름이 떠 있었다.

"이제 뭐가 뭔지 모르겠다. 난 반년 동안 뭘 한 걸까. 편지를 찾은들 시간을 되돌릴 수 있는 것도 아닌데. 실은 어제 너희가 돌아간 후에 또 아들을 봤어. 힘없는 노인을 붙들고 공갈을 치고 있더군. 그걸 보고 바로 숨었어. 만나기 싫어서가 아니야. 그저 무서워서 그랬어. 참 한심하지.

그래도 잊을 수가 없더구나. 편지를 받은 그날만은, 틀림없이 우리는 가족이었어. 그날 함께 낚시를 갔더랬지. 아들 낚싯대에 큰 놈이 걸려서 힘을 합쳐 영차, 영차 끌어 올렸는데. 그때 내가 그 행복을 지키려고 노력했다면 다른 미래가 펼쳐졌을 거야. 죽어버린 지금으로서는 손에 넣을 길이 없는 미래가. 아내와 아들에게 사과해봤자 추가시간에는 아무것도 남기지 못해. 그래서 믿고 싶었어. 이런 구제불능의 인생에도 뭔가 의미가 있었을 거라고. 그 편지를 보면 분명 떠오를 거라고. 편지를 못 찾을 걸 알면서."

구로사키는 마지막 후회를 내뱉고 "지쳤어" 하며 나지막하게 웃었다.

생명의 불꽃이 꺼진 듯이 가냘파 보이는 웃음.

"아가씨, 이제 그만 가야겠어. 그쪽도 힘들 텐데 민폐만 끼쳤군."

"고생 많으셨어요."

구로사키는 공손히 머리를 숙이는 하나모리에게 손을 흔들고 등을 돌렸다.

아무도 없는 둔치 저편으로 걸어간다. 달도 없는 밤의 어둠 속으로 녹아든다.

끝났어. 하나모리가 조용히 중얼거렸다.

호주머니를 뒤적였다. 구로사키가 준 피겨가 사라졌다.

우리를 제외한 모두의 기억에서도 사라졌다. 잔혹한 추가시간이 지금 끝났다.

전부 다 끝났다.

얼마나 그러고 있었을까.

풀숲에 주저앉아 무언가로부터 달아나듯 침묵을 지켰다. 허무함이, 서글픔이, 주체할 길 없는 회한이 나를 몰아세웠다.

문득 중얼거렸다.

"미련을 해소했다기보다 체념한 것처럼 보였어."

"그러게."

하나모리는 몇 발짝 떨어진 곳에서 평소 같은 목소리로

대답했다.

평소와 다름없이 밝은 목소리. 보이지 않지만 분명 여느 때와 같은 표정으로.

언제나 힘을 잃지 않는 그 광채에 무심코 매달렸다.

"……난 왜 늘 같은 실수를 반복할까?"

말하다 깨달았다. 난 정말 약아빠진 놈이다. 하나모리를 그렇게나 거북하게 여겼으면서, 막상 힘든 일이 생기자 하나모리에게 매달린다.

"알아. 소중한 건 언제나 잃고 나서야 알아차린다는 걸. 옛날에 나는 빛났어. 잃고 나서야 비로소 그 가치를 깨달았지. 그래서 두 번 다시 그러지 않기로 결심했는데. 결국 중요한 말을 한마디도 전하지 못하고 아사쓰키를 잃었어. 후회했지. 후회한 지 얼마 되지도 않았는데 지금 또 후회하는 중이야. 왜 좀 더 열심히 편지를 찾지 않았을까. 어떤 지갑을 찾는지도 안 물어봤어. 처음부터 찾을 마음이 없었으니까."

그치지 않았다. 후회는 그칠 줄 몰랐다.

한없이 넘쳐흐른다. 눈물은 한 방울도 흘리지 않는 비정한 놈이면서.

"내 알 바 아니라는 심정이었지. 그저 아사쓰키를 잊고

싫지 않아서 아르바이트를 계속한 거야. 난 돌이킬 수 없는 짓을 저질렀어. 나 말고 좀 더 제대로 된 인간이 일을 맡았다면 이 지경까진 안 됐을 텐데."

고개를 푹 숙이고 머리를 감싸 안았다. 달은 여전히 보이지 않는다. 어딘가로 가버렸다.

암울한 구름만이 나를 책망한다. 영원한 어둠만이 나를 감싼다.

괴롭다. 토할 것만큼 고통스럽다. 성장하지 못하는 내가 원망스럽다.

원망스럽다, 원망스럽다, 원망스럽다.

그런 나에게 태양이 살짝 다가왔다. 하나모리가 옆에 가만히 앉았다.

하나모리는 언제나 곁에 있어준다.

"자책하지 마. 넌 사신의 임무를 완수했으니까."

"뭐……."

하나모리는 내 눈을 보고 다정하게 말했다.

신기하게도 이제는 거북하다는 느낌이 없었다.

아사쓰키와는 다르지만 분명 편안함이 느껴졌다.

"체념한 것처럼 보였다고 했지. 분명 그럴 거야. 요전에 '사자'는 미련을 해소하는 것으로 저세상으로 간다고 했는데, 사실은 구로사키 씨뿐만 아니라 다들 마지막에는 체념해. 추가시간 동안 힘껏 발버둥 치다가 결국 현실과 타협하는 순간을 맞이하지. 구로사키 씨처럼 이제 됐어, 하고 말이야."

하나모리의 얼굴을 보았다. 하나모리는 달을 올려다보았다.

구름 뒤편에서 빛나고 있을 달을.

그제야 알았다.

하나모리가 나보다 훨씬 많은 죽음을 마주해왔다는 사실을.

"추가시간은 몹시 잔혹해. 죽음이라는 운명에서는 절대 못 벗어나고, 아무리 발악한들 남의 기억에 남지도 못하지. 해소할 길 없는 미련을 조명해서 대체 무엇을 위한 인생이었는지 돌이켜보는 시간에 지나지 않아. 신은 죽은 사람에게 그렇듯 부조리한 시간을 주는 아주 매정한 존재야."

그렇지만.

몇 번이고 듣고 싶어지는 다정한 음색으로 하나모리는 말을 자아냈다.

"그렇지만 바로 그렇기 때문에 의미가 있다고 생각해."

"의미."

하나모리는 고개를 한 번 끄덕였다.

웃음 맺힌 얼굴이 아주 환상적으로 보였다.

"뭔가 남기지도, 남의 기억에 남지도 못해. 그런 의미 없는 시간이기에 추가시간 동안 고통스러울 만큼 자기 자신과 똑바로 마주 볼 수 있지. 아주 괴롭고 가혹한 시간이야. 하지만 어떤 인생에도 행복했던 시간은 반드시 존재해. 결과적으로 행복은 잃었을지도 모르지만, 행복했던 그 순간을 떠올릴 수 있다면 분명 미련을 해소하는 것보다 그게 더 소중한 일이야. 구로사키 씨는 그 순간을 찾아냈어. 그래서 저세상으로 여행을 떠난 거지. 네 도움이 컸어. 그걸로 된 거야."

"……."

하나모리의 목소리에 귀를 기울였다.

머나먼 세상에서 울려 퍼지는 듯한 그 목소리에.

"난 아무것도 안 했는데."

"곁에서 편지를 같이 찾았잖아."

"결국 못 찾았는걸."

"그래도 끝까지 함께했어."

자기혐오를 용납하지 않겠다는 듯 하나모리는 나를 강하게 긍정했다. 신기하게도 하나모리가 진심이라는 건 알

왔다.

하나모리의 말에 담긴 뜻을 생각했다.

그런 걸까. 솔직히 잘 이해가 되지 않았다.

정말 그걸로 된 걸까. 하나모리는 분명 사신으로서 나보다 훨씬 많은 죽음을 접해왔겠지. 그렇기에 다다른 답이 있을지도 모르겠다. 하지만 나에겐 그 답이 보이지 않는다. 그러니까 역시 모르겠다. 여전히 아무것도 모른다.

그렇지만, 만약 하나모리의 말대로라면 나는 해야 할 일을 해낸 걸까.

아사쓰키와 보낸 밤을 떠올렸다.

아사쓰키는 나와 마지막으로 보낸 시간을 어떻게 받아들였을까.

아사쓰키는.

"……."

나중에 돌이켜보건대.

이때 가슴에 품은 뭔가가 앞으로 다가올 운명에 맞설 초석이 된 것 같다.

나는 한 가지 결의를 다졌다.

"결심했어."

"응?"

"아르바이트, 계속할게."

"그렇구나."

"이번에는 제대로 열심히."

"응. 알았어."

예전과 똑같은 말을 이번에야말로 진심을 담아 하나모리에게 전했다.

나는 모른다. 구로사키가 정말로 현실과 타협했는지.

나는 모른다. 구로사키가 정말로 이해하고 여행을 떠났는지.

하지만 한 가지는 안다.

"이제 아무도 편지를 찾던 구로사키 씨를 기억 못해. 그 마음이 아들에게 전해지지도 않을 테고. 그럼 하다못해 나만이라도 구로사키 씨의 추가시간에서 뭔가 배워야겠지. 아니면 구로사키 씨의 추가시간이 정말 아무 의미도 없어질 테니까. 그건 절대로 안 돼."

"응."

몇 번이나 말하지만 나는 모른다.

하나모리의 말과 달리, 난 역시 구로사키가 이해한 것처럼은 보이지 않았다. 언젠가 생각이 바뀔 날이 올지도 모르지만, 적어도 지금은 모르겠다. 그렇다면 할 수 있는 일은 하나다.

구로사키를 잊지 말고 앞으로 나아가는 것.

그렇게 '사자'와 계속 마주하다 보면 언젠가 다다를지도 모른다. 구름 뒤에 숨어버린 아사쓰키의 마지막 진실에.

"그 결심도 아르바이트가 끝나고 나면 전부 잊어버리겠지만."

"그렇겠지. 그래도 그러고 싶어. 초지일관하겠어."

"이야, 초지일관이라. 후후후. 멋진 마음가짐이야."

하나모리가 경쾌하게 웃었다. 나도 따라 웃었다.

오랜만에 눈을 마주친 기분이었다. 내내 피해온 그 눈빛은 아주 반짝반짝 빛나 보였다. 사람은 참 신기하다. 거북하게 느껴졌던 눈이 이렇게 달라 보이다니.

그리고 이런 대화도 오랜만이라 해야 할까.

"훗훗훗."

"응? 뭐야."

"아니야. 그냥 사쿠라는 역시 날 좋아하는구나 싶어서."

잠깐. 와, 진짜로 잠깐만.

갑자기 무슨 소리야.

"야. 뭐가 어떻게 흘러가면 그런 결론이 나오는 거냐?"

"시치미 떼기는. 나랑 계속 같이 있고 싶어 하는 마음을 왜 모르겠니."

"멋대로 갖다 붙이지 마."

"후후후. 명탐정은 모르는 게 없단다. 사쿠라는 얼굴에
다 드러나거든. 아아, 미인의 숙명이여."

"드러나기는 뭐가."

"드러났지롱. 난 알아."

"아니라니까. 잘 봐봐."

"어디어디?"

"으헉! 너무 가깝잖아!"

장난스러운 표정으로 입이라도 맞출 수 있을 만큼 얼굴
을 가까이 들이대는 바람에 나도 모르게 얼굴이 붉어졌다.

그런 나를 보고 하나모리는 둔치가 떠나가라 웃었다. 무
심코 나도 쓴웃음을 지었다.

어깨가 가벼웠다.

정말 오랜만에 마음이 가벼워졌다.

그래서일까.

이런 걸 두고 마가 끼었다고 하는지도 모르겠다.

나는 요전에 까먹고 하지 못했던 질문을 던졌다.

"저기, 하나모리."

"왜애?"

"넌 왜 이 일을 하는 거야?"

부드러운 침묵이 찾아왔다. 하나모리의 옆얼굴을 보자 신기하게도 안심이 됐다.

내내 궁금했다. 왜 하나모리가 이 일을 하는지.

뭔가 곤경에 처한 것 같지는 않다. 인생이 답 없이 막막한 것 같지도 않다. 언제나 반의 중심에 있는 인기인. 하지만 하나모리는 틀림없이 사신이다.

왜. 어째서. 그 의문이 머릿속을 맴돌았다.

"난, 으음, 글쎄. 듣고 보니 새삼스레 왜인가 싶네. 돈이 궁한 것도 아니고, 이 일이 특별히 마음에 드는 것도 아니고. 음, 아마도."

하나모리는 다정하게 웃는 얼굴로 답했다.

어딘가 먼 세상까지 전해지도록.

"꼭 이루고 싶은 소원이 있어서일 거야. 어떻게든 꼭."

"그렇구나."

이때 나는 처음으로 하나모리를 좀 더 알고 싶었다.

달은 없지만 별이 수런대듯 반짝이는 밤이었다.

결국 무슨 소원인지는 밝히지 않았다.

신기하게도 알고 싶다는 마음은 들지 않았다. 언젠가는 알게 될 거라고 느꼈다. 그럴 때가 이런 밤에 찾아오리라고 확신했다.

　이런 애틋한 밤에.

3장

조건 없는 사랑

여름방학이라는 행사에 그렇게까지 즐거운 추억은 없다. 축구를 하던 시절에는 그저 덥기만 했고, 다리를 다친 후로는 다른 아이들에게 선망의 눈길만 보냈다.

그런 의미에서 올 여름방학은 충실하다고 할 수 있겠지. 반에서 제일가는 미인과 수영복 차림으로 놀고 있으니까.

"아하하! 기분 좋다. 사쿠라, 물이 끝내주게 차가워."

"그렇구나. 잘됐네."

풀장 가에 앉으며 쾌활하게 재잘대는 하나모리에게 답했다.

손바닥에 풀장 특유의 감촉과 열기가 전해져 한여름을 실감케 했다.

그나저나 오늘.

여름방학이 나흘쯤 지났을 무렵 나와 하나모리는 시민 수영장에 왔다.

주변에 사람이 넘쳐난다. 경쾌한 음악에 아이들의 웃음소리가 섞였고, 인접한 유원지에서 제트코스터의 굉음이 울려 퍼졌다. 그야말로 여름방학답게 떠들썩했다.

왜 이런 곳에 있느냐 하면, 나도 모른다.

어젯밤에 느닷없이 전화가 왔던 것은 기억난다.

"야호, 사쿠라. 엄마한테 수영장 티켓 받았는데 같이 안 갈래? (……) 아, 그래? 뭐 어때. 같이 가자. (……) 아하, 부끄러워서 그러는구나. (……) 그래, 그래. 수영복 입은 여자에게 면역이 없는 게 죄는 아니지. (……) 그런 점이 역시…… 아차, 여기서부터는 말을 아낄게. 우후후."

발끈한 나를 누가 탓하랴. 결과적으로 그건 나쁜 한 수였다.

그 후에 무슨 이야기를 나누었는지는 기억이 안 나지만, 어느덧 "기대된다, 내일 보자"라는 인사로 통화를 마쳤다. 그리고 오늘 뜨거운 한낮에 외출하여 일당 이틀 치 가격의 수영복을 사서 끌려오다시피 여기에 왔다. 당한 기분이다. 아무래도 나는 여자에게 붙잡혀서 살 타입인가 보다.

한편으로 이런 상황에 익숙해지고 있다는 것도 자각했다.

그도 그럴 것이 사신 아르바이트는 일이 없으면 휴일인지라 남는 시간을 주체하지 못한 하나모리에게 여기저기 끌려 다니며 접대에 시달리는 회사원이나 다름없는 며칠을 지냈기 때문이었다. 내 노동 환경이 얼마나 열악한지 새삼 인식했다.

"역시 여름은 풀장이랑 다코야키(문어를 넣어 둥글게 구운 빵-옮긴이)지. 사쿠라도 얼른 들어와."

내 마음도 모르고 하나모리는 풀장에서 즐겁게 첨벙거렸다. 거기서 다코야키는 왜 나오냐고 생각하며 풀장 가에 멍하니 앉아 있었다.

별다른 이유는 없다.

굳이 따지자면 여름 햇살 아래서 생각에 잠기고 싶어서였다.

"오늘로 구로사키 씨를 보낸 지 일주일인가."

나직이 중얼거리고 최근의 나 자신을 돌이켜보았다.

구로사키가 사라진 날에 아르바이트를 계속할 각오를 새로이 다졌다.

이유는 많지만 가장 큰 이유는 역시 구로사키에게 속죄하기 위해서였다.

하나모리는 위로해주었지만 역시 돌이킬 수 없는 짓을 했다. 그래서일까. 그 추가시간을 헛되이 하지 않기 위해서라도 아르바이트에 진지하게 임하기로 굳게 마음먹었다.

그리고 아사쓰키에 관해서는 일단 미뤄놓기로 했다.

물론 진실을 알아내길 포기한 것은 아니다. 아르바이트를 시작한 지 반년 후인 12월 하순에 모든 기억을 잃는다는 공포를 극복한 것도 아니다. 그래도 그 밤을 회상하며 깨달은 것도 있다. 아사쓰키가 분명 웃고 있었다는 사실이다.

구로사키가 이 세상을 떠났을 때 하나모리는 말했다. '사자'는 다들 미련을 해소하지 못하고 마지막에는 체념한다고. 그러면서도 끝난 인생에서 의미를 발견하려 한다고. 그게 사실이라면 아사쓰키도 자기 나름대로 삶의 의미를 찾아냈겠지. 난 그게 뭔지 알고 싶다.

지금은 전혀 모르겠지만 이 아르바이트를 통해 '사자'와 접촉하다 보면 언젠가 답이 나오리라 믿는다. 그렇기에 미뤄놓기로 한 것이다.

'그리고 하나 더.'

이제 우선순위가 많이 밀린 것 같지만 이 아르바이트를 시작한 계기다. 5만 엔을 모은다는 목표도 새삼 자각했다.

어떤 소원이든 이루어준다는 이야기가 어디까지 진짜일지는 불분명하다. 하지만 돈은 틀림없이 모이고 있다. 요한 달 동안 1만 5,000엔을 모았다. 이 정도면 목표를 달성할 수 있을 듯하다. 그 돈으로 과거에 마침표를 하나 찍는다. 그런 결의도 다시 다졌다.

너무 길어졌는데, 아무튼 이런 식으로 요 며칠 사이 머릿속을 정리했다. 빙 둘러갔지만 그런 만큼 더 굳은 결의가 생긴 건 확실했다.

두 번 다시 후회하지 않겠다고 허식 없이 맹세했으니까.

"내 말을 씹다니, 같이 수영하자고 했는데."

어떤 목소리가 나를 갑자기 현실로 불러들였다. 하나모리다.

"아아, 미안."

어느새 풀장에서 올라온 하나모리가 대담한 비키니 차림으로 나를 내려다보고 있었다. 물에 젖은 고운 살결 때문인지, 무심코 눈길이 갈 만큼 예쁜 얼굴 때문인지 사람들의 주목을 한 몸에 받고 있다는 걸 분위기로 알았다. 나는 눈을 가늘게 뜨고 입을 다물었다.

최근의 흐름상 나와 하나모리의 관계는 대체로 양호하다 하겠다.

예전에는 내 신경이 예민했던 탓도 있어서 제대로 대화도 나누지 않았지만, 지금은 나름 무난한 관계로 돌아왔다. 하기야 하나모리는 언제나 밝고 쾌활한 소녀. 결국 내가 어떻게 접하느냐의 문제겠지. 그렇게 생각하자 지금까지의 나 자신이 부끄러워졌다. 조금 반성했다.

다만, 그렇더라도. 그렇다 하더라도.

연애 감정은 없다는 걸 짚고 넘어가겠다.

계속 같이 다니다 보니 오해도 생기는지 "요즘 반 아이들이 우리 이야기를 수군거리나 봐" 하며 하나모리는 능글맞게 웃었지만, 전혀 개의치 않는다. 정말로 사귀는 것도 아니고 실은 사신 동료라는 기묘한 관계에 지나지 않으니까. 뭐랄까. 우리 관계는 사람들이 생각하는 그런 범주에 들어가지 않는다.

나쁜 친구? 질긴 인연?

딱 와닿는 표현이 없는데, 서로 비밀을 공유하는 사람 특유의 편안함이 느껴지는 관계다. 그야 이러니저러니 해도 반에서 제일가는 미인이니까 수영복 차림으로 같이 있으면 오해할 만도 하겠지만. 그래도 아니다. 나와 하나모리는 그저……

"으라차!"

"으헙?!"

그때 생각 타임이 갑자기 끝났다.

이유는 간단하다. 발길질을 당해 풀장에 빠졌기 때문이다. 다시 말한다. 발길질을 당해 풀장에 빠졌다.

"어휴, 사쿠라. 뭘 그렇게 멍 때리고 있어. 나한테 퇴짜를 맞은 게 그렇게 서러워?"

"뭐?"

수면에서 얼굴을 내밀자마자 하나모리가 영문 모를 말을 꺼내서 당황스러웠다.

당황할 틈이 있거든 입을 막았어야 했는데.

"그럴 만도 하지. 예쁜 여자랑 멋진 여름을 보내고 싶어 하는 게 남자의 꿈이니까. 고백을 거절해서 미안해. 요즘 세상에 연애편지라니 좀 깨더라고. 그렇지만 사죄하는 뜻에서 데이트해주고 있으니까 됐지? 딱 한 번만이라도 좋다며 무릎까지 꿇는데 내가 어떻게 거절하겠어. 그러니까 사쿠라. 수영복을 입은 내 모습을 눈에 단단히 새겨. 그걸로 외로운 여름을 견뎌내는 거야!"

"……."

……뭐, 하나모리가 누구냐, 이 정도 장난은 아무것도 아니다. 날조에도 정도가 있지만 일상적인 일로 넘길 수

있다.

다만 문제는 사람들 한복판에서 그런 소리를 했다는 것이다. 아니나 다를까 아이들은 "기운 내요" 하고 시비 아닌 시비를 걸었고, 여대생은 키득키득 웃었다.

하나모리. 방금 전 발언을 정정하겠다. 연애 감정이 없는 걸 넘어서 넌 적이다.

적을 앞에 두고 할 일은 하나다.

"이얍! 먹어라!"

"어푸푸?! 아하하! 사쿠라, 네 이놈."

힘껏 물을 끼얹는다. 하나모리는 얼굴에 정통으로 물을 맞고 비명을 질렀다. 꼴좋다고 쾌재를 부른 다음 순간, 드롭킥을 맞았다. 레슬러한테 직접 배웠나 싶을 만큼 뛰어난 발기술이다. "풀장에서 다이빙하면 안 됩니다" 하고 감시원이 의욕 없는 목소리로 경고했다. 침몰하는 사람을 보고도 그게 다냐. 나보다 시급을 많이 받으니까 좀 더 의욕을 내라는 말이 머릿속에 떠올랐다. 동시에 오늘은 신나게 놀아주겠다고 마음먹었다.

"각오해라, 하나모리."

"훗훗훗, 사쿠라 같은 약골이 날 붙잡을 수 있을까?"

"현역 때 준족(駿足)으로 이름을 날린 공격수의 힘을 보여주마."

"그럼 술래잡기 하자. 상대방 가슴을 터치하면 공수 교대. 자, 시작."

"좋아…… 뭐라고?"

"사쿠라 왜 그래? 얼굴이 빨개. 우히히히."

"이게."

주변 사람들의 웃음 속에서 시작된 술래잡기는 당연히 내가 술래인 채로 끝났다.

한여름 태양은 한없이 눈부셨다.

저물녘까지 시간 가는 줄 모르게 놀았다. 물속에서 올라온 뒤의 독특한 부유감에 감싸여 귀갓길에 올랐다. 기분 좋은 노곤함에 취해 버스에서 잠들 뻔했다.

버스에서 내려 멍하니 걷다가 별 생각 없이 하나모리에게 물었다.

"다음 임무는 어떻게 된 거야?"

"현재 아무 지시도 없어. 손 놓고 기다리는 수밖에."

"의욕이 생기자마자 이래서야 원. 이쪽에서 먼저 '사자'를 찾으면 안 돼?"

"아하하, 그건 무리야. 알아볼 방법이 없는걸."

하나모리의 이야기를 들으며 대체 어디의 누가 지시를 내리는지 궁금해졌다. 생각해봤자 모르겠지만, 이 세상을 초월한 신비한 존재는 역시 궁금한 법이다.

"다만……."

그런 의문은 제쳐놓고, 하나모리가 흥미로운 이야기를 꺼냈다.

"우리는 '사자'를 알아볼 수 없지만, '사자'끼리는 서로를 알아본다고 들었어."

"그래?"

하나모리는 걸음을 멈추더니 예를 들면, 하고 손가락으로 가리키면서 말했다.

"사쿠라와 팀이 되기 전에 내가 담당한 '사자'와 여기를 지나간 적이 있어. 그때 그 사람이 '나랑 똑같은 아이가 있네, 저 아이도 사자야'라고 하더라. 쟤, 늘 여기에 있는데 아직 저세상에 못 갔구나."

"……아아."

하나모리가 가리킨 길가에는 한 소년이 우두커니 서 있었다.

나이는 열 살쯤 되었을까. 낡은 축구공을 끌어안고 공허한 눈으로 땅을 내려다보고 있다. 줄곧 거기 있었을 텐데도 말해줄 때까지 몰랐을 만큼 가만히. 이렇게 더운데 그늘에 숨지도 않는 소년에게서 말로는 다 표현할 수 없는 쓸쓸함이 풍겨왔다.

'저렇게 어린 나이에 죽었다니.'

사정은 모르지만 하나모리의 말을 듣건대 미련을 풀지 못하고 예전부터 저기 서 있는 모양이다. 어떤 미련인지는 모르지만 추가시간이 비참하리라는 것은 쉽사리 짐작이 갔다. 괜히 봤다 싶을 만큼 가슴이 답답했다.

"저렇게 그냥 놔둬도 돼?"

"다른 사신 담당이니까 그냥 놔둬."

"도와야 하는 거 아니야?"

"음, 마음은 알겠지만 괜한 참견은 좋지 않아. 사신별로 담당 지역과 담당하는 '사자'의 성향이 정해져 있다고 들었거든."

수긍이 가는 대답은 아니었지만 그렇게 나오면 할 말이 없다. 그러냐고 대꾸하고 소년에게 등을 돌려 걸음을 옮겼다.

대체 이 세상에 '사자'는 몇 명이나 있을까.

아무래도 세상에는 내 예상보다 많은 '사자'와 그에 수반되는 추가시간이 존재하는 듯하다. 다시 말해 우리도 모르는 사이에 '사자'와 만나, 그의 추가시간 속에서 살고 있을 가능성이 있다는 뜻이다.

만난 줄도 모르고 '사자'와 만나고, 기억을 망각한다.

아사쓰키의 친구가 그랬듯이 나도 누군가의 최후를 잊은 걸까. 그렇게 생각하자 이 세상이 참으로 허무하게 느껴졌다. 대체 추가시간은 뭣 때문에 존재하는 걸까. 의문은 그치지 않는다.

"오늘 놀아줘서 고마워. 사쿠라랑 같이 노니까 재미있더라. 안녕."

"그래, 잘 가."

평소 헤어지는 갈림길에서 하나모리가 손을 흔들기에 나도 따라 흔들었다. 어쩐지 사귀는 사이 같아서 쑥스러웠다. 얼굴만은 예쁘게 생긴 탓에 하나모리가 여자임을 의식하고 만다. 여름에 어울리는 얇은 민소매 차림이라 더 그렇다.

오늘은 그런 기분으로 집에 돌아갔다.

휴일이라 수입은 없고, 수영복을 샀으므로 오히려 적자다. 그래도 불만을 품지 않을 만큼 하나모리와 나름대로 즐거운 시간을 보냈다.

집으로 돌아와 현관문 자물쇠를 풀며 심호흡했다.

외면하며 오른손으로 뒤적거린 우편함에는 여전히 아무것도 없었다.

얕은 숨소리와 함께 집으로 들어갔다. 앞으로 이 일을 몇 번이나 더 해야 할까.

볕에 익은 바람에 이날 샤워는 지옥이었다.

여름에 시작된 다음 업무는 추가시간의 의미를 그야말로 똑똑히 알려주었다.

동시에 내가 과거와 똑바로 마주하는 큰 계기도 만들어주었다.

수영장에 다녀오고 이틀을 더 지루하게 보낸 후에야 변화가 있었다.

이른 아침에 하나모리의 전화로 다음 업무가 시작됐다.

"일부러 와줘서 고마워요. 전 히로오카 가나라고 해요. 아들 이름은 도모아키고요. 잘 부탁합니다."

하나모리에게 전화를 받은 다음 날.

남쪽에서 태풍이 북상 중이라지만 요 부근에는 별다른 영향이 없는 오후.

한 아파트의 어느 집을 방문했다.

"안녕하세요, 히로오카 씨. 이쪽은 어제 말씀드린 사쿠라예요."

"사쿠라 신지입니다. 잘 부탁드립니다."

우리를 맞이한 사람은 아주 평범한 여성이었다.

나이는 20대 후반일까. 따뜻한 미소에 말투도 부드러워 다정한 느낌이 드는 사람이다. 품에 생후 4개월 정도의 사내아이를 안고 있어 온화함이 더욱 두드러졌다. 이 사람이 '사자'임을 깜박할 만큼 평화로운 광경이었다.

"먼저 말해둘게요. 추가시간을 끝내려면 어떻게 해야 하는지 저도 모르겠어요. 자, 들어오세요."

히로오카는 난처한 듯 웃으며 우리를 안으로 들였다.

추가시간에 대해서는 이미 다른 사신에게 설명을 들었다고 한다. 그 사신이 미련을 해결하지 못하여 우리가 후임으로 온 것이다. 어제 하나모리가 먼저 찾아가 그 사실을 알렸다. 초면인 여성을 배려하는 의미에서 나는 어제 동석하지 않았다.

이 아르바이트에는 인수인계라는 개념이 없고, 편지로 오늘부터 누구누구를 담당하라는 지시가 내려오는 식이다. 그래서 하나모리는 어제 히로오카에게 사연을 들었다고 한다. 오늘 히로오카는 날 위해 다시 설명해주는 셈이다.

"어디서부터 이야기하면 되려나. ……제 인생은 불행했어요."

"……."

"후후후. 별 이야기 아니니까 편하게 들어주세요."

"아, 예, 죄송해요."

"사쿠라, 미인이 두 명이나 있어서 엄청 긴장했나 보네. 그렇다고 유부녀에 눈길 주면 안 된다?"

"야, 너 진짜 그런 소리 좀 그만해."

스리슬쩍 자기도 미인에 포함시키기는.

나도 모르게 얼굴이 붉어졌지만 히로오카가 킥 웃어준 덕분에 어깨에서 힘이 빠졌다.

본의 아니게 도움을 준 하나모리가 고마웠다.

"행복과는 별로 인연이 없었죠. 부모님을 여읜 후로는 친척과도 소원해져서 기댈 곳 하나 없이 홀로 살아왔답니다."

그렇게 시작된 이야기는 참으로 처연했다.

"전 어렸을 때부터 병약했어요. 입원도 많이 하는 바람에 벌이가 시원찮은 직업을 전전했죠. 도대체 뭣 때문에 사는지 모르겠더라고요. 그런데 어느 날 남편을 만나면서 인생이 바뀌었어요."

지인의 소개로 만난 남자는 호흡기계 의사였다고 한다.

그 사람은 대형 종합병원에 다녔고, 수입도 안정적이었으며, 무엇보다 성격이 온화하고 자상했다. 히로오카는 그 성품에 끌려 반년쯤 사귀다 결혼했다. 예전부터 원했던 아이도 임신하여 행복의 절정에 있었다고 한다.

하지만.

"출산이 임박하자 일이 터졌어요."

상위태반조기박리.

그것이 히로오카의 목숨을 앗아간 병명이다.

"몸이 약해 출산이 위험하다는 건 알고 있었어요. 의사 선생님도 많이 걱정하셨고요. 하지만 꼭 아이를 갖고 싶었죠. 천국에 계신 부모님께 손주 얼굴을 보여드리고 싶었거든요. 그래서 증상이 나타났을 때도 제가 낳고 싶다고 우겨서 출산에 임했어요. 마음을 단단히 먹었죠. 먹기는 했는데."

설마 '사자'가 될 줄이야.

히로오카는 난감하다는 듯 웃었다.

"사쿠라, 그래서 히로오카 씨의 미련은 이래저래 사정이 좀 복잡해."

"복잡하다고?"

"네. 이 아이가 무사히 태어났는지 알아내는 것, 그게 제가 품은 미련이에요."

"네?"

내가 놀라자 히로오카가 설명했다.

출산이 임박해 증상이 나타나자 히로오카는 의사와 상의해 제왕절개로 출산하기로 했다. 하지만 출산 도중에 사망하고 말았다.

그런데 다행인지 불행인지 히로오카가 '사자'가 되어 추가시간이 주어졌다. 추가시간에서는 수술에 성공. 아기도 무사히 태어났다는 가짜 역사가 시작됐다.

그런 까닭에 히로오카는 원래 역사에서 아기가 어떻게 됐는지 모르는 상황이다.

"지금은 저랑 아이 둘 다 건강해요. 하지만 추가시간이 끝나면 이 아이가 어떻게 될지 모르겠어요. 태반이 일찍 떨어지면 증세에 따라서는 아기가 사망할 확률이 50퍼센트를 웃돈다고 하네요. 그걸 생각하다 깨달았죠. 제 미련은 이 아이가 무사히 태어났는지 알아내는 거라는 걸."

"그렇군요……."

"후후. 너무 어려운 문제라서 미안해요. 사쿠라 씨."

"어, 아니에요. 무슨 말씀을."

급히 얼버무렸지만, 들켰다시피 어려워도 너무 어렵다

는 심정이었다.

원래 역사가 어떤지 추가시간 중에 알아내기는 불가능하다. 따라서 이 미련은 절대로 해소할 방도가 없다. 전임 사신이 포기한 것도 이해가 갔다.

"어때, 사쿠라? 뭔가 번쩍 떠오르는 아이디어 없어?"

"아이디어라⋯⋯."

현재 상황을 대강 파악한 후 하나모리와 잠시 의견을 주고받았다. 솔직히 답은 안 나올 것 같았다. 어디까지나 히로오카 앞에서 적극적인 자세를 보여주기 위한 대화다.

시간이 흘렀지만 역시나 좋은 생각은 떠오르지 않았다.

그러다 잠들었던 아기⋯⋯ 도모아키가 울음을 터뜨려 난리가 났다. 히로오카가 분유를 데우는 동안 내가 아기를 얼렀지만, 난생처음 아기를 안아보는데 잘될 리 없다. 히로오카는 우리를 보며 미소 지었다.

시간이 흘러 날이 저물었으므로 오늘은 이만 돌아가기로 했다. 남편에게는 아무 설명도 하지 않은 터라 우연히 마주치기라도 하면 곤란했다.

"앗."

돌아가기 직전에 중요한 질문이 생각났다.

"히로오카 씨, 괜찮으시다면 사자의 힘이 뭔지 알려주시겠어요?"

'사자'가 품은 미련을 알아내고, 그 미련을 해결하기 위한 가장 큰 힌트.

가장 중요한 질문을 빼먹을 뻔했으므로 현관에서 몸을 돌려 물어보았다.

"그러고 보니 사쿠라 씨에게는 말씀을 안 드렸네요. 저는 목소리만 듣고도 거짓말을 간파하는 힘이 있어요. 어제 하나모리 씨하고도 몇 가지 실험을 해봤죠."

"……그렇군요."

직감일까. 이때 나는 작은 위화감을 느꼈다.

그런데 위화감이 형태를 이루기 전에 하나모리가 쓸데없는 말을 꺼냈다.

"그런 고로 사쿠라 피고인. 돌아가기 전에 마지막으로 실험을 하겠네."

"처음이고 마지막이고 안 할 거야. 그나저나 내가 왜 피고인인데."

"내 질문에 전부 아니요, 라고 대답해. 히로오카 씨, 거짓말이면 고개를 저으세요."

"하기 싫다니까."

"첫 번째 질문!"

"야!"

"우후후후."

하나모리는 히로오카의 호의에 빌붙어 멋대로 질문 대회를 개최했다.

에고, 내 팔자야.

"우선 몸 풀기부터. 사쿠라는 하나모리를 좋아합니까?"

"몸 풀기치고는 너무 세잖아."

"그럼 부끄러워서 대답하지 않겠다는 뜻으로 받아들여도 될까?"

"그럴 리 있나. '아니요'야 '아니요'."

하나모리가 히로오카를 보았다. 히로오카는 고개를 끄덕였다.

즉 거짓말이 아니다. 당연하다. 우리 사이에 딱히 연애 감정은 없으니까.

"흐음…… 사쿠라는 유부녀가 취향이니, 뭐."

"그런 소리 하지 말래도."

"두 번째 질문! 이번에도 가벼운 잽이야. 사쿠라는 여자를 볼 때 몸매부터 봅니까?"

"강편치잖아!"

"그럼 부끄러워서 대답하지 않겠다는 뜻으로 받아들여

도 될까?"

"누구 맘대로. 그것도 '아니요'야."

하나모리가 다시 히로오카를 보았다. 히로오카는 어째서인지 고개를 숙이고 어깨를 바들바들 떨었다.

어, 어, 잠깐만. 그 반응은 뭔가요.

"쯧쯧, 역시 남자는 다 똑같네."

"잠깐만 있어봐. 아직 심사 중이잖아."

"그래서 요전에 수영장에서도…… 뭐, 여기서부터는 말을 아낄게."

"그거 진짜 성질나니까 그만해라."

"그러면 말한다? 비키니 입은 언니들을 자꾸 힐끔거렸구나."

"'아니요'!"

"큽…… 후후."

"저기요, 히로오카 씨. 제발 고개 좀 끄덕여주세요."

소란스러웠는지 도모아키가 다시 울음을 터뜨렸으므로 이번에야말로 진짜 돌아가기로 했다. 헤어질 때 히로오카가 "사이가 참 좋네요" 하며 웃자 비교적 진지하게 쓴소리를 하고 싶은 기분이었다.

전철을 타고 돌아오는 내내 낄낄거렸던 하나모리에게

불만을 투덜대며 오늘 아르바이트를 마쳤다. 집으로 돌아와 현관문 자물쇠를 풀며 오늘도 심호흡. 우편함에 아무것도 없음을 확인하고 한숨을 쉬며 신발을 벗었다.

피곤하다. 정말 피곤하다. 일단 잠부터 자자 싶었다. 이날 샤워도 약간 지옥이었다.

밤은 조용히 깊어갔다.

다음 날, 기력을 회복한 나는 앞뒤가 맞지 않는다는 걸 알아차렸다.

"거짓말을 했다고?"

"응."

여름방학 들어 한낮으로 방문 시간을 바꾼 하나모리를 만나 일당 1,200엔을 받고, 일찍 나가든 잔업을 하든 네 시간 치 시급밖에 지급하지 않는 아르바이트에 도리어 맥이 탁 풀려 근처 패밀리레스토랑에서 하나모리와 마주 앉았다.

"사자의 힘은 미련과 관련이 있다고 했잖아. 거짓말을 간파하는 힘은 아기가 무사한지 알고 싶다는 미련과 전혀 상관이 없는 것 같아."

"흠흠, 확실히 그러네."

콜라로 목을 축이고 말을 이었다.

사자의 힘과 미련에 연관성이 보이지 않는다. 즉, 히로오카가 사자의 힘 혹은 미련에 대해 거짓말을 했을 가능성이 있다는 뜻이다.

어제 실시한 능력 검증 실험은 하나모리 때문에 어중간하게 끝났다. 하지만 하나모리에 따르면 그저께 실험을 했을 때는 틀림없이 거짓말을 간파했다고 한다. 소거법으로 미련에 대해 거짓말을 했다는 결론이 나온다. 내가 추리하기에는 그렇다.

"과연, 일리가 있네. 그렇구나. 미련이 거짓말이라."

빨대를 문 채 생각에 잠긴 하나모리에게 흥미 삼아 물어보았다.

"네가 지금까지 경험한 사자의 힘은 어떤 게 있었어?"

"응? 어디 보자, 손을 대지 않고 물건을 움직이는 힘부터 남의 과거를 투시하는 힘까지 다양했지."

하나모리의 대답을 들으며 내친김에 언제부터 사신 일을 했는지도 물어볼까 싶었지만, 다음 기회로 미루기로 했다.

"엄청난 힘도 있었어. 만진 물건을 투명하게 만들거나, 자유자재로 비를 내리거나."

"이야, 그거 대단한데."

"내가 아는 사자의 힘 중에서 제일 대단한 건 시간을 멈추는 힘이야. 자신을 제외한 모든 시간을 멈출 수 있고, 시간이 멈춘 세상에서 사람을 건드리면 그 사람만 시간정지에서 풀어줄 수 있어."

"우아…… 장난 아니네."

예상외로 거창한 힘들이라 놀랐다.

아무래도 내가 수수한 힘만 접했을 뿐이지, 세상에는 다양한 사자의 힘이 존재하는 모양이다.

"사자의 힘은 그야말로 제각각이지만 미련과 무관했던 경우는 없었어. 히로오카 씨가 미련에 대해 거짓말을 했다는 사쿠라의 추리는 옳을 거야. 연관성이 전혀 없으니까."

하나모리의 말에 고개를 끄덕이며 생각했다.

이야기를 종합한 바, 틀림없이 미련이 거짓말인 듯하다. 그럼 진짜 미련은 뭘까. 거짓말을 간파하는 힘이 수수께끼를 풀어낼 실마리지만, 솔직히 말해 정보가 너무 적다. 벽에 부딪혔나, 하고 콜라를 마시며 작게 푸념했다.

'……'

하지만 이때.

벽에 부딪혔다고 푸념하면서도 실은 아주 약간 뭔가가

마음에 걸렸다.

이 느낌은 뭘까. 솔직히 나도 잘 모르겠다.

잘 모르겠지만 히로오카의 모습이 내 안의 뭔가와 겹쳤다. 찬찬히 살펴볼 필요가 있겠다 싶을 만큼.

그런 생각이 들었기 때문일까.

"하나모리, 이번 일 말인데 나한테 맡겨주면 안 될까?"

"응? 그건 괜찮은데, 갑자기 왜?"

"그냥. 이번에는 제대로 해보고 싶어서."

"그렇게 말하는 걸 보니 지금까지는 제대로 안 한 모양이다?"

"응, 그러니까."

하나모리의 가벼운 농담을 받아넘길 정도의 여유는 되찾았다.

내 말에 하나모리는 씩 웃더니 고개를 끄덕였다.

용기를 북돋아주는 든든한 웃음이었다.

"응, 알았어. 그럼 응원할게. 같이 힘내자, 사쿠라 대원!"

"오케이."

하나모리가 남자같이 주먹을 내밀었다. 오른 주먹을 딱 맞부딪쳐 답했다.

기세를 올렸지만 뭔가 작전이 있는 건 아니었다.

그러므로 일단은 잡담을 하면서 탐색하기로 했다.

우리는 히로오카 집을 찾아가 딱히 하는 일도 없이 도모아키와 놀면서 며칠을 보냈다. 뭔가 계기를 잡기 위해서라고 히로오카에게는 설명했다. 아기를 키우는 히로오카에게 폐가 되지 않을까 싶었지만 공연한 걱정이었다.

"매일 오셔도 괜찮아요. 도모아키를 안아주시는 것만으로도 큰 도움이 되거든요."

빈말이 아니다. 아기를 키우는 일이 죽을 만큼 힘들다는 걸 실감했기에 안다.

뭐니 뭐니 해도 일단 아기는 무조건 운다.

안아주지 않아도 운다. 배가 고파도 운다. 해 질 녘이 되면 어째선지 운다.

울 때마다 안아주지만 8킬로그램에 가까운 도모아키를 안고 달래는 건 중노동이다. 히로오카는 건초염에 걸린 듯 손목에 붕대를 감았다. 그걸 보건대 분명 아기를 안아주는 것만으로도 도움이 되겠지. 녹초가 된 몸으로 그렇게 느꼈다.

"여기 봐라, 도모아키. 에베베베, 까꿍."

"쳐다도 안 보는데."

어르려고 온갖 시늉을 다 하지만 하나모리를 거들떠보지도 않는다. 나는 말할 것도 없다. 울음을 그치지 않는 도모아키에게 두 손 두 발 다 들었다.

"우리 도모아키. 형이랑 누나가 놀아주러 와서 고맙다, 그치?"

"아, 웃었다."

그래도 히로오카는 역시 달랐다.

도모아키는 엄마 얼굴만 봐도 방싯방싯 웃는다.

"수예가 취미라 뜨개질로 인형을 만드는데요. 이걸 보면 좋아해요."

"이야, 도모아키는 새를 좋아하는군요. 후후, 귀여워라."

아무리 애써도 울음을 그치지 않을 때는 히로오카가 손수 만든 제비 인형을 머리 위에 소환한다.

그러면 도모아키는 울음을 뚝 그치고 인형을 가만히 쳐다보다가 날갯짓하듯 두 팔을 벌린다. 그리고 "아……" 하고 소리 내어 웃는다. 그 모습을 볼 때마다 어머니는 강하다는 말이 머릿속에 떠올랐다. 결국 오늘도 정보는 얻지 못하고 돌아갈 시간이 되었지만.

그때 우연히 나눈 대화에서 드디어 실마리를 잡았다.

"그럼 도모아키, 아빠 오시기 전에 누나랑 형은 갈게. 예쁜 누나랑 같이 논 거, 아빠한테는 비밀이다."

하나모리가 도모아키에게 던진 말.

그 말을 듣고 히로오카의 얼굴에 맺힌 옅은 미소가 지워졌다.

"그이는 오늘도 늦을 거예요. 두 분만 괜찮으시면 좀 더 있다 가셔도 되는데. 도모아키도 좋아할 거예요."

"그럼 죄송해서 안 되죠. 남편분과 마주치면 설명하기도 곤란하고요."

"과연 그럴까요. 그이는 신경도 안 쓸걸요."

나도 모르게 말문을 닫자 히로오카는 퍼뜩 놀란 표정을 지었다.

실언임을 깨달은 걸까.

"죄송해요, 마음에 두지 마세요. 괜찮아요. 남편은 저를 사랑한다고 말해주니까요."

"……네."

충분하다 못해 넘칠 만한 실마리였다.

"즉, 남편이 바람을 피우고 있다?"

"단정할 수는 없지만 어차피 그런 쪽이겠지."

그날 밤. 여름 별자리가 활짝 펼쳐진 시간대.

146

우리는 역에서 걸어서 돌아오며 오늘 얻은 정보에 관해 이야기를 나누었다.

요약하면 히로오카와 남편은 금슬 좋은 부부였다. 하지만 사자의 힘을 얻어 남편이 거짓말을 한다는 걸 알았다. 그래서 불만이 생겼다. 그런 추리다.

"흐으으음, 하지만 그게 미련과 무슨 상관이 있는지는 모르겠는걸."

"뭐, 그건 이제부터 조사해봐야지."

부부. 바람. 조사.

어째 주고받는 말이 진창 같은 느낌이다. 무심코 한숨이 나왔다.

내 기분을 아는지 모르는지 하나모리가 대뜸 물었다.

"사쿠라네 집은 부모님이 바람피운 적 있어?"

"엥, 우리 부모님?"

내 집안 사정을 알면서 그런 질문을 하다니 너무 깊이 파고들었다.

하지만 이제 와서 불쾌하지는 않다. 이 정도 이야기는 태연하게 나눌 수 있는 사이다.

밤하늘을 올려다보며 담담히 대답했다.

"전혀. 아버지는 제법 유명한 것치고는 주색잡기에 관심이 없는 성격이었고, 어머니도 젊고 활동적인 사람이었지만 바람을 피우지는 않았어."

언제였더라, 주간지에 추문이 폭로된 국회의원이 '바람을 피워봐야 정치가로서 제구실을 할 수 있다'라고 주장했다. 언론에게 죽도록 비판당했지만, 우리 집에서는 그 뉴스를 볼 때마다 어머니가 "그래서 당신은 제구실을 못하는 거구나" 하며 웃었다.

그런 농담을 주고받을 수 있을 만큼 화목한 가정이었다.

"오, 사쿠라 어머님은 젊은 분이셨구나."

"스무 살 때 날 낳았어."

"젊다!"

"그렇지? 아버지는 그때 서른일곱 살이었고."

"우아! 아버님 제법인걸."

"여자 인생을 망친 날도둑놈이라고 놀림 많이 받았대."

웃으면서 과거를 돌아보았다.

뭐, 좋고 나쁘고를 떠나 망친 건 사실이겠지.

당시 대학생이었던 어머니는 결혼을 계기로 학교를 그만두고 전업주부가 되었다.

"디자이너가 꿈이었어" 하고 어머니가 말한 적이 있는데, 그 꿈을 포기하고 말이다. 돈에 눈이 멀 사람은 아니니까 아버지와 진짜로 인생을 함께하고 싶었던 것이리라. "아쉽게도 꿈은 버렸지만 널 얻었으니 괜찮아" 하고 웃던 얼굴이 생생히 기억난다.

당시는 깊이 생각하지 않았다.

하지만 지금도 기억하고 있을 만큼 기뻤다.

어머니가 조건 없는 사랑을 베풀어줘서 기뻤던 거겠지. 텔레비전에서 연예인의 이혼이 화제에 오를 때마다 어머니가 "넌 꼭 엄마를 고르렴, 아빠를 선택하면 미워할 거야" 하고 장난쳐서 아버지가 쓴웃음을 짓는 게 재미있었다. 그 무렵은 정말로 웃음이 넘치는 가족이었다.

"그렇구나. 훌륭한 분이시네."

"응."

"사이가 좋았구나."

"그렇지."

그렇게 이야기를 끝맺은 후 생각에 잠겼다.

요전에 뭔가 마음에 걸린 이유. 어쩌면 히로오카도 우리 어머니와 똑같은 것 아니냐는 의혹이 문득 떠올랐기 때문이다. 나를 사랑해준 어머니와.

'아니, 설마…….'

하지만 바로 생각을 고쳐먹었다. 히로오카가 어머니와

똑같을 리 없다고.

쓸데없는 생각은 그만두자. 지금은 눈앞의 일에 집중해야 한다.

"하나모리. 한 며칠 따로 행동할까."

"어, 그래? 상관은 없지만 외톨이인데 괜찮겠어?"

"이왕이면 혼자서 괜찮겠느냐고 물어봐."

하나모리의 장난을 받아넘기고 작전을 설명했다.

다음 날부터 닷새간 실로 단순한 조사를 실시했다.

하나모리는 히로오카 집을 찾아가 도모아키를 봐주며 잡담으로 이야기꽃을 피웠다.

그사이에 나는 이른바 잠복을 했다.

히로오카에게 남편이 일하는 종합병원의 위치를 은근슬쩍 알아내 주차장을 계속 감시하면서, 병원 홈페이지에 실린 얼굴 사진에 의지해 정석적인 불륜 조사를 시작했다.

솔직히 말해 어마어마한 고행이었다.

하나모리에게 자전거를 빌리기는 했지만, 이 무더위에 밖에 숨어서 감시하다가 차를 쫓아가는 일이다. 다친 다리는 혹사할 때마다 비명을 질렀고, 한여름 땡볕은 지옥의 고통을 선사했다. 하지만 고생한 보람이 있었는지 성과를 얻었다.

"처음 나흘은 놓쳤지만 오늘은 신호의 도움을 받았지. 딱 걸렸어."

"어머나, 정말로 바람을 피웠구나. 이러니까 사쿠라는."

"왜 나한테 그래."

그날 저녁. 나는 미행을 마치고 편지를 찾아 헤맸던 둔치에서 하나모리와 합류했다. 풀숲에 앉아서 조사한 내용을 이야기했다.

결론부터 말하자면 예상대로 남편은 바람을 피우고 있었다. 잠복한 지 고작 닷새 만에 현장을 목격했다. 여기서 알 수 있는 점 하나.

"아무리 그래도 이건 너무 노골적이야."

솔직히 너무 잘 풀렸다. 평범한 고등학생이 고작 닷새 만에 증거를 잡다니.

숨길 마음이 없다고 봐야 하리라. 다시 말해.

"남편은 히로오카 씨에게 들키든 말든 개의치 않는다는 뜻인가?"

"그렇겠지. 그리고 히로오카 씨는 알고도 모르는 척하고 있어."

말하면서 기운이 쭉 빠졌다. 하나모리도 비슷한 기분이

었으리라.

해가 기우는 둔치를 둘러보며 하나모리는 말했다.

"이해가 안 되네. 그렇게 귀여운 아들을 두고 바람을 피우다니."

"그러게 말이야."

하나모리의 말에 진심으로 동의했다.

지금까지 난 아기를 봐도 별 생각이 없었다. 하지만 막상 돌보게 되니까 귀여운 정도가 아니었다. 침으로 범벅이 되어도 웃어넘길 정도다.

하지만 히로오카의 남편에게 도모아키는 그런 존재가 아니다. 요컨대 남편은 아이를 원하지 않았다는 걸 의미한다.

이해는 안 되지만, 세상에는 이해가 불가능한 인간이 넘쳐나는 것도 사실이다. 그렇게 생각하면 번 돈을 내연녀에게 낭비하는 놈이 있어도 전혀 이상할 것 없다.

"저어."

조금 용기를 내어 하나모리에게 물었다.

"하나모리. 너희 부모님도 이혼했다고 들었는데, 이번 일을 하면서 뭔가 느낀 바는 없어?"

"응? 어라, 사쿠라. 그거 알고 있었어?"

뜻밖이라는 듯 놀라서 조금 안도했다.

입을 꾹 다물기라도 하면 되레 거북하니까.

"남자애들이 수군거리는 걸 들었어. 초등학생 때 성이 바뀌었다던데."

"아하하하. 뭐야, 알고 있었구나. 그럼 감출 필요 없겠네."

하나모리는 천진하게 웃으며 그렇게 말했다.

왜 이런 질문을 했는지 나도 잘 모른다.

다만 무의식적으로 알아차린 것 아닐까.

이 녀석도 나와 동류임을.

"내가 초등학생 때 이혼했어. 아버지가 병에 걸려서 간병이니 뭐니 여러모로 형편이 어려워졌거든. 그래서 상의한 끝에 이혼했지. 결국 아버지는 돌아가셨지만 원만하게 헤어졌으니까 장례식에도 갔었어. 그러니까 힌트로 삼기에는 힘들지 않으려나."

"미안해."

"후후후. 사쿠라니까 용서해주는 거야. 꺄아, 대사 한번 찰지다!"

장난기 가득한 대응은 둘째 치고, 하나모리의 이야기는 상상과 많이 달랐다.

그 후로도 하나모리는 어머니와 사이좋게 지낸다고 한

다. 하나모리 어머니는 열심히 일하는 워킹맘이라 경제적으로도 딱히 어렵지는 않은 모양이다. 같이 쇼핑을 하러 가고, 드라마를 보며 웃고, 충실한 하루하루를 보내고 있다나.

"사쿠라도 어머니와는 사이가 아주 좋았다면서."

"응, 뭐."

"그럼 나랑 똑같네."

"오, 그러게."

평소와 다름없는 하나모리의 웃음에, 나도 따라서 미소 지었다.

판박이다. 그야말로 판박이다. 넌 나와 틀림없이 닮았다.

생각났다. 사신별로 담당하는 '사자'의 성향이 정해져 있다는 이야기가.

생각났다. 어머니에게도 다른 인생이 있다는 걸 알았던 그날이.

설마, 그런가.

정말로 히로오카도 우리 어머니와 똑같이…….

"개별 행동은 오늘로 마치고, 내일부터는 나도 히로오카 씨 집에 갈게. 여기서부터는 본인에게 직접 캐내는 수밖에 없겠다."

"응, 그래. 그게 좋겠어."

"히로오카 씨의 미련을 어떻게 알아낼 것인가. 어렵겠지만 해봐야지."

강 너머로 지는 석양을 바라보며 다짐했다.

다음 날부터 다시 히로오카의 집을 찾았다.

역시라고 해야 할까. 내 예감은 나쁜 의미에서 들어맞기 시작했다.

"죄송해요, 히로오카 씨. 해결책도 없이 늘 찾아오기만 하고."

"그런 말씀 마세요. 도모아키와 놀아주셔서 고마운걸요. 그리고 어려운 문제를 내놓은 건 저잖아요."

다시 하나모리와 함께 히로오카 집을 방문한 지 며칠이 지났다. 우리는 딱히 하는 일도 없이 도모아키와 놀아주며 시간을 보냈다.

솔직히 불안했다.

이대로 기다리기만 해도 될까.

하지만 끈기 있게 기다렸다. 내 예상이 옳다면 히로오카 쪽에서 반응을 보이리라고 믿으며.

아니나 다를까, 마침내 그날이 왔다.

"으아아, 이런 곳에 거미집이! 사쿠라처럼 음침해!"

"괜히 날 끼워 넣지 마. 상처받잖아."

야단법석 떠는 모습을 보고 히로오카가 쿡쿡 웃었다.

8월 중순. 오봉(매년 양력 8월 15일을 중심으로 지내는 일본 최대의 명절 – 옮긴이)의 계절.

이날은 나와 하나모리, 그리고 히로오카와 도모아키 넷이서 성묘를 왔다.

왜 여기 왔느냐 하면 남편은 오봉 연휴에 본가로 귀성하고, 히로오카 씨는 자기 부모님을 공양하길 바랐기 때문이다. 나와 하나모리는 혹시 괜찮으면 같이 가자는 제안을 받고 따라나섰다.

시댁에는 시부모님이 있을 것이다. 손자 도모아키를 보여주러 가지 않아도 되나 싶었지만, 깊이 묻지는 않았다. 남편이 같이 가자는데 거절했다는 히로오카의 마음을 어쩐지 알 것 같았기 때문이었다.

전철과 버스를 갈아타고 산속에 조성된 한적한 공동묘지에 도착했다. 도중에 산 꽃을 히로오카가 무덤에 바쳤다. 히로오카의 추가시간이 끝나면 이 꽃도 사라지겠지. 그 사실이 어쩐지 서글프게 느껴졌다.

향을 피우고 묵도하고 나서 히로오카는 누구에게랄 것

도 없이 이야기를 시작했다.

"저는 어릴 적부터 용기 없다는 말을 많이 들었어요. 학교 선생님도 좀 더 적극적으로 행동하라고 늘 말씀하셨고요. 스스로도 알고는 있었죠. 싫다고도 못하고, 거절도 못하고, 그렇게 후회로 가득한 인생을 살아왔어요."

잠자코 귀를 기울였다.

왜 갑자기 이런 이야기를 꺼냈는지 짐작이 갔기 때문이었다. 빨리 자신의 거짓말이 들통나기를 바라는 것이리라. 그 정도로 추가시간을 살아내기가 힘겨운 것이다.

"제 인생은 순 거짓말뿐이에요. 싫어도 싫다고 못하고, 화가 나도 화 안 났다고 거짓말을 하죠. 그렇게 쌓이고 쌓인 거짓말이 늘 큰 후회를 불러와요."

거짓말을 한다. 그 말에 구로사키가 떠올랐다.

양심의 가책 때문일까, 돌이켜보기 싫기 때문일까. 이유는 다양하겠지만 '사자'는 모두 거짓말을 한다. 분명 히로오카도 그렇겠지. 후회에서 눈을 돌리고 싶어 미련에 관해 거짓말을 했다. 하지만 실은 남에게 들통나서 편해지고 싶다. 그런 딜레마를 안고 지내온 것이다. 괴로움으로 가득한 이 추가시간을.

그리고 이건 나와 하나모리에게도 해당된다. 올여름에

우리가 만난 건 분명 우연이 아니다. 그런 예감이 들었다.

"죄송해요. 모처럼 시간을 내서 같이 와주셨는데 어두운 이야기를 하고 말았네요. 하지만 여기 오면 이것저것 생각이 많아져서요. 죄송해요."

그렇게 말하고 희미하게 미소 짓는 히로오카는 역시 괴로워 보였다.

그 모습을 보고 추가시간을 빨리 끝내야겠다고 느꼈다.

"우이잉…… 아웅."

"오, 도모아키 왜? 누나가 안아줄까?"

유모차에서 자고 있던 도모아키가 칭얼거렸다. 하나모리가 웃으며 얼렀다.

장대비라도 내릴 듯 찌푸린 하늘이 내 마음을 그대로 반영했다.

내 마음만 그랬던 게 아니었던 모양이다.

성묘를 마치고 돌아와서 히로오카와 헤어졌다. 하나모리가 "사쿠라, 잠깐 시간 좀 내"라고 하기에 별 생각 없이 따라가자 여름 축제가 열리고 있었다. 그러고 보니 불꽃놀이 대회가 있다고 회람판에 적혀 있던 것이 생각났다. 완전히 깜박했다.

산중턱에 자리한 신사로 이어지는 도로에 야키소바(삶은 국수에 채소와 고기 등을 넣고 볶은 일본 요리 ─ 옮긴이)를 비롯한 갖가지 노점이 죽 늘어서 있었다. 그렇게 비좁은 곳을 남녀노소가 유카타(여름철에 입는 무명 홑옷으로 목욕 후나 축제 때 입는다 ─ 옮긴이) 차림으로 오간다. 사과사탕, 반짝반짝 빛나는 전구소다(전구 모양 용기에 색색의 음료수를 넣어서 판매하는 제품 ─ 옮긴이), 다양한 동물 모양의 거대한 풍선. 잡다함, 떠들썩함, 설렘이 뒤섞여 우리를 뜨겁게 달구었다. 분위기만으로도 배가 부른 풍경이었다.

　"우오오오, 다코야키, 다코야키다! 사쿠라, 우리 반씩 나눠먹자."

　"다코야키에 한이라도 맺혔냐. 기다릴 테니까 사 와."

　"에이…… 이럴 때는 남자친구답게 척 사줘야지."

　"누가 네 남자친구냐?"

　"으으, 난 시급이 고작 300엔인데."

　"우연일세. 내 시급도 300엔이야."

　"와, 그렇게 낮아? 거기 악덕 기업 아니야?"

　"100퍼센트 악덕 기업이지. 더럽게 무거운 상사가 드롭킥을 날리거든."

　이번에는 주먹이 날아왔다. 역시 악덕 기업이라 확신

했다.

결국 다코야키는 내가 샀다. 열 개들이 한 박스에 오늘 일당이 3분의 1이나 날아갔다. 시급 300엔의 무서움을 새삼 실감했다.

돈에 여유가 있는지 하나모리는 솜사탕과 구운 오징어도 샀다. 유카타 차림도 아닌데 그걸 들고 있으니 축제 느낌이 확 살았다. 미인은 역시 이득이다.

더웠지만 음식도 먹고 천천히 거닐기도 하며 축제 분위기를 즐겼다. 이제 곧 2학기다. 선택과목 수업은 뭘 들을까. 반의 누구누구가 헤어진 모양이다. 늘 그렇듯 대수로울 것 없는 이야기를 하면서. 인파에 밀려 뺨에 살짝 닿은 하나모리의 머리카락에서 옅은 향기가 풍겼다. 그만 머리가 멍해졌다.

주변이 어둠에 감싸일 무렵, 드디어 불꽃을 쏘아 올리기 시작했다.

하지만 우리가 있는 산길에서는 꽤나 먼 곳이라 불빛이 희미하게 비치는 정도다. 하나모리가 돌계단에 앉았다. 나도 옆에 앉았다. 불꽃이 터지는 굉음이 귀를 때렸다.

하나모리가 조용히 입을 열었다.

"어릴 적에 엄마랑 여름 축제에 간 적이 있어. 오늘보다 훨씬 큰 축제에. 제비뽑기며 사과사탕이며 아주 즐거웠던 기억이 나네. 지금도 간직하고 있는 멋진 추억이야."

하나모리는 앞을 보고 웃는 얼굴로 말했다.

이 추억의 의미는 분명 나밖에 모르겠지.

"아빠가 죽은 지 얼마 안 됐을 때였어. 엄마도 바쁜 탓에 많이 외로웠었거든. 그래서 더욱 기뻤어. 분명 평생 못 잊을 거야."

"그렇구나."

밤의 장막이 드리웠다. 굉음과 흥겨움으로 채색되는 세상에서 추억을 자아낸다.

하나모리의 얼굴은 굳이 보지 않았다. 보지 않는데도 마음속은 손에 잡힐 듯 환히 보였다. 아아, 역시나. 역시 너도 알고 있었구나.

지금 생각하면 내가 아는 걸 하나모리가 모를 리 없다.

사신별로 담당하는 '사자'의 성향은 정해져 있다. 바꾸어 말하면 '사자'와 비슷한 괴로움을 안고 있는 사신이 담당에 적합하다는 뜻이리라. 아사쓰키, 구로사키, 히로오카, 가족 때문에 고민하는 '사자'가 역시 가족 때문에 고민하는 내 앞에 나타난 것은 결코 우연이 아니다.

그렇다면 히로오카 일이 뭔가 마음에 걸린 데도 역시 이유가 있을 것이다.

이 세상을 초월한 신비한 존재는 어머니와 그런 일을 겪었던 나야말로 히로오카의 진짜 의도에 다가설 수 있으리라 여겼을 테니까.

"난 엄마와 아주 사이가 좋아."

"그렇구나. 나도."

"틀림없이 사랑받고 있어."

"나도. 틀림없이 사랑받았어."

"후후. 역시 우리는 닮았네."

"판박이지."

"우리는…… 거짓말쟁이야."

"응. 맞아."

옆을 보았다. 어둠과 빛이 뒤섞인 하나모리의 얼굴은 웃고 있지만 어쩐지 서글퍼 보였다.

어찌할 도리가 없는 괴로움을 안고 있다고 은연중에 고백한 하나모리가 사명감을 주었다. 암흑 속에서 신음하는 히로오카를 구해야 한다는 사명감을.

그러므로 결심했다.

히로오카의 슬픔을 반드시 끝내겠다고.

"내일 내가 히로오카 씨한테 말할게."

"응. 고마워. 부탁할게."

밤이 세상을 지배하자 멀리서 터지는 불꽃이 더욱 선명한 색채를 자랑했다.

분명 지금쯤 도모아키는 울고 있겠지.

황혼이 내리면 사람은 불안해진다. 구로사키는 몇 번이나 황혼과 함께 찾아온 공포에 감싸였을까. 아사쓰키는 몇 번이나 황혼과 함께 찾아온 후회에 시달렸을까. 나는, 하나모리는.

그날 밤은 으스스할 만큼 조용했다.

다음 날.

오후에 히로오카 집을 찾아가 입을 열자마자 이렇게 말했다.

"히로오카 씨, 당신의 거짓말을 밝히러 왔어요."

"……네."

히로오카는 전혀 동요하지 않았다. 이때를 내내 기다렸으리라.

"남편분을 비롯해 여러모로 조사했지만, 결국 아무것도 알아내지 못했어요. 다만 당신이 미련에 관해 거짓말을 하고 괴로워하고 있다는 건 알겠더군요. 당신은 우리 어머니와 어쩐지 비슷해요. 조건 없는 사랑을 잃어버린 우리 어머니와."

아무 대꾸도 없는 히로오카를 향해 냉혹한 한마디를 던졌다.

"말씀해주세요. 도모아키가 무사한지 알아내는 게 정말 당신이 품은 미련인가요?"

"……미안해요. 거짓말하지 말고 처음부터 다 털어놨어야 했는데. 하지만 도저히 말할 용기가 안 나서."

히로오카는 호흡을 가다듬고 말을 꺼냈다.

계속 외면해온 추가시간의 시작점에 대해.

"진실을 말할게요. 제가 품은 미련은 이 아이를 낳은 거예요."

푸른 여름 하늘이 깊은 절망처럼 느껴졌다.

마지막 독백이 되리라는 예감이 들었다.

"이 결혼은 제 인생에 가장 큰 후회를 남겼어요."

히로오카는 도모아키를 다른 방에 있는 하나모리에게 맡기고 나와 둘만 남은 방에서 이야기를 꺼냈다.

끝나버린 인생을 조용하고 쓸쓸히 풀어낸다.

"처음에 말씀드렸듯이 제 인생은 불행했어요. 가족도 돈도 없이 뭣 때문에 사는지도 모르는 채 하루하루를 보냈죠. 그런 저는 당시 남편에게 아주 편리한 여자였어요."

히로오카는 실망을 곱씹는 투로 말을 이었다.

"남편은 성공한 의사였죠. 하지만 방탕한 성격을 고치지 못해 부모님에게 몹시 채근을 당했대요. 빨리 결혼해서 손주 얼굴을 보여달라고요."

그런 상황에서 우리는 만나고 말았다고 중얼거렸다.

"당시 파견된 곳에서 만난 선배가 남편을 소개해주었어요. 첫인상은 별로였죠. 말 여기저기서 아이만 낳아주면 그만이라는 느낌이 팍팍 풍겼거든요. 아무리 생각해도 거절하는 게 맞았어요. 아무리 생각해도.

하지만 거절하지 못했죠. 남편이 결혼해달라며 머리를 숙이자, 인생을 좌우하는 순간에서조차 거절하지 못한 거예요. 타고난 유약함과 이따위 인생이니까 돈만 있으면 된다는 생각이 합쳐진 결과였죠. 정말 어리석은 선택이었어요."

히로오카는 말을 삼키고 크게 숨을 내쉬었다.

내게는 그 한숨이 눈물이 되지 못한 뭔가처럼 보였다.

"바로 후회했어요. 남편은 당당하게 밤마다 놀러 나갔죠. 시부모는 그걸 알면서도 나무라지 않았고요. 돈만 있으면 인생이 펴지리라는 생각은 오산이었어요. 뭘 어쩌든 결국 스스로가 변해야 하는 거더군요.

하지만 저는 달아나지 않았어요. 가족도 없고, 제대로 일할 수 있을 만큼 몸도 건강하지 못했으니까요. 임신했다는 걸 알았을 때 마침내 도망칠 길이 완전히 끊겼구나 싶었죠. 몸 상태가 나빠지는데도 시부모님은 낳기만 하면 알아서 키우겠다는 이야기만 늘어놨어요. 그때 깨달았죠. 이 사람들에게 나는 손주를 낳는 도구에 불과하다는 것을.

그런 상태로 출산이 임박했고, 생사가 걸린 증상이 발생했죠. 너무나 갑작스러웠어요. 몇 시간 안에 수술을 받지 않으면 생명이 위험하다고 하더군요. 혼란에 빠진 저는 아이를 낳을지 말지 생각할 여력이 없었고, 무슨 일이 있어도 낳으라는 시부모님의 강요에 떠밀려 제왕절개 수술을 받았어요. 그리고…….″

아기는 무사히 태어났다. 하지만 히로오카는.

그리하여 히로오카의 추가시간이 시작된 것이다.

″아이를 낳자 남편은 자기 역할을 다했다는 듯이 훨씬 자유분방하게 지내기 시작했어요. 시부모님은 아이를 넘기라고 제안했고요. 제 몸이 안 좋다는 이유로요. 하지만 이번만은 물러서지 않았어요. 웃기죠. 죽고 나서야 거절하

는 법을 배운 거예요. 갖은 욕을 먹었지만 그래도 싸웠어요. 알아요. 추가시간에 뭘 어쩌든 아무 의미도 없다는 걸. 그래도 넘겨주지 않았어요. 실은 조금 기쁘더라고요. 이런 저에게도 자식을 사랑하는 마음이 있었으니까. 자식을 얻어 처음으로 싸울 수 있었으니까. 그것만이 마음의 버팀목이었어요. 그렇게 믿었는데."

그러나 진실은 달랐다.

"어느 날 알아차렸죠. 시부모님과 통화하다 '사랑하는 내 아들은 못 넘겨준다'고 말했을 때 제 목소리에 거짓말이 섞여 있다는 걸요. 그때 깨달았어요. 이 아이를 사랑하지 않는다는 걸. 그저 남편과 시부모가 너무 미워서 넘겨주기 싫다는 걸. 그런 추한 감정에 힘을 얻어 싸우고 있을 뿐이라는 걸. 정말로 한심해요. 한 아이의 어머니면서 애정이 아니라 증오를 원동력으로 삼다니.

추가시간이 끝나면 도모아키는 분명 시부모가 데려다 키우겠죠. 그게 너무 분하고 억울했어요. 그제야 알았죠. 이럴 바에야 낳지 말걸 그랬다, 그게 바로 제가 품은 미련이라는 걸요. 제 추가시간은 비참해요. 온갖 후회 속에서 내 인생은 뭐였냐며 자책만 하고 있으니까요."

단숨에 이야기를 마친 히로오카는 고개를 푹 숙이고 침

묵했다.

슬픔과 분노, 증오와 자기혐오를 견딜 수 없어서.

그 모습을 보고 아아, 역시나…… 그런 생각이 들었다.

조건 없는 사랑은 절대적이지 않다. 어떤 사람이든 자신만의 인생과 욕심을 가지고 있다. 역시 이 사람은 어머니와 닮았다. 어머니와 마찬가지로 조건 없는 사랑을 베풀지 못했다. 그래서 내가 담당이 되었다는 걸 다시금 알았다.

"히로오카 씨."

불러도 대답은 없었다. 얼마나 상심이 클지 상상도 되지 않았다.

애정보다 큰 증오. 낳지 말걸 그랬다는 후회. 히로오카는 자기 목소리를 들을 때마다 절망스러웠을 것이다.

나는 새삼 통감했다.

'사자'는 다들 괴로움을 끌어안고 있음을.

해소할 길 없는 미련을 인식하고 절망 속에서 살아가길 강요받는다. 그런 가운데 스스로를 지키기 위해 거짓말을 한다.

실은 추가시간을 끝내고 싶지만, 추악한 자신에게서 눈을 돌리기 위해 거짓말을 할 수밖에 없다. 그 비통함을 접하자, 무엇 때문에 이런 시간이 있느냐는 생각밖에 들지 않았다.

이런 시간이 없으면 괴로움도 없을 텐데.

이런 힘이 없으면 서글픈 사실을 몰라도 되는데. 그렇게 생각하자 이 세상의 무자비함에 패배할 것만 같았다. 정말로, 정말로, 안타까웠다.

'하지만.'

하지만 이때.

그래도 내가 희망을 잃지 않은 것은 왜일까.

나는 아무것도 못하고 구로사키 씨를 떠나보낸 그 밤을 떠올렸다.

그때 결심했다. 이번에야말로 잃기 전에 지켜내겠다고.

무엇 때문에 추가시간이 있는지는 모른다. 하지만 만약 추가시간에 의미를 부여할 수 있다면, 그게 가능한 건 사신뿐이다. 사신만이 '사자'를 구할 수 있다. 그러기 위해 나는 여기 있다. 여기까지 왔다.

"히로오카 씨."

나는 내디뎠다.

그날 밤에 내딛지 못했던 용기 있는 한 걸음을.

"히로오카 씨, 분명 당신은 아기보다 자신을 우선했겠죠. 그렇지만 지금까지 도모아키를 키워왔어요. 그 이유는 당신이 제일 잘 알지 않나요?"

히로오카는 아무 대답도 없었다. 나는 말을 이었다.

조건 없는 사랑은 아니었지만, 사랑을 베풀어준 어머니를 생각하며.

"당신도 알다시피 추가시간에는 아무것도 남길 수 없어요. 그런데도 당신은 도모아키를 키웠죠. 그것도 대충이 아니라, 엉엉 울다가도 당신 얼굴만 보면 웃음이 필 만큼 애정을 담아서. 그건 당신에게 웃음 짓는 도모아키의 목소리가 한 점의 거짓도 없이 해맑았기 때문 아닌가요?"

"……흑."

나는 안다. 그야 알고말고.

그동안 엉엉 우는 도모아키를 어르고 달래느라 얼마나 고생했는데.

나는 쩔쩔 맬 따름이었지만 히로오카가 있으면 어떻게든 해결됐다. 당연하다. 히로오카는 늘 육아 서적을 펼쳐놓고 공부했고, 도모아키가 좋아하는 뜨개질 인형도 하나하나 늘려갔으니까.

히로오카의 사랑은 무조건이 아니었을지도 모른다. 증오가 애정을 웃돈 것도 사실이리라. 하지만 그렇다고 자식을 사랑하고자 몸부림친 사실이 사라지지는 않는다.

증오를 넘어서지 못하더라도, 어머니이고자 싸운 당신은 어머니라 불릴 자격이 충분하다고 믿는다. 무조건이 아닐지언정 사랑을 모조리 잃은 건 아니니까.

"설령 남의 기억에 남지 않더라도, 도모아키를 낳은 사실까지 사라지지는 않아요. 그러니까 믿자고요. 도모아키가 커서 자신을 낳아준 어머니에게 고마워하리라는 걸. 설령 진실에 다다르지는 못하더라도 천국에 계신 어머니를 알려고 노력하리라는 걸. 그 믿음을 이번 인생을 살았던 의미로 삼도록 해요."

"인생을 살았던…… 의미."

히로오카는 그렇게 중얼거리고 고개를 들었다.

눈에 눈물이 살짝 고였다. 티 없이 투명한, 비통함의 눈물이.

후회인지 괴로움 때문인지는 모른다. 하지만 분명 그런 감정 때문만은 아닐 것이다.

다음 순간 그걸 확신했다.

"히로오카 씨."

"아……."

하나모리가 문을 열고 히로오카를 불렀다. 못마땅한 표정의 도모아키를 품에 안고 있다. 언제나 변함없는 도모아키를 보고 무심코 웃음이 솟았다.

"에헤헤, 달래봤는데 역시 안 되겠네요. 엄마 품이 좋은
가 봐요. 자, 어서 안아주세요."

"……도모아키."

하나모리가 도모아키를 넘겨주었다. 그러자 바로 도모
아키가 웃었다.

아아, 아기는 참 순수하다. 우리에게는 눈길도 주지 않
고 엄마만 찾는다.

이것만 봐도 히로오카가 얼마나 애써왔는지 알 만하다.

"도모아키, 도모아키."

"히로오카 씨."

눈물을 글썽거리며 아들의 이름을 부르는 히로오카를
불렀다.

분명 괜찮으리라고 믿으며.

사신으로서 '사자'를 저세상으로 보낼 말을 자아낸다.

"시간이 아무리 많이 걸려도 괜찮아요. 마음이 진정될
때까지 기다릴게요. 당신의 미련을 해결할 방도는 없겠죠.
그래도 이번 인생을 살았던 의미가 있다고 느껴지면 말씀
해주세요. 작별 인사를 하러 올게요."

"네…… 감사합니다."

히로오카는 짤막한 말과 함께 고개를 끄덕였다.

웃음일까. 그 표정에서 눈물 이외의 기색이 엿보인 것 같았다.

히로오카가 아들을 품에 안고 꺼낸 말은 영원히 잊지 못하리라.

"도모아키가 이날을 평생 기억하면 얼마나 좋을까."

덧없는 웃음과 함께 얼굴을 타고 흐른 눈물이 도모아키의 뺨에 뚝뚝 떨어졌다. 도모아키가 신기하다는 듯이 어머니를 올려다보았다. 그 눈에는 분명 무조건적인 사랑보다 더 숭고한 사랑이 비쳤으리라.

창밖에는 맑디맑은 푸른 하늘이 활짝 펼쳐져 있었다.

2주일 후, 히로오카는 이 세상을 떠났다.

"도모아키가 무사히 자란다면 그걸로 족해요."

이런 말을 남기고 평소 그랬듯이 온화하게 끝을 맞이했다. 마지막에 하나모리에게도 감사를 표하며 "당신이 부디 행복을 찾기를" 하고 덧붙인 것이 인상적이었다.

다음 날. 전철을 갈아타고 두 군데를 방문했다.

일단 히로오카가 알려준 남편의 본가를 찾아갔다.

녹음이 아직 풍부한 도심 외곽의 산을 깎아서 만든 주

택지. 넓은 정원이 딸린 전통가옥을 높은 지대의 공원에서 살펴보았다.

툇마루에 안심과 굴욕이 뒤섞인 풍경이 펼쳐졌다.

"도모아키, 건강해 보이네."

"응."

도모아키가 할아버지 할머니에게 귀여움 받는 모습을 보며 고개를 끄덕였다.

더할 나위 없다고 표현하기에 적합한 애정을 받으며 도모아키는 즐겁게 웃고 있었다.

분명 저 아이는 진실을 모르고 자라겠지.

어머니가 주었던 사랑은 모조리 무효화됐으니까.

"……갈까. 사쿠라."

"그래."

도모아키가 무사한지 확인하고 싶었을 뿐이다. 그러므로 우리는 바로 그 동네를 뒤로했다. 다시는 도모아키를 안을 수 없다는 사실에 마음이 더욱 쓰라렸다.

전철을 갈아타고 다음으로 향한 곳은 일전에도 방문했던 공동묘지다. 히로오카는 분명 여기에 잠들었을 것 같았다. 아니나 다를까 묘비에 히로오카의 이름이 있었다.

나뭇잎이 떨어져 지저분해진 무덤을 청소했다. 텅 빈 꽃통에 꽃을 꽂았다.

우리는 내내 아무 말도 하지 않다가 두 손 모아 인사하고 바로 떠났다. 더 이상 머무를 용기가 없었다.

다시 전철을 갈아타고 귀갓길에 올랐다.

도중에 바다가 보이는 역에 전철이 섰다. 지금까지는 딱히 마음에 두지 않았지만, 오늘은 어쩐지 감상적인 기분이었다. 하나모리가 잠깐 들렀다 가자기에 일단 거기서 내리기로 했다.

"이야, 풀장도 좋지만 바다도 끝내주는구나. 하늘이 엄청 넓어."

여름 끝자락의 바닷가 모래밭에는 우리 말고 아무도 없었다. 하기야 해수욕장도 아니니까. 모래알도 어쩐지 빛을 잃은 느낌이었다.

하나모리는 하늘과 바다를 둘러보았다. 나도 하늘의 푸른빛에 몸을 맡겼다.

방울져서 구슬프게 뚝뚝 떨어질 듯한 푸른빛에 갇혔다. 우리는 언제나 이렇게 어딘가에 갇혀 있다. 보이지 않는 뭔가와 거스를 수 없는 흐름에 의해.

"이걸로 된 걸까."

무심코 중얼거렸지만 하나모리는 대답하지 않았다.

추가시간은 무엇 때문에 존재하는가. 이번 일을 통해 약간은 이해가 갔다.

추가시간은 미련을 해소하기 위한 시간. 하지만 '사자'는 대부분 미련을 풀지 못하고 체념한다. 하나모리는 그렇게 말했지만 그 표현은 조금 잘못된 게 아닌가 싶다.

생각건대 추가시간은 애초에 미련을 버리게끔 하는 장치가 아닐까.

추가시간을 통해 '사자'는 미련을 풀 방도가 없다는 걸 받아들인다. 그러고 나서야 '사자'는 비로소 청산을 시작할 수 있는 것이 아닐까. 후회로 점철된 인생을 들여다보며 그 안에서 조그마한 행복을 찾아내는 청산을.

구로사키는 행복했던 한때를 돌이켜본 후 여행을 떠났다.

히로오카는 자식을 사랑하는 마음이 있음을 알고 이 세상을 떠났다.

설령 무엇 하나 남기지 못하더라도 마지막으로 청산하고 인생을 마칠 수 있다. 추가시간은 아무래도 그러기 위해 주어지는 듯하다. 그게 무슨 의미가 있느냐고 묻는다면, 나도 모르지만 그렇게 생각하면 일단 이해가 간다. 죽은 사람에게 주어지는 추가시간이라는 존재가.

그러므로 이번 일은 이걸로 됐다고 본다.

누구의 기억에도 남지 않는다. 하지만 히로오카는 청산을 끝냈다.

그러니까 문제없다.

문제없을 텐데.

'역시 받아들이기가 쉽지는 않군.'

그런 생각이 고개를 쳐들었다.

예전에도 느꼈듯이 역시 이해와 수용은 별개다. 수긍이 되느냐고 하면 전혀 수긍이 되지 않는다.

이번에 나는 아주 진지하게 애썼다. 히로오카가 조금이라도 행복하게 여행을 떠날 수 있도록 열심히 노력했다. 그렇게 애씀으로써 나 스스로도 앞으로 나아가리라 믿었다.

하지만 결과는 이 꼴이다. 주체할 수 없는 후회가 응어리졌다.

왜일까. 여러모로 생각하다가 무심코 물었다.

"저기, 하나모리. 도모아키에게 어떻게든 남겨줄 수는 없을까?"

"응? 뭘?"

푸른 하늘 아래, 잔물결 앞에서. 하나모리는 미소를 지으며 고개만 내 쪽으로 돌렸다.

바람이 불어 윤기 나는 머리가 부드럽게 흔들렸다.

무의미한 줄 알면서도 그 다정함에 매달렸다.

"어머니에게 사랑받았다는 사실 말이야. 무슨 방법 없을까. 메모를 한다거나, 전언을 부탁한다거나. 아무튼 언젠가 그 아이에게 어떤 형태로든 전하고 싶어."

"후후, 그건 무리야. 사신이 뭔가 남기더라도 퇴직한 순간, 사신에 관련된 사항은 모조리 수정되니까. 애당초 이런 이야기를 누가 믿겠어?"

"뭐, 그야 그렇지만."

뻔히 알고 있던 답에 무력감을 느꼈다.

하나모리는 몸을 돌려 바다를 등지고 물었다.

"갑자기 왜 그런 걸 물어?"

"글쎄, 왜일까?"

왜일까, 정말 어째서일까.

잘 모르겠지만 도모아키에게 어머니의 애정을 알려주고 싶어 애가 탔다. 내가 일찍이 한 몸에 받았던 그 소중한 온기를.

신비한 뭔가에 떠밀리듯 하나모리에게 밝혔다.

"이 아르바이트를 시작한 이유, 어머니랑 관계있어."

"그래?"

고개를 끄덕이고는 이야기를 시작했다.

푸르고 넓은 하늘에 어린아이가 손을 뻗듯이.

"어릴 적 이야기야. 난 어머니와 아주 사이가 좋았어. 어머니는 늘 웃는 얼굴로 날 귀여워하며 아꼈지. 가끔 싸우기도 했지만 어디서나 흔히 볼 수 있는, 아니 그 이상의 모자지간이었어."

하나모리는 말없이 나를 바라보았다.

그 시선에 마음이 편해져 전부 털어놓았다.

"우리 아버지가 체포된 건 알지? 바로 나오기는 했지만, 그 일로 우리 가족은 와장창 깨졌어. 어느 날 밤 아버지가 이혼 서류를 내밀었지. 뭐, 그럴 수도 있겠다고 받아들였어. 거기까지는 좋았지. 전혀 좋지 않았지만 그나마 나았어, 거기까지는."

눈시울이 시큰한 것을 참으며 말을 이었다. 푸른 하늘은 깨질 것처럼 투명해 보였다.

"옛날에 아이의 친권을 둘러싸고 부모가 재판을 벌이는 영화를 본 적 있어. 「크레이머 대 크레이머」라는 영화야. 그 영화에서도 그랬지만 현재 일본에서도 아이의 친권은 대부분 어머니가 가져가. 왜 그런지는 제쳐놓고, 일본에서는 그게 일반적이지. 그래서 이혼 이야기가 나왔을 때 나도 어머니를 따라가겠구나, 아버지와는 이별이겠구나 싶었지. 그래서 깜짝 놀랐어. 어머니가 친권을 선선히 포기했거든."

"......."

왜일까. 아무 말도 없는 하나모리를 앞에 두고, 희한하게도 웃음이 나왔다.

자조하는 듯한, 센 척하는 듯한.

안다. '사자'에 비하면 별일 아니라는 것쯤은 안다. 산 사람에게는 다음 기회가 있으니까. 안다. 물론 안다. 하지만, 그래도.

하나모리는 내 상심을 이해했기에 아무 말을 하지 않는지도 모르겠다.

"뭐랄까. 슬프지는 않았어. 외롭다거나 날 가지고 놀지 말라는 생각도 안 들었지. 그저 어머니도 자기 인생이 있는 인간이구나 싶었어. 어머니로서 꿋꿋하게 살았지만, 실은 많은 욕망과 고민을 품고서 전부 내던지고 싶은 마음을 꾹 참고 있었던 거야. 당연하지만 그때까지 몰랐던 사실이 느닷없이 눈앞에 뚝 떨어진 기분이었지. 그게, 부모가 나랑 똑같은 인간이라고는 생각을 잘 못하잖아. 그래서 몹시 놀랐어. 하지만 꿈과 행복을 추구하려는 욕심이 있다면 인생을 다시 시작하고 싶겠다는 생각도 들고, 그래도 그렇게 사이가 좋았는데 그건 다 가식이었나 싶은 생각도 들고, 여러모로 머릿속이 복잡하더라. 그래서 돈이 필요했던 거야. 외갓집이 멀어서 다녀오는 데 5만 엔이나 들거든. 딱히 만나고 싶은 마음은 없어. 이야기를 하고 싶은 것도 아니고. 분명 보고 싶은 거겠지. 어머니가 어떤 인생을 선택했는지. 두 번째 인생을 어떤 얼굴로 살고 있는지. 이번에야말로 소중히 지키고자 할 만한 인생인지. 편지를 쓰겠다고 했는데 지금까지 한 통도 오지 않은 건 그만큼 하루하루를 즐겁게 보내고 있기 때문인지. 그저 그걸 알기 위해 이 아르바이트를 시작했어."

"……그렇구나."

푸른 하늘 아래 독백이 흩어졌다.

여름 햇살이 차갑게 느껴질 만큼 후회가 덮쳐왔다. 잃은 것을 찾을 수 없다는 안타까움에 감싸였다. 하지만 해방감도 분명히 느껴졌다.

아아, 겨우 말했다.

누구에게도 밝히지 못했던 괴로운 심정을 드디어 이 세상에 방출했다. 이제야 겨우. 그런 마음이 가슴속에서 솟아오르는 것 같았다. 숨길 수 없는 상실감이 나를 겹겹이 감쌌다. 그래도 후회 속에서 작은 안도감을 맛보았다. 마음의 굴레를 하나 벗은 것 같았다.

떠올랐다.

아사쓰키가 해준 말이.

"네가 정말로 원하는 건 온기지.

하지만 난 그걸 줄 수 없어. 너도 알 거야."

과연 그건 어떤 의미였을까.

모르겠다. 아니, 알고 있나.

다만 온기를 필요로 하는 마음을 지금 약간 내려놓았다는 걸 이해했다. 번뇌를 씻어낸 듯 내면이 아주 고요하고 평온했다. 일렁이던 파문이 하나 사라지는 것을 알 수 있었다.

세상에 대고 불쑥 말을 꺼냈다. 내내 궁금했던 의문을.

"행복이란 뭘까."

"후후, 그러게. 뭘까."

내 물음에 하나모리는 그렇게 답했다.

하나모리가 웃었다. 아주 다정하고 아름답게. 신기하게도 기뻤다. 혼자가 아니구나 싶어서.

그 웃음을 보고 새삼 깨달았다.

역시 우리 사이에 연애 감정은 없다는 것을.

그 대신 더욱 신비하고 특별하여, 다른 누구와도 공유할 수 없는 뭔가가 있다.

이런 세상에서도 혼자가 아니라고 여길 수 있을 만한 뭔가. 하나모리 앞에 있으면 그 뭔가가 가슴에 깃든다. 새삼 그런 느낌을 받았다. 동시에 사신이라는 존재에 대해서도 이해한 기분이었다.

사신은 '사자'를 구원하는 자. 이 생각은 틀리지 않았으리라. 하지만 아무래도 진실은 하나가 아닌 듯하다.

사신이 '사자'를 구원한다.

덧붙여 '사자'를 통해 사신도 구원받는다.

이것이 바로 이 세상의 진실 아닐까.

무엇 때문이냐고 물어봐도 모른다. 근거는 하나도 없다.

하지만 나는 그들을 접한 덕분에 오늘 여기까지 올 수 있었다. '사자'와 마음을 나눈 덕분에 거짓을 하나 버릴 수 있지 않았나 싶다.

과연 이건 우연일까. 우연이 아니라면 역시 이유가 있지 않을까. 이 세상을 신비함으로 물들이는 뭔가에서 비롯된 이유가.

자연스럽게 물었다.

아련하게 웃음 짓는 눈앞의 얼굴에.

"하나모리."

"왜애?"

"넌 가족이랑 무슨 일이 있었어?"

아무 대꾸도 없다. 그게 답이나 마찬가지였다.

사신별로 담당하는 '사자'의 성향은 정해져 있다.

덧붙여 사신도 '사자'를 통해 구원받는다는 가설이 진실이라면.

반의 인기인이자 나에겐 그림의 떡이며 고민이라고는 눈곱만큼도 없는 것처럼 밝고 유머러스하지만, 그런 하나모리에게도 사신으로 일할 이유가 있는 거겠지.

나와 그들처럼 달랠 길 없는 괴로움이.

"하나모리."

나는 거의 무의식중에 말했다.

"지금이 아니라도 돼. 언젠가 말할 마음이 생기면 네 고민을 말해줘. 알다시피 우리는 그리 오래 알고 지낸 것도, 극적으로 서로를 지탱하며 지내온 것도 아니야. 하지만 우리 사이에서만 이해할 수 있는 괴로움이 있을 거야. 우리 사이에서만 이해할 수 있는 고독이 있으리라 믿어. 나랑 넌 그런 관계야. 그러니까 때가 오면 돕게 해줘. 언젠가 찾아올 너와 세상의 싸움을."

"……."

침묵이 드리웠다. 고요하고 평온한 시간이 영원히 계속될 것처럼 흘렀다.

마음이 전해졌을까. 어쩐지 말이 지리멸렬했던 것 같다. 하지만 부끄럽지는 않았다. "에헤헤, 고마워" 하고 속삭이며 웃는 얼굴이 나를 안심시켜주었으니까. 아아, 그래. 역시 우리는 이런 관계다. 둘도 없이 특별한 유대감으로 맺어진 관계라고 순수하게 받아들일 수 있었다.

둘이서 평온한 시간 속에 얼마나 오래 잠겨 있었을까.

하나모리가 멈추었던 시간을 천천히 움직였다.

"사쿠라, 실은 오늘 아침에 다음 업무 지시가 내려왔어."

"그래?"

내 반응에 옆에 앉은 하나모리가 다정하게 고개를 끄덕였다.

"그 '사자'는 사신으로 일하는 사람들 사이에서 제법 유명해. 사연이 제법 복잡한 '사자'라서 떠나지 못하고 이 세상에 머물고 있지. 언젠가 나에게도 순번이 오겠거니 했는데 결국 왔네. 사사로운 감정이지만, 개인적으로 꼭 도와주고 싶은 여자애야."

하나모리는 가슴을 죄는 듯한 표정으로 말했다.

어째서인지 전에 없이 굳은 각오가 느껴졌다.

"이제는 대등한 사신으로서 너를 의지할 수 있겠어. 부탁이야, 사쿠라. 제발 시노미야 유를 구해줘."

시노미야 유.

여름 끝자락에 들은 그 이름이 어둡고 나지막한 여운을 남겼다.

파도가 길게 울었다.

시노미야 유와 만나 우리 운명은 크게 바뀐다.

4장

부서진 심장

"시노미야 유. 그 아이가 다음 '사자'야?"

해변에 앉은 하나모리는 고개를 끄덕였다.

"아직 열 살이지만, 죽은 건 여덟 살 때랬나. 배려심도 많고 아주 착한 아이야. 하지만 인생은 참 비참했지. 학대를 당한 끝에 죽었어."

"……헉."

숨이 멎는 줄 알았다. 그만큼 뜻밖의 말이었다.

모르는 세상이 질척질척한 모습을 드러냈다.

"나도 들은 이야기지만, 어머니가 다치지 않게끔 교묘하게 폭력을 휘두른대. 하지만 아이가 학대를 인정하지 않아서 보호도 할 수 없다나 봐."

"그렇구나."

내 맞장구에 고개를 끄덕이며 하나모리는 설명을 계속했다.

유는 우리 동네에서 조금 떨어진 초등학교에 다닌다.

현재 초등학교 4학년이다.

미련을 풀지 못한 지 이럭저럭 2년이 되었다.

도무지 속수무책이라 사신들 사이에서 유명하다.

대충 그런 상황이었다.

'개인적으로 돕고 싶다니.'

하나모리의 이야기는 충격적이었지만 솔직히 실감이 나지 않았다. 따라서 역시 하나모리의 말이 마음에 걸렸다.

하나모리는 왜 개인적으로 도와주고 싶은 건지 이유를 말하지 않았다. 마음에 걸렸지만 물어보지 않기로 했다. 하나모리의 애절한 표정 때문에 망설여졌다.

"그런데 그 아이의 미련은 뭐야?"

"확실히는 몰라. 하지만 들은 바로는 복수하고 싶대. 자신을 죽인 엄마에게."

이제 놀랄 기력도 없었다.

내가 모르는 곳에 그런 세상이 있었다니.

"사자의 힘은?"

"대상의 심장을 멈추는 힘."

"그렇구나."

더 이상 아무것도 묻지 않았다.

푸르고 깊은 하늘에 구멍이 뻥 뚫리듯 아직 보지 못한 소녀의 얼굴이 상상됐다.

처음 들여다본 심연의 어둠이 머릿속에서 지워지지 않는다. 그런 암흑 속에서 어떻게 구해낼 수 있을까.

다다음 날.

9월이 되어 드디어 2학기가 시작됐다.

오늘은 개학식이라 홈룸 시간만 마치고 점심께 학교를 나섰다.

나와 하나모리는 근처 우동집에서 점심을 먹고 바로 시노미야 유를 만나러 가기로 했다. 여자애이므로 여름방학 마지막 날인 어제, 하나모리가 한발 먼저 찾아가 사정을 설명했다. 초등학생에게까지 그렇게 마음을 쓸 필요가 있을까 싶었지만, 학대를 당했으니만큼 신중해야 한다.

"휴, 자꾸 사쿠라 이야기만 나와서 진땀 뺐네. 하마터면 사귄다는 사실을 말할 뻔했지 뭐야."

"하, 사실은 이렇게 날조되는 거구나."

버스 안에서 오늘 하나모리가 반 아이들에게 질문 공세를 당한 일에 대해 이야기를 나누었다.

여름방학 동안 우리는 여기저기서 반 아이들에게 목격당한 모양이다.

교실에서 겉도는 나에게 말을 붙이기는 망설여졌는지 그들은 하나모리에게 캐물었다. 어이없는 농담에 기가 찼지만 평소와 같은 그 목소리에 안도했다. 그저께의 그 애절한 눈동자가 기억 속에서 지워지지 않아서였다.

그런 생각을 하면서 버스를 타고 가길 20분.

그럭저럭 번화한 이웃 동네에 도착했다.

국도를 따라 고층빌딩 몇 채가 서 있고, 남쪽으로 가면 사람들로 북적거리는 역이 나온다. 북쪽으로 가면 아파트가 늘어선 주택가가 펼쳐진다.

소녀는 주택가 저 안쪽에 자리한 단독 주택에 살았다.

"안녕하세요. 오빠가 새로운 사신이에요?"

"응? 어, 그래. 안녕."

현관 초인종을 누르고 이제 자식을 학대하는 부모와 만난다는 생각에 바짝 얼어 있었는데, 천진난만한 여자애가 나왔다.

"만나서 반가워요. 시노미야 유입니다. 잘 부탁해요."

"안녕! 하루 만이구나, 유. 이쪽이 어제 이야기한 사쿠라야. 유가 너무 귀여워서 사쿠라가 긴장했나 봐. 용서해 주렴."

"야, 그게 무슨 말이야? 이상한 소리 하지 마."

하나모리야 늘 이러니까 제쳐놓고, 유의 인사에 맥이 탁 풀렸다. 미리 예상한 소녀의 모습과는 너무 동떨어졌다.

정말로 이 아이가? 그런 느낌을 지울 수 없었다.

"자, 사쿠라한테도 이야기해줄래? 말해주면 아이스크림 사줄게. 물론 사쿠라가 살 거야."

"에헤헤, 감사합니다. 그럼 근처 공원에서 이야기해요. 남자애들이 늘 떠들썩하게 노는 공원이 있거든요."

"오, 좋다. 그럼 거기로 갈까."

둘이서 결정을 내렸으므로 일단 생각하길 포기했다.

우선은 이야기를 듣자. 그럼 뭔가 알 수 있겠지.

"바로 갈까. 야야, 사쿠라. 그만 좀 쳐다봐."

"응. 앗, 누가 봤다고 그래."

"잠깐만요. 아무도 없어서 문을 잠가야 해요."

유가 문을 잠그는 사이 문득 올려다본 하늘에는 얇은 비늘구름이 넓게 끼어 있었다.

그걸 보자 어째서인지 마음이 뒤숭숭했다.

걸어서 2분쯤 걸리는 공원은 유 말대로 정말 떠들썩했다. 넓은 공원은 뛰노는 남자애들과 아이를 데리고 나온 엄마 등 사람들로 북적거렸다. 나무와 놀이기구도 잘 관리되어 그야말로 휴식 공간이라 부르기에 적합한 분위기다.

우리는 공원 한구석에 있는 벤치에 앉아 근처 편의점에서 사 온 아이스크림을 먹었다. 학교생활과 여름방학 등의 잡담으로 시작된 대화가 드디어 본론에 들어갔다.

"초등학교 2학년 때 엄마에게 죽었어요."

소녀는 아무 망설임도 없이 말했다.

귀여운 목소리에는 전혀 어울리지 않는 처참한 사연을.

"전전 사신이 그랬어요. 우리 집은 일종의 '기능장애 가족'이래요. 겉으로 보기에는 품행이 바르고 점잖은 가족이지만, 집안에서는 엄마가 저 하나만을 스트레스의 배출구로 삼고 있어서 그렇다고 하네요. 한 살 어린 여동생이 있는데, 동생에게는 손대지 않는 걸로 봐서도 틀림없대요."

"⋯⋯."

내용을 떠나 유의 말투가 너무 차분해서 말문이 막혔다.

슬퍼하는 것도, 망가져서 공허한 것도 아니다.

오늘 학교에서 있었던 일을 들려주듯이 예사로운 말투로 자세하게 이야기한다. 그것만으로도 2년에 걸친 이 아이의 추가시간이 어땠을지 상상이 갔다.

"아빠는 회사원이고, 엄마는 학교 선생님이에요. 엄마는 스트레스를 잘 받는 체질인데, 어느 날 저를 아파트 7층에서 떠밀었어요. 여기서 보이는 저 예쁜 아파트에서요."

유가 나무 너머에 있는 아파트를 가리켰다. 나도 하나모리도 흘끗 쳐다만 보고 바로 눈을 돌렸다.

"저는 저기서 죽었어요. 하지만 '사자'가 되어 그런 일은 없었던 일이 됐죠. 처음에는 놀랐어요. 사신이라는 사람이 왔을 때도 뭐가 뭔지 모르겠더라고요. 그런데 저도 확실히 이해할 수 있는 일이 일어났어요."

거기서 잠깐.

막힘없이 술술 이야기하던 유가 망설이는 낌새를 보였다. 뭔가 꺼내기 힘든 말을 하려나 보다.

그 예감은 나쁜 의미에서 적중했다.

"저어, 이런 이야기한다고 미워하면 안 돼요. 저는 '사자'가 되기 전부터 동물을 괴롭히고는 했어요. 지금은 안 그러지만 '사자'가 된 후에도 길고양이 같은 동물을 보면 돌을 던졌죠. 그러던 어느 날, 마음속으로 강하게 바라면 생명체의 심장을 멈출 수 있다는 걸 알게 됐어요. 그 당시 사신에게 울면서 털어놨죠. 둘이서 상의한 결과 이해했어요. 제 미련은 저를 이런 꼴로 만든 엄마의 심장을 멈추는 거라고."

마지막 말은 쓸쓸함을 툭 떨어뜨리는 것 같은 중얼거림이었다.

"에헤헤, 어쩌면 좋을까요?"

우리를 배려한 걸까. 유는 난처한 듯한 웃음을 지으며 그렇게 말했다.

하나모리는 "힘들었겠구나" 하고 속삭이며 유를 꼭 끌어안았다. 유는 기쁜 듯이 실눈을 떴다. 나는 무슨 말을 하면 좋을지조차 몰랐다.

최악이다. 아무튼 최악이다.

그런 생각밖에 들지 않았다.

히로오카의 서러운 사연을 들었을 때보다 더 암담한 기분이었다. 이렇게 비극적인 이야기를 덤덤하게 이야기할 수 있게 되었다는 점이 더 가슴 아팠다.

실은 어제 도서관에서 학대에 대해 조사했다. 벼락치기지만 조금은 참고가 되지 않을까 싶어서. 도서관에서 얻은 정보는 실로 단순명료했다.

학대받는 아동은 공격적인 성향을 보이기 쉽다. 불장난이나 거짓말을 할 때도 있다. 남과 의사소통하길 싫어하며,

동물을 학대하기도 한다. 그런 기본적인 지식을 얻었다.

유는 옛날에 동물을 학대했다고 했다.

다시 말해 이 아이도 학대를 받은 다른 아동과 다를 바 없었다는 뜻이다.

하지만 지금은 동물 학대를 그만뒀고 원활한 대화도 가능하다. 이 사실에서도 이 아이가 2년간 얼마나 큰 괴로움을 겪으며 정신적으로 성장했는지 이해할 수 있었다.

그렇다고 지금까지 유를 담당한 사신을 무작정 탓할 수는 없는 노릇이었다.

심장을 멈추는 힘으로 어머니에게 복수한다.

상식적으로 그런 일을 시킬 수는 없다. 설령 그래봤자 추가시간이 끝나면 어머니를 죽였다는 사실도 무효화될 테니까. 지금까지와 마찬가지로 이 아이도 해소할 길 없는 미련을 품고 있음을 통감했다.

"어제 그 이야기를 듣고 나서 언니도 고민해봤는데. 으음, 어쩌면 좋을지 전혀 생각이 안 나더라."

"네. 지금까지 다른 사신들도 그랬어요. 제 미련을 풀 방법이 없으니까 타협점을 찾는 수밖에 없다고요. 하지만 어째야 좋을지 모르겠더라고요."

"그러게. 어떻게 해야 할까…… 야, 사쿠라, 듣고 있어?

유가 아무리 귀엽기로서니 넋 놓고 있으면 어떻게 해."

"걱정 마. 귀여운 건 인정하지만 아무 생각 없으니까."

"넌 늘 아무 생각 없잖아."

"네가 뭘 안다고 그래."

"아하하. 언니랑 오빠, 재미있네요."

찌푸린 얼굴로 투덜댔지만, 웃음을 잃지 않는 하나모리
가 고마웠다.

유의 불안을 덜어주고자 밝게 행동하는 하나모리는 훌
륭하다. 처음 만나는 사신을 상대로도 당당하게 행동하는
유도 대단하다. 나 혼자 심장 표면을 스르르 기어 다니는
공포를 어찌하면 좋을지 몰라 허둥거렸다.

손에 쥔 바닐라 아이스크림이 정처 없이 녹아내렸다.

결국 그날은 아무 진전도 없이 해 질 녘을 맞았다.

"엄마 오실 때 됐으니 이만 가야겠어요."

뛰어가는 유를 배웅하고 우리도 과묵하게 집으로 돌아
갔다.

덜컹덜컹 흔들리는 버스 안.

나오는 말은 고작 이 정도다.

"어머니의 학대를 멈출 방법은 없을까?"

"으음, 아마 없을 거야."

알지만 물을 수밖에 없었다.

없으리라는 건 안다.

그런 방법이 있었다면 벌써 해결했을 테니까.

오늘 보니 유에게 겉으로 보이는 상처는 없었고, 부자연스럽게 긴소매를 입지도 않았다. 예상과 달리 시노미야네는 품행이 바르고 점잖다는 이야기도 나왔다. 사신만 정보를 알고 있을 뿐 세간에는 학대한다는 사실 자체가 알려지지 않은 것이다. 가정에 깃든 어둠을 교묘하게 은폐하는 그 수법에 참으로 속이 탔다.

"거기에다 유 본인이 학대를 인정하지 않는단 말이지."

"응."

헤어질 때 유와 나눈 대화가 생각났다.

그저께 하나모리는 유 본인이 학대를 인정하지 않는 것이 학대를 멈출 수 없는 이유 중 하나라고 했다. 내가 찾아본 책에도 학대를 당하는 아동이 학대받는다는 사실을 인정하지 않는 경우가 있다고 적혀 있었다. 이유는 학대를 인정하면 부모와 생이별한다는 사실을 알기 때문이다. 도저히 이해가 안 되지만 아이는 아무리 고통받아도 한사코 부모의 애정을 원한다.

하지만 실제로 만나본 유는 상상과 달리 아주 냉정했다.

아무리 고통을 받더라도 부모의 애정을 원하는 유형도 아니었다.

그렇지만 소녀는 학대받는다는 사실을 공개하길 거부했다. 이유는 '그러다 동생까지 학대의 대상이 되면 안 되니까'였다. 그 말을 듣자 가슴이 찢어지는 것 같았다.

"하나모리, 무슨 방법 없을까?"

"솔직히 좀 어렵네. 사쿠라는?"

"나라고 뾰족한 수가 있겠냐."

"그렇겠지."

그런 이야기밖에 안 나왔다. 답답한 기분이었다.

'학대를 멈출 방법도, 미련을 풀 방법도 없어. 그렇다면 지금까지처럼 유 스스로 본인의 인생을 청산해야 할 텐데.'

하지만 어떻게 해야 할지 방법이 떠오르지 않는다. 결국 불안한 마음을 달래고자 상관없는 이야기를 꺼냈다.

"저기, 하나모리. 추가시간에는 분명 시간제한이 있지?"

"응. 언제 끝날지 모르고 길이도 제각각이지만, 언젠가는 끝난다고 들었어."

"그 아이는 '사자'가 된 지 2년이 지났어. 시간이 꽤 흘렀는데 괜찮은 걸까?"

"음, 잘 모르겠네. 통계를 내본 건 아니거든. 반년 만에 끝날 수도 있고, 10년 넘게 계속될 수도 있겠지. 결국은 다 신의 변덕인걸. 나도 지금까지 시간제한에 걸린 '사자'는 못 봤어."

"어, 그래?"

"응. '죽기 싫으니까 끝까지 살아주마'라는 사람도 있지 않을까 싶었는데, 실제로는 다들 추가시간을 빨리 끝내고 싶어 하더라고. 그러니까 시간제한에 걸리는 '사자'는 별로 없을 거야."

"뭐, 그렇겠지."

의외인 듯하면서도 이해가 가는 이야기였다.

나도 처음에는 '사자'가 되면 돌변하는 사람이 있지 않을까 걱정스러웠다.

어차피 죽는다. 누구의 기억에도 남지 않는다. 그렇다면 멋대로 날뛰는 사람이 나와도 이상할 것 없으니까. 하지만 금방 그럴 리 없다는 걸 알게 되었다.

추가시간은 그렇게 만만하지 않다.

구로사키와 히로오카를 보면 알 수 있듯이, 추가시간은 어마어마한 괴로움을 계속 안겨준다. 그러므로 돌변하여 신나게 즐기기는 불가능하다. 그렇게 생각하면 하나모리가 시간제한에 걸린 '사자'를 못 본 것도 당연하다 하겠다.

그리고 이때.

거기까지 생각이 미치자 한 가지 의문이 떠올랐다.

"있잖아. 추가시간을 꼭 끝내고 싶지만 미련을 해소할 길도 없고, 청산도 할 수 없을 때 마지막 수단을 사용하면 어떻게 돼?"

"마지막 수단이라니?"

"그, 자살이라든가."

주저하며 물어보았다.

아무 희망도 없는 대답이 돌아왔다.

"그걸로 끝이야. 어떤 형태로든 추가시간에 다시 죽으면 그걸로 종료. '사자'는 강제로 이 세상을 떠나고, 추가시간에 생겼던 일과 기억은 무효화돼. 그 결말은 우리가 가장 피해야 할 배드 엔드야."

"그렇군."

고개를 끄덕이고 대화를 일단락 지었다.

실은 그런 배드 엔드를 몇 번이나 경험했는지도 물어보고 싶었지만, 괜한 질문이다 싶어 창밖으로 의식을 돌렸다.

버스가 친숙한 동네에 들어섰다.

옛날에 다녔던 수영 교실이 눈에 들어왔다. 이렇게 낯익은 동네 바로 옆에 그렇게나 슬프게 삶을 마친 소녀가 있었다니. 깊은 한숨을 작게 내쉬었다.

버스에서 내려 터벅터벅 걸어서 하나모리와 헤어지는 곳까지 왔을 때.

자연스레 물어보았다.

"유를 구하는 건 널 위한 일이기도 하지?"

갑작스러운 질문에 하나모리가 멈춰 섰다.

얼굴에 놀란 빛이 살짝 서렸다.

잠깐의 침묵 후에 하나모리가 촉촉한 입술을 살며시 벌렸다.

"응, 맞아. 사쿠라 말대로 유를 구하면 내 인생은 한 발짝 앞으로 나아갈 거야. 지금 유를 만난 건 결코 우연이 아니겠지. 유를 구하면 그 의미를 알 수 있을 거야."

기억을 되살렸다.

사신이 담당하는 '사자'의 성향은 정해져 있다.

거기에는 이 세상을 내려다보는 누군가의 의사가 개입되어 있다.

"아직은 말 못해. 미안해. 하지만 유를 무사히 떠나보내고 나면 사쿠라에게 비밀을 하나 밝히려고 해. 이건 그럴 용기를 얻기 위해 내 나름대로 벌이는 싸움이야. 그러니까 제발 곁에 있어줘. 사쿠라."

"……."

도움을 청하는 하나모리의 목소리는 가냘팠다.

말은 안 했지만 떨리는 마음은 잘 안다. 그게 내 결의에
불을 댕겼다.

하나모리를 위한 일인데 뭘 망설이겠는가.

"뭐, 아무튼 열심히 할게. 나도 유를 구하고 싶고, 아르
바이트비도 받았으니까."

"에헤헤. 고마워, 사쿠라. 넌 역시 착해."

그게 뭐라고. 그렇게 생각하고 중얼거렸다. 그래도 하나
모리는 "착해, 엄청 착해" 하며 웃었다. 쑥스러워서 막무가
내로 잘 가라고 인사하고 등을 돌렸다. 쿵쿵 뛰는 심장 소
리에 내 마음도 괜히 들떴다.

선명하게 저녁놀이 지는 가운데, 우리 그림자가 길게 뻗
어나갔다.

이런 결의와 함께 시작된 네 번째 아르바이트.

난해하리라 예상했던 임무는 예상외로 경쾌하게 진행되
었다.

다음 날부터 우리는 하굣길에 버스를 타고 가서 공원에

서 유와 만나 이야기를 나누기로 했다. 그리고 만나자마자 일이 진전됐다.

다름 아닌 유 본인에 의해.

"언니, 오빠. 이것 좀 봐요."

"응? 이 노트는 뭐니?"

"종활(죽음을 준비하는 활동이라는 뜻의 신조어 – 옮긴이) 노트?"

나무 테이블과 의자로 쓰도록 놓아둔 통나무. 얼기설기 얽힌 넝쿨이 천장을 대신하는 소박한 휴게소에서 유가 가방을 열고 노트 한 권을 꺼냈다.

거기에는 예쁜 글씨체로 '종활 노트'라는 뒤숭숭한 문구가 적혀 있었다.

"실은 다음 사신이 오면 이걸 같이 하려고 했어요. 전에 TV에서 나이 드신 분들이 남은 인생을 후회 없이 지내기 위해 '종활'을 한다고 들었는데, 저한테도 해당되는 이야기인 것 같아서요. 여기에 제가 살면서 미처 하지 못한 일들을 적어놨는데요. 그걸 언니, 오빠의 도움으로 완수하고 싶어요."

"……이야, 그렇구나."

반응이 늦은 건 단순히 너무나 예상외였기 때문이다.

그야 그럴 만도 하다. 초등학생이 종활 노트를 준비해오다니.

"이걸 완수한다고 해서 일이 잘 풀릴지는 모르겠어요. 하지만 이렇게 조금씩 마음을 정리하다 보면 언젠가 여행을 떠날 수 있지 않을까 싶어요. 제 나름대로 생각해본 건데, 도와주실래요?"

"물론이지! 유, 굉장하다. 혼자서 이 정도까지 하다니. 당연히 도와줘야지."

"그럼, 우리라도 괜찮다면 도와줄게."

눈을 치뜨고 묻는 유에게, 하나모리도 나도 당연한 답을 내놓았다.

아무렴. 도와줘야 마땅하다.

도와주지 않을 이유가 없으니까.

"대단해, 유. 게다가 귀엽기까지 하니 꼭 안아줘야겠다."

"에헤헤, 언니도 참."

하나모리는 장난스럽게 웃으며 유를 끌어안았다. 유도 기쁜 표정이었다. 어쩐지 유가 '사자'임을 잊어버릴 것처럼 가슴 뭉클한 광경. 친자매 같은 둘의 모습에 나도 모르게 웃음이 나왔다.

그 직후에 웃음이 싹 걷힐 만큼 어마어마한 일이 일어날 줄도 모르고서.

"그럼 당장 시작해볼까! 어디 보자, 처음은…… 뭐?"

쾌활하게 소리치며 노트를 펼친 하나모리의 눈이 휘둥그레졌다.

마음을 대비할 틈도 없었다.

첫 번째 종활 : 어른의 키스를 본다

"……"

유는 입을 꾹 다문 우리를 꿈꾸는 듯한 눈으로 바라보며 말을 꺼냈다.

"학교 도서실에서 아주 감동적인 책을 읽었어요. 남자와 불치병으로 신음하는 여자가 애달프게 키스하는 장면이 나오더라고요. 저는 어리니까 못하지만, 한 번만이라도 좋으니까 어른의 사랑을 보고 싶어서요. 에헤헤."

뜻밖에 조숙하다고 할까, 유치하다고 할까.

달뜬 목소리로 말하는 유 앞에서 필사적으로 머리를 굴렸다.

영화관에라도 가는 게 제일 낫겠다. 유가 보기에는 고등학생도 어른이겠지만, 사회에서는 아직 미성년자다. 그러니까 픽션으로 해결하는 것이…….

"사쿠라."

"잠깐, 하나모리."

"각오를 다질 때가 온 것 같네."

"안 왔어. 네가 그렇게 나올 줄 알았지."

"괜찮아. 사쿠라 정도면 아슬아슬하게 세이프야."

"아슬아슬이라니, 이거 미묘하게 상처받네."

"사랑하는 두 사람. 불치병에 걸린 여주인공. 조건에 딱 들어맞아."

"응, 무슨 말이야? 네 머리에 중대한 문제가 생겼다고 해석해도 될까?"

"자, 간다. 잘 봐야 해, 유."

"가긴 뭘 가. 야, 있어봐."

"우오오!"

"키스할 때 그렇게 소리를 지르는 사람이 어디 있냐. 잠깐, 끄아아!"

"아하하, 아하하하."

죽어라 도망치자 뒤에서 천진난만한 웃음소리가 울려 퍼졌다.

하나모리, 이 철부지야. 그렇게 투덜대면서도 내 얼굴에는 웃음꽃이 활짝 피었다.

유에게 웃음을 선사할 수 있으니 우리는 좋은 콤비라고 진심으로 믿었다.

그날 저녁놀은 평소보다 더욱 아름다워 보였다.

명랑한 나날은 계속된다. 다음 날의 일이다.

"언니는 사귀는 사람 없어요?"

"아마 없을걸. 그런 낌새도 없고."

이날 하나모리는 위원회에 참석하느라 내가 먼저 공원에 왔다.

필연적으로 유와 단둘이 되자 유는 기다렸다는 듯이 하나모리에 관해 물었다.

"가족은? 형제는 있나요? 친구는 많아요? 보물은? 뭔가 소중하게 아끼는 게 있나요?"

"음, 모르겠는데. 친구가 많다는 건 알지만."

에둘러 대답하면서 하나모리에 대해 별로 아는 게 없다는 걸 깨달았다. 도서위원이라는 전혀 어울리지 않은 직함을 달고 있는 것도 오늘 처음 알았다.

그건 제쳐놓고, 유가 질문을 퍼붓는 이유는 바로 이거다.

두 번째 종활 : 신세를 진 사람에게 깜짝 선물을 준다

"도덕 수업 때 배웠는데, 사람은 서로 감사할 줄 알아야 올바르게 자란대요. 신세를 진 사람 했을 때 딱 떠오르는 사람은 없지만, 언니가 아주 다정한 사람이라는 건 알아요. 그래서 언니를 기쁘게 해주고 싶어요."

수줍게 말하는 유는 한없이 순진무구해 보였다. 이런 아이가 집에 돌아가면 학대를 당한다니 너무나 가슴이 아팠다. 하지만 그렇기에 유가 조금이라도 더 웃을 수 있도록 노력해야 한다고 마음을 다잡았다.

"그러고 보니 생일이 이번 달이라고 했는데."

"그래요?"

"쉬는 시간에 크게 소리치더라고. '며칠이 내 생일이니까 선물 가져와' 하고. 그날 토요일이라 학교 쉬는 줄 모르는 건가."

"아하하, 언니는 정말 재미있어요."

그건 그렇지. 빈말이 아니라 하나모리는 참 재미있는 녀석이다.

좋게 말하면 명랑 발랄. 나쁘게 말하면 오두방정. 어쨌거나 반의 중심에서 늘 누군가를 웃긴다. 가끔 도가 지나

쳐서 선생님에게 혼나기도 하지만.

그건 제쳐두고 문득 이런 생각이 들었다.

혹시 쉬는 시간에 외친 소리는 나에게 보내는 메시지가 아니었을까. 우리는 휴일에도 만나니까 그렇게 말한 것이 아닐까. 지나친 생각일지도 모르지만 만약 그렇다면 마음이 누그러지는 기분이었다.

"그럼 그날에 맞춰서 깜짝 선물을 하고 싶어요. 어떤 선물을 해야 기뻐할지 언니에 대해 좀 더 연구해봐야겠어요."

"그래. 나도 넌지시 속을 떠볼게."

이런 이야기를 나누고 있는데 드디어 하나모리가 왔다.

"미안해. 도서실에 무슨 신간을 들여놓을지 의논하느라 시간을 잡아먹었네. 그냥 요코야마 미쓰테루의『전략 삼국지』세트만 좍 들여놓으면 될 걸 가지고."

"무슨 사고방식이 그렇게 극단적이냐."

지적하면서 노트를 살그머니 덮었다.

깜짝 이벤트니까.

유에게 눈짓하며 고개를 살짝 끄덕였다.

"무슨 이야기 하고 있었어?"

하나모리가 쾌활하게 묻자 유는 냉큼 둘러댔다.

"어제 일요. 이마라서 아쉬웠다고 오빠가 그랬어요."

"엉? 갑자기 무슨 소릴 하는 거야."

"어머나, 혹시 기대했었어? 히히히."

"안 했어, 그런 거 아니야."

예상치 못한 위기에 서둘러 변명했지만.

"하지만 언니의 속을 떠보겠다며 잔뜩 별렀잖아요."

"어, 속을 떠본다고? 아이, 사쿠라도 참. 뭘 알고 싶어서 그래?"

"……유. 장난이 심하잖아. 혼 좀 나야겠어."

"에헤헤, 죄송해요. 아하하하."

그때부터 시작된 술래잡기는 해가 질 때까지 계속됐다.

다리를 다쳐 마음먹은 대로 뛸 수 없었지만, 유의 상대로는 안성맞춤이었던 모양이다.

"오빠. 여기예요."

"힘내라, 사쿠라. 어디서 어떻게 봐도 변태야."

"하나모리, 나중에 두고 보자."

그날은 오랜만에 기분 좋게 땀을 흘렸다.

그런 나날이 이어지다가.

"제가 '사자'가 되기 전의 일인데요, 같은 반 아이가 마라톤 대회 때 심실세동으로 죽었어요."

유와 만난 지 일주일쯤 지났을 무렵.

어디에서 그 이야기로 이어졌는지는 기억이 안 나지만 종활 중 하나인 '학교 친구들에게 고맙다는 인사를 한다'에 대해 이야기를 나누던 중이었다.

"그 아이는 반의 인기인이었고 늘 기운이 넘쳤어요. 그래서 갑자기 쓰러져 죽었다고 들었을 때는 깜짝 놀랐죠."

유는 먼 기억을 더듬듯 아련한 눈빛으로 말을 이었다.

"갑작스레 이별이 찾아와서 슬펐어요. 하지만 그 아이가 죽기 전에 반 아이들에게 '고맙다'는 메시지를 남겼다는 걸 나중에 알고 저희 모두 마음이 한결 편해졌죠. 이 이야기를 어느 고등학교 방송부가 다큐멘터리로 만들어서 무슨 대회에서 우승했다고 들었어요. 그 아이 엄마는 사랑하는 아들의 마음씨가 얼마나 고운지 널리 알려줘서 고맙다고 했대요. 그렇게 저도 모두에게 메시지를 남기고 싶어요."

"메시지라…… 어렵네. 추가시간에는 아무것도 남기지 못하니까."

하나모리가 씁쓸한 목소리로 내놓은 말에 동의한다.

메시지. 이게 추가시간의 가장 어려운 문제다.

지금까지 몇 번이나 넘지 못했던 벽에 다시 부딪혔다.

"메시지를 남기지 못하는 만큼 친구들에게 더 마음을

써주는 게 가장 좋지 않을까. 아무것도 못 남기더라도 유가 후회 없이 여행을 떠나길 다들 바랄 거야."

"그렇군요. 후후, 그럼 좋겠다."

미소 짓는 유의 머리를 하나모리가 다정하게 쓰다듬었다. 그 모습을 보며 생각했다.

사람이 죽을 때는 의외로 그런 법일지도 모르겠다. 사고로 죽든 병으로 죽든 사람들은 대부분 생각할 틈도 없이 세상을 떠나니까.

반면 추가시간에는 가혹하지만 청산을 할 수 있다. 거기에서 한 가지 답 같은 걸 느꼈다. 형태는 없지만 살아감에 있어서 소중한 답을.

그리고 그런 생각을 하던 바로 그때, 예상치 못한 만남이 찾아왔다.

"시노미야, 안녕. 걔네들이 새로운 사신이야?"

"누구⋯⋯?"

"와, 아마노 아저씨다."

유와 이야기하며 한 시간쯤 보냈을까.

이상한 남자가 갑자기 말을 걸었다.

"잠깐, 잠깐, 여고생. 난 척 보기에도 수상하지만 수상한 사람이 아니야. 이 공원에 사는 노숙자, 아마노 아저씨지.

시노미야와 마찬가지로 나도 '사자'야. '사자'끼리는 서로 알아볼 수 있는 거, 알잖아?"

"엇?"

경계하며 일어선 하나모리에게 남자는 그렇게 자신을 소개했다.

아마노라는 사람은 자기 말마따나 정말로 수상한 풍모였다. 마른 몸집에 큰 키, 주정뱅이처럼 비척대는 한편으로 얼굴에는 싱글싱글 웃음을 매단 쾌활한 중년 남자. 장난스러운 말투가 수상함을 더했다.

하지만 그것보다 마음에 걸린 것은.

"걱정 말아요, 언니. 아마노 아저씨하고는 1년 전에 여기서 처음 만난 뒤로, 지금은 아주 사이좋은 친구로 지내고 있어요. 가끔 숙제를 봐주시기도 하는걸요."

"어, 하지만."

"같은 '사자'끼리 의기투합했어요. 두 사람에 대해서도 설명했으니까 괜찮아요. 언니, 걱정 안 해도 돼요."

"그, 그래."

명백하게 의심스러운 인물이라 그럴까.

하나모리는 전에 없이 경계하는 태도였지만, 유의 "괜찮아요"라는 말과 아마노의 "나쁜 사람 아니니까 안심해"라는 말을 듣고 마음을 진정시킨 듯했다.

"크하하, 기분은 이해해. '사자'끼리 사이좋게 지내는 건 보기 드문 일이니까. 하지만 이해관계가 일치하면 우정이 싹트지 못할 것도 없지."

"이해관계?"

"내가 숙제를 돕고 시노미야는 술값을 낸다, 이런 걸 누이 좋고 매부 좋다고 하는 거야."

"뭡니까, 그게."

너무 속 보이는 이야기에 눈살이 찌푸려졌지만, 확실히 아마노는 유가 잘 따를 정도로 겉모습에 비해 붙임성이 좋은 사람이기는 했다.

그래도 원래 같으면 모르는 사람을 가까이 해서는 안 된다고 타일러야 마땅하겠지만, 아마노도 '사자'라는 사실 때문에 망설여졌다.

결과적으로 그건 올바른 판단이었던 것 같다.

"시노미야는 지금이야 저렇지만 처음에는 손도 못 댈 지경이었어."

"역시 그랬나요?"

아마노의 이야기에 하나모리가 대꾸했다.

아마노가 오고 잠시 후. 공원에 친구가 왔다기에 유를 보내고, 셋이서 이야기를 나누는데 아마노가 불쑥 그런 말을 꺼냈다.

"학대당하는 아이는 사랑받지 못한다는 열등감 때문에 자기 자신의 가치를 인정하지 못해. 그 결과 정신이 불안정해져서 극단적인 공격성을 드러내지. 처음 봤을 때 시노미야는 죽은 매미를 짓밟고 있었어. 그때는 말도 제대로 못 붙일 정도였다니까."

"그렇군요. 그나저나 아마노 씨, 잘 아시네요."

"요놈이 사람을 깔보네. 이래봬도 가방끈이 길다고."

도저히 많이 배운 것처럼 느껴지지 않는 말투로 이야기를 계속했다.

"하지만 많은 사신과 만나면서 변했지. 열 명 가까이 시노미야를 돌보면서도 아무도 저세상으로 보내지는 못했지만, 시노미야는 조금씩 마음을 열었어. 날마다 성장하는 모습을 보니 얼마나 기쁘던지. 그래서 너희들한테도 기대가 된다."

"예, 열심히 할게요."

하나모리가 힘차게 고개를 끄덕이는 모습에 아마노가 투덜거렸다.

"휴, 내 담당 사신은 애들만도 못하네. 회사원이라서 그런지도 모르지만 한밤중에만 온다니까."

그런 그를 보며 생각했다. 누구에게나 다 털어놓을 수 없는 과거가 있는 법이라고.

"그럼, 난 이만 간다. 시노미야를 잘 부탁해."

"아, 예. 고생 많으셨습니다."

"아마노 아저씨, 오늘 많은 이야기 들려주셔서 감사해요. 앞으로도 유를 잘 부탁드릴게요."

하나모리가 미소 띤 얼굴로 인사하자 아마노는 손을 흔들어 답했다.

"좀 놀랐지만 좋은 사람이었어."

하나모리는 웃었다.

아아, 그렇다.

유가 여러 사람의 사랑을 받아서 기뻤다.

어머니에게는 사랑받지 못했을지언정, 애정이 무엇인지 확실히 알았을 테니까.

예상치 못한 만남이 우리에게 다소 용기를 주었다.

"좋아. 어째 기운이 나네. 열심히 일하자, 사쿠라 대원."

"응. 처음부터 그럴 생각이었어."

"그 정도 가지고는 안 돼. 까딱 방심하면 빚쟁이 사쿠라도 집이 없어질걸."

"헉, 그렇게 정곡을 찌르다니."

나와 하나모리의 목소리가 하늘에 울리자 유가 뛰어서 돌아왔다. 하나모리는 웃는 얼굴로 유를 맞이했다. 전임 사신들이 고마웠다. 동시에 이어받은 배턴을 어떻게든 천국까지 전달하겠다는 결의도 다졌다.

어둠이 옅게 깔린 하늘에 떠오르기 시작한 달이 맑고 환하게 웃었다.

그 후로도 한동안 유와 매일 함께 시간을 보냈다.

'케이크를 먹는다'라고 적혀 있으면 아르바이트비로 사러 간다.

'원하는 학용품을 갖는다'라고 적혀 있으면 아르바이트비를 움켜쥐고 문구점으로 간다.

어쩐지 나만 분주한 것도 같았지만 그래도 유의 행복을 하나씩 충족시켜나갔다. 소녀의 마음이 조금씩 풀어지도록.

유에게 학대 상황을 듣는 날도 있었다.

우리 눈에 보이지 않을 뿐 폭력과 폭언은 계속됐다. 듣고 싶지 않은 내용뿐이었다.

그래도 유가 웃음을 잃지 않았기 때문이리라. 우리는 추가시간을 의미 있는 시간으로 만들고자 더욱 애썼다. 가끔 아마노가 와서 이야기에 끼었다. 함께 웃음을 나누는 나날은 보물처럼 아름다웠다.

그 가운데 가장 큰 추억을 꼽는다면 바로 이날이리라.

"우아, 예뻐요."

"오오. 색깔이 엄청 산뜻하네. 경치 좋다, 사쿠라."

"응. 사진으로 보는 것보다 훨씬 예쁘네."

9월의 어느 일요일.

전철을 타고 탐스러운 코스모스로 유명한 자연공원에 왔다.

휴일이지만 유의 부모님은 두 분 다 출장을 가서 밤에야 돌아온다고 한다. 그 틈을 타 종활 노트의 '꽃구경을 한다' 항목을 완수하러 온 것이다.

아쉽게도 계절상 벚꽃은 무리였지만, 이건 이것 나름대로 즐거웠다. 유는 꽃에서 꽃으로 옮겨 다니는 꿀벌처럼 코스모스 밭을 뛰어다녔다. 이런 걸 보면 역시 아직 어린애다 싶어 표정이 누그러진다.

"일단 점심부터 먹을까. 언니가 먹을 걸 잔뜩 싸가지고 왔어."

"우아, 굉장해요."

"대단한데. 하나모리, 다 네가 만든 거야?"

"응. 엄마가 만들어줬으니까 내가 만든 거나 다름없지."

다름없기는 뭐가. 그냥 어머니가 만들어주신 거잖아.

그렇게 생각하면서도 돗자리에 펼쳐진 도시락을 보자 침이 꿀꺽 넘어갔다. 계란말이, 김초밥, 튀김, 샌드위치, 조림, 비엔나소시지 등등. 평소 제대로 된 음식을 못 먹는 탓인지 군침이 절로 고였다.

"유, 많이 먹으렴. 사쿠라도 표고버섯 많이 먹어."

"왜 표고버섯만 주는 거야."

"표고버섯은 많으니까 사양 말고 실컷 먹어."

"이게 뭐야. 내 접시에는 표고버섯뿐이잖아. 먹기 싫은 걸 떠넘기지 마."

"아하하하."

변함없이 우리는 하나모리를 중심으로 웃음꽃을 피웠다.

어디에서든 찾아볼 수 있는 작은 평안함. 행복이란 의외로 이런 것일지도 모르겠다고 생각하면서.

그때 통통 굴러온 축구공이 우리의 한가로운 시간에 끼어들었다.

"죄송합니다."

"오, 사쿠라. 남자애들이 이쪽으로 온다."

공원에서 신나게 축구를 하던 초등학생들의 공이 굴러온 것이다. "여기" 하고 던져주려 하자 하나모리가 제지했다.

"우하하하, 소년들이여. 공을 돌려받고 싶거든 우리를 쓰러뜨려보아라."

"뭔 소리야, 하나모리. 얼른 돌려줘."

남자애들은 무슨 뜻인지 모르겠다는 듯 하나모리를 어리둥절한 눈으로 바라보았다.

하지만 하나모리는 그만두지 않았다.

"짜잔, 여기 사쿠라는 18세 이하 일본 축구 대표선수야. 오늘 특별히 너희를 상대해주겠대."

"야야, 무슨 헛소리야. 거짓말하지 마."

허둥지둥 말을 막았지만 남자애들은 미인 누나에게 깜박 속아 넘어갔다.

"짱이다", "일본 대표래", "멋지다" 등등.

완전히 진퇴양난에 빠졌다.

"좋아, 가라 일본 대표. 유도 이쪽으로 와. 남자애들과 승부다."

"응. 언니, 오빠, 있는 힘껏 뛸게요."

"아니, 난 못 뛰어. 다리를 다쳐서 안 돼……."

"우오오오, 올리버 칸 뺨치는 특급 드리블을 보여주마!"

변함없이 남의 이야기는 안 듣는 녀석이다. 하나모리는 타고난 운동 신경을 발휘해 신이 난 초등학생들을 상대로 드리블을 시작했다. 정말이지, 아무 말 대잔치를 벌이면 어쩌자는 거냐. 난 이제 못 뛴다니까. 그리고 올리버 칸은 골키퍼야. 드리블하다가는 큰일 나.

"사쿠라, 잘 받아. 패스!"

"우아, 끝내준다."

"이 누나 잘하잖아."

하나모리는 남자아이들이 감탄할 만큼 깔끔하게 패스했다. 일단 왼발로 트래핑. 공이 딱 멈추자 환호성이 일었다.

아아, 어쩐지 미안하다. 여기가 한계임을 지금부터 보여 줘야 하다니. 뛰지 못하는 나 자신이 정말 원망스러웠다.

……그런데 이때.

내가 뭔가 떨쳐버린 건 과연 우연일까.

"우아아, 굉장하다!"

"멋있어!"

"오오, 사쿠라. 진짜 잘하잖아!"

"훗…… 핫."

이유는 모른다. 하나모리에게 멋진 모습을 보여주고 싶었던 걸까, 아이들의 기대에 부응하고 싶었던 걸까. 그건 모르겠지만 아무튼 뛸 수 없다는 걸 알면서도 드리블을 시작했다. 인생에서 가장 빛났던 그 시절처럼.

"막아. 일본 대표를 막아라, 소년들."

하나모리가 외치자 남자애들이 우르르 몰려왔다. 가벼운 발놀림으로 그들을 피했다.

누군가 "멋지다" 하고 감탄했다. "장난 아니잖아" 하고 놀라는 목소리도 들렸다. 어쩐지 아사쓰키가 떠올랐다. 중학교 운동장에서 내 플레이를 보며 기뻐해준 그 미소가.

"가라, 가, 사쿠라."

"오빠, 파이팅."

가을 햇살이 전에 없이 눈부셨다.

결국 내 활약은 거기까지였다.

다리가 아파서 움직임이 둔해지자 대번에 공을 빼앗겼다. 쓴웃음을 지으며 잠시 더 쫓아다녀봤지만, 긴 공백은 메울 수 없었다. 바로 체력이 소진되어 나무 그늘에 주저앉았다. 아이는 정말로 기운이 넘친다는 걸 깨달았다.

"형, 재미있었어요."

"어, 그래. 고마워."

하나모리가 시원한 차를 들고 와서 옆에 앉았다. 어깨가 닿을 만큼 가까이.

유는 남자아이들에 섞여 공을 쫓아다녔다. 남자아이가 맞을세라 살살 패스를 보내는 모습이 재미있었다. 아주 해맑은 웃음이 넘쳤다.

"사쿠라, 멋지더라."

"에이, 공을 그렇게 쉽게 뺏겼는데 뭘."

"진짜야. 멋있었어. 아사쓰키도 좋아할 거야."

"……고마워."

"후후후."

그 후 우리는 나뭇잎 사이로 비춰드는 햇살 아래서 이야기를 나누었다. 하잘것없는, 정말 하잘것없는 잡담을. 그게 무엇보다도 귀중함을 알고 있었으니까.

어느 틈엔가 닿은 어깨로 하나모리의 체온이 전해졌다.

어깨를 통해 심장 소리가 전해지지는 않을까 걱정됐다.

하나모리가 어쩌다 다리를 다쳤느냐고 물었다. 나는 나무에 올라간 고양이를 구하려다 그랬다고 대답했다. 하나모리는 그래서 아사쓰키가 사쿠라를 사랑한 거냐며 웃었다. 나는 과연 그렇겠느냐고 물었다. 하나모리는 누구든지 좋아할 거라며 고개를 끄덕였다. 나는 너도 그렇겠느냐고 물었다. 하나모리는 고개를 끄덕했다. 쑥스러워서 눈을 돌렸다.

닿아 있는 어깨에서 전해지는 온기에 마음이 녹아내리는 것 같았다. 오랜만에 올려다본 하늘은 눈이 시릴 만큼 푸르렀다.

추억으로 가득한 하루는 이렇게 지나갔다.

다만 나중에 돌이켜보건대.

이때 나는 크게 방심하고 있었을 것이다.

가로등 불빛 때문에 어두운 밤이 온 줄 모르는 것처럼.

너무 즐거워서 행복이란 잃고 나서야 깨닫는 법임을 깜박했다.

그 대가가 얼마나 큰지 다시금 뼈저리게 느끼게 된다.

며칠 후. 예상치 못한 사건이 터진다.

그 전날. 나와 유는 다음 날로 다가온 하나모리의 생일에 대비해 작전을 세웠다.

간추리면 이렇다.

늘 만나는 공원에 유가 미리 선물을 묻어둔다. 당일 종활 노트에 적은 '보물찾기를 한다'라는 문장을 하나모리에게 보여주고, 구덩이 파기 게임을 진행한다. 하나모리를 잘 유도해 보물을 파내게 한 후 깜짝 선물임을 밝힌다.

뭐, 억지스러운 작전이라 도중에 눈치채겠지만 그건 상관없었다. 유가 하고 싶은 일을 하는 게 제일이니까.

하나모리 몰래 의논하고, 만약을 위해 유가 그린 보물지도는 내가 맡아두었다.

"별일 없겠지만 혹시라도 제가 못 가게 되면 오빠가 선물해주세요."

이렇듯 조금 미심쩍은 말도 별 의심 없이 받아들이고, 내일을 기대하며 잠자리에 들었다. 들떠서 어쩔 줄 모르는 어린아이처럼.

하지만 다음 날 비극이 찾아온다.

상상을 초월하는 괴로움과 함께.

"후후후. 사쿠라, 봐봐. 사진 뽑아왔어."

"와, 예쁘게 잘 나왔네. 어디 보자."

드디어 맞이한 하나모리의 생일. 토요일이라 학교는 가지 않으므로 우리는 점심께 버스를 타고 공원으로 향했다.

도중에 자연공원에 갔을 때 찍은 사진을 보았다.

스마트폰으로 찍은 사진을 인터넷으로 주문하여 인쇄했다고 한다.

"내가 추천하는 사진은 이거야. 사쿠라의 필살기, 특급 드리블."

"우아, 멋지게 나왔네. 이거 좋다."

"직후에 다리가 아프다고 울상을 짓는 사쿠라를 접사."

"너무 확대해서 찍었잖아…… 사람인 줄도 모르겠다."

예상대로 대부분은 하나모리가 장난삼아 웃기게 찍은 사진이었다. 투덜거리긴 했지만 이것도 나름대로 하나의 추억이다 싶었다.

"이런 것도 있어. 사쿠라의 팬티가 보이는 사진."

"참 가지가지 한다. 이걸 누구 좋으라고 찍은 거냐."

웃으면서 시간 가는 줄 모르고 이야기를 나누었다. 그러는 동안에도 하나모리를 위해 내가 준비한 생일 선물이 머릿속을 떠나지 않았다. 대단한 건 아니다. 어디까지나 보물찾기가 중요하다. 그렇지만 어떤 반응을 보일지 조금 기대됐다.

버스가 옆 동네에 도착할 무렵, 우리는 동네 분위기가 평소와 다르다는 걸 눈치챘다. 헬기가 하늘을 날아다니고, 기재를 옮기는 방송국 사람들의 모습이 보였다. 문득 공포가 엄습하여 등골이 오싹했다. 하나모리도 "무슨 일일까" 하고 불안한 듯이 말했다.

하나모리가 스마트폰을 꺼내 지역 뉴스를 찾아보았다.

그리고 숨을 삼켰다.

내 머릿속에 최악의 광경이 번뜩였다.

"하나모리, 무슨 일인데?"

"……."

"하나모리!"

소리치자 하나모리는 말없이 화면을 이쪽으로 돌렸다.

기사를 보고 공포를 넘어 허무함을 느꼈다.

"안 돼."

그런 말이 불쑥 튀어나왔다. 헬기 소리가 머릿속을 뒤흔들었다.

이 세상이 얼마나 잔혹한지 알게 되었다.

열 살 딸을 아파트에서 밀어 떨어뜨린 혐의로 용의자 시노미야 요리코 체포

"이럴 수가. 유."

하나모리가 소녀의 이름을 꺼냈다.

뭔가가 빠직 부서지는 소리가 들렸다.

그날 밤, 공원 시계가 10시를 가리킬 무렵.

나는 삽으로 땅을 죽어라 팠다. 하나모리는 벤치에 앉아 고개를 숙인 채 아무 말도 없었다.

그 기사를 본 후 우리는 정보를 모았다.

일단 유 집에 갔다가 근처 이웃집을 돌아다녔다.

아파트 가까이에 진을 친 방송국 사람들에게도 사정사정하여 정보를 모아 겨우 전모를 파악했다. 최악이라고밖에 할 수 없는 사건의 전모를.

어제 유가 우리와 헤어져 집에 돌아간 것까지는 평소와 같았다.

하지만 그날은 어머니의 정신 상태가 여느 때보다 불안정했던 모양이다. 이성을 잃고 휘두르는 폭력은 멈출 줄 몰랐다. 목격 정보에 따르면 어머니는 피를 흘리는 유를 질질 끌며 근처 아파트로 향했다고 한다.

그리고 비명 소리가 몇 번이나 울려 퍼진 후. 결국은.

7층에서 떨어졌음에도 나무가 쿠션 역할을 하여 기적적으로 죽음은 면했다. 병원에 들어갈 수 없어서 확인은 못 했지만, 유는 지금도 생사의 기로를 헤매고 있는 모양이다. 상상을 불허하는 끔찍한 모습으로.

"찾았다."

밤의 어둠 아래서 지도에 의지해 목표물…… 종합과자 세트 양철 캔을 찾아내 땀을 흘리며 집어 들었다. 이런 형태로 파내게 될 줄이야. 하지만 약속은 약속이다.

유가 그랬다. 혹시 자기가 못 가게 되면 대신 선물해달라고. 그리고 하나모리를 축하해주라고. 그 약속을 지켜야 한다.

뜻밖에도 캔에는 노트 한 권밖에 들어 있지 않았다.

하나모리에게 줄 선물이 들었을 줄 알았는데.

표지에 적힌 '언니에게'라는 예쁜 글씨가 달빛에 비쳤다. 여기에 하나모리에게 보내는 메시지라도 적혀 있는 걸까. 머뭇머뭇 노트를 펼쳤다.

"어…….."

다음 순간 놀라서 나도 모르게 목소리가 나왔다.

바로 후회했다.

"사쿠라?"

하나모리가 듣고 다가왔다.

어찌해야 할지 당황스러웠다.

"사쿠라, 뭐가 적혀 있는데 그래?"

"아무것도 안 적혀 있어."

순간적으로 거짓말을 했지만 당연히 들통났다.

"거짓말."

"아니, 이건, 잠깐만."

"뭔데? 보여줘."

"안 돼. 보지 마."

"왜?"

"안 돼."

"보여줘."

"제발."

"보여달라고!"

하나모리가 이렇게까지 언성을 높인 적은 처음이었다.

평소의 웃음을 지운 표정으로 하나모리는 노트를 빼앗아서 펼쳤다. 그리고 확인했다.

유의 모진 복수를.

"뭐야, 이거."

"그게 유의 본심이겠지."

노트 가득 휘몰아치는 글씨의 폭풍.

나와 하나모리를 향한 갖은 욕설이었다.

뒈져

죽어버려

사라지라고

그런 폭언이 몇 페이지에 걸쳐 수도 없이.

나와 하나모리 이름 옆에 온갖 모멸적인 말을 휘갈겨 써 놓았다.

도대체 무슨 까닭인지 알 수 없었다. 뭔가 오해라도 생겼나?

머릿속으로 온갖 긍정적인 가능성을 모색했다. 하지만 이어지는 페이지에 적힌 진실을 보고 희망을 버렸다.

    나와 엄마를 갈라놓으려는 사람들이 조금이나마 괴로워하
    기를 바라며

그제야 이해했다.

그거였구나.

하나모리도 알아차린 듯했다. 진실을 마주하고 돌이 된 것처럼 그저 우뚝 서 있었다.

시노미야 유.

아무래도 살해당한 뒤에도 어머니의 애정을 갈구하고 있었던 모양이다. 가정을 뒤덮은 어둠을 온몸으로 견뎌내다 아파트에서 떠밀려 '사자'가 되었다. 여기까지는 유가 말한 대로겠지. 하지만 그 후가 달랐다. 유도 구로사키와 히로오카처럼 자기가 품은 미련에 대해 거짓말을 한 것이다.

도서관에서 조사한 학대받는 아동의 특징이 생각났다.

아무리 고통받아도 한사코 부모의 애정을 원한다.

얌전한 행동거지를 보고 정신적으로 성장했다고 믿었다. '사자'가 되어 많은 사신과 만나면서 급성장했다고 믿었다. 하지만 현실은 그렇지 않았다.

'사자'가 되든 사신을 접하든, 변함없이 부모의 애정을 원했다. 오히려 '사자'가 됨으로써 한층 더 부모의 애정에 목말라했다. 목적을 위해서라면 아무렇지도 않게 사신을 속일 만큼 영악해졌다.

"……."

하나모리는 말없이 페이지를 넘겼다.

거기 적힌 문장이 눈에 들어왔다.

내 추가시간이 끝나면 엄마는 살인죄로 경찰에 체포될 거야. 그건 반드시 막아야 해. 방해하는 사신은 모두 적이야.

언젠가 하나모리와 나눈 이야기가 떠올랐다.

'사자'는 괴로움으로 가득한 추가시간을 끝내고 싶어 한다는 이야기. 그렇게 단정했지만 아무래도 진실이 아니었던 모양이다.

유는 추가시간을 끝까지 지켜내고자 했다.

아무리 괴롭고 고통스러워도 추가시간이 끝나면 엄마가 어찌 될지 알기에. 그래서 유는 엄마를 죽이고 싶은 것이 미련이라는 거짓말로 사신들을 속였다. 뿐만 아니라 미움을 받기 위해 일부러 온순하고 착한 아이를 연기하며 복수할 기회를 노렸다. 상처를 주어 사신을 떼어내고, 조금이라도 추가시간을 연장하기 위해.

거기에 생각이 미쳤을 때, 유의 힘에 대해 한 가지 가설이 떠올랐다. 어디까지나 예측에 지나지 않지만 정황상 가능성은 높다.

심장을 멈춘다는 특이한 능력. 그건 혹시 어머니가 아니라 자신의 심장을 멈추고 싶었다는 미련을 나타내는 것 아닐까.

예전에 심실세동으로 죽은 반 아이.

아이 어머니는 죽은 아이를 두고 사랑하는 아들이라고 했다.

유의 머릿속에 그 일이 콱 박혀 있었다면, 첫 번째로 죽기 직전에 혹시 이렇게 생각하지 않았을까. 이렇게 죽어서 어머니가 붙잡혀갈 바에야 병으로 심장이 멈추면 얼마나 좋을까. 어머니가 미담의 중심에 서서 사랑하는 딸이라고 말해주면 얼마나 좋을까. 그렇게 생각하며 죽어서 그런 힘을 얻은 것 아닐까.

이제는 알 수 없지만.

"하나모리."

불렀지만 대답은 없었다.

그럴 만도 하다. 우리는 유를 구하지 못했으니까.

끝없는 후회가 밀려와 우리를 한없이 꾸짖고 나무랐다.

하지만 현실은 더욱 잔혹하다.

마음이 아파 고개를 숙이면서도 냉정하게 머리를 굴리는 내가 혐오스러웠다.

이제 우리는 아주 잔혹한 선택을 해야 하니까.

"하나모리, 어떻게 할래?"

"……."

"너도 알잖아."

하나모리는 대답하지 않았다. 나는 거침없이 말했다.

"우리가 그 아이를 죽여야 하지 않을까?"

"······윽."

<u>스스로</u> 말해놓고도 구역질이 났다.

하지만 이대로 수수방관할 수도 없었다.

"유가 추가시간을 살아온 건 어머니가 체포되지 않기를 바라서야. 하지만 어머니는 체포되고 말았지. 지금은 혼수 상태지만 만약 유가 깨어나서 자초지종을 안다면? 그 전에 사신으로서 책임을 다해야 하지 않겠어?"

"안 돼······ 안 돼."

하나모리는 노트를 움켜쥐고 신음하듯이 중얼거렸다. 표정이 어떤지는 보이지 않았다.

심장이 망가질 것처럼 비명을 질렀다. 하지만 망설일 시간은 없었다.

"유에게 우리는 적이야. 그 아이에게는 어머니의 애정만이 전부지. 이제 그걸 얻기 틀렸다는 걸 알면 유는 틀림없이 자기 심장을 멈출 거야. 어쩌면 자포자기해서 심장을 멈추는 힘을 남에게 사용할지도 모르고. 추가시간에 일어난 일은 결국 무효화되겠지만, 그런 어린애를 살인자로 만들어서는 안 돼. 하지만 말릴 방도는 없지. 그러니까 우리가 사신의 책임을 다해야 마땅······."

"하지만······ 하지만."

하나모리는 끊임없이 오열했다. 나도 마찬가지다. 입으로는 이렇게 말하지만 어찌 그런 짓을 하겠는가. 그래도 독한 마음으로 제안할 수밖에 없었다.

오늘 사건에 대해 정보를 모을 때 어떤 중년 남자와 이야기를 했다.

그 남자는 마침 지나가다가 유가 떠밀려 떨어지는 장면을 목격했다고 한다. 그 남자가 "좋은 구경 시켜줄게" 하고 스마트폰을 보여주었을 때, 그 자식을 죽여버리고 싶었다. 어째서 그렇게 딱한 유의 모습을 사진으로 담으려고 한 걸까.

왜.

"유는 이제 자기 발로 못 걸어. 앞도 못 봐. 그런 꼴로 살아 있는 것 자체가 기적이라고. 지금 유는 심장이 뛰고 있을 뿐이야. 그것도 시간문제지. 좀 무모한 수단을 사용해도 경찰에 잡힐 일은 없어. 추가시간에 일어난 일은 전부 무효화되니까. 그러니까, 그러니까 우리는."

"그런 건…… 싫어."

이때가 처음이리라.

하나모리가 울음 섞인 목소리로 말했다.

겁에 질려 떨리고, 혼을 깎아내듯 비통한 목소리로.

그 목소리를 듣자 절망이라는 칼로 가슴을 에는 듯했다. 하나모리의 마음이 한계에 달했다는 걸 알기에 충분했다.

"어, 하나모리!"

하나모리가 풀썩 쓰러졌다. 황급히 달려갔다.

숨은 쉰다. 의식도 있다. 하지만 마음이 받아들이지 못한다.

"부탁이야…… 제발…… 그것만은."

"하나모리, 하지만."

"부탁이야……."

"개인적으로 꼭 도와주고 싶은 여자애야."

바닷가 모래밭에서 하나모리가 했던 말이 떠올랐다.

나는, 나는.

"제기랄."

초승달보다 희미한 가을 달빛 아래.

어리석게도 결단을 내리지 못했다.

다음 날. 유에 관한 아르바이트는 허무하게 끝났다.

결국 그 후 우리는 이러지도 저러지도 못했다.

자판기에서 물을 사서 하나모리를 벤치에 눕히고 기나긴 밤을 보냈다. 잠결인지 맨 정신인지 하나모리가 가끔 "부탁이야" 하고 중얼거렸다. 그 한마디가 나를 컴컴한 밤 아래에 붙들어놓았다.

날이 새고 나서도 상황은 변함없었다.

하나모리가 몸을 제대로 가누지 못해 택시를 부르려고 했을 때 모든 것이 끝났다.

저녁놀같이 벌건 아침놀이 하늘을 불길하게 물들인 가운데. 움켜쥐고 있던 노트가 사라졌다는 걸 문득 알아차렸다.

하나모리도 눈치챈 모양이었다. 그 순간 입술을 깨물 만큼 안타까운 한편으로 마음이 놓이기도 했다.

의사의 힘이 모자랐던 걸까, 아니면 또 다른 이유일까. 이제는 확인할 길이 없지만 아무튼 끝났다. 그런 생각이 내 가슴 한복판을 꿰뚫었다. 절망과 실망과 아주 약간의 안도감을 담고서.

"유······."

하나모리가 얼굴을 손에 묻고 작게 중얼거렸다.

유는 대체 무슨 생각이었을까.

어머니에게 폭행을 당한 끝에 아파트에서 떠밀려 떨어졌다. 그래도 참고 견디며 사자의 힘을 사용하지 않았던 그 아이는 대체 무슨 생각이었을까.

유의 마음이 전혀 상상되지 않았다.

끝난 줄 알았다.

비극은 이로써 끝났다고 생각했다.

가슴이 찢어질 것처럼 슬프고 괴롭지만, 그래도 이 일은 끝났다고 여겼다.

행복이란 언제나 잃고 나서야 깨닫는 법임을 알면서.

끝날 터였다. 비극은 끝나야 했다. 하지만 아직 끝나지 않았다.

세상은 우리를 끝까지 몰아붙인다.

유의 진정한 복수는 이제부터 시작이었다.

"오, 여기 있었구나."

"어."

영원하게도 느껴지는 시간이 얼마나 흘렀을까.

벤치에 앉은 나와 하나모리에게 한 남자가 말을 걸었다.

얼굴을 보고 얼떨떨한 목소리를 쥐어짜냈다.

"아마노 씨."

"그래. 노숙자 아마노 아저씨야."

씩 웃는 모습에 눈살이 찌푸려졌다.

뭐야, 이 마당에 웃음이 나와? 유가 죽었는데.

설마 아직 모르는 건가. 그럼 알려줘야 한다.

하지만 쓸데없는 걱정이라는 걸 바로 알았다. 아마노가
예상외의 말을 꺼냈기 때문이다.

"이봐, 소년. 보물찾기는 어땠어?"

"네?"

"저주의 메시지, 최고였지? 그거 내가 전수해준 아이디
어야."

"뭐……."

아마노의 그 말에 나와 하나모리는 얼빠진 목소리를 흘
렸다.

뭐야. 이 사람이 무슨 소리를 하는 거야.

아마노가 유에게 전수한 아이디어라고? 무슨 뜻이지?

그런 우리 앞에서 아마노는 히죽히죽 웃으면서 본모습
을 드러냈다.

"당신 설마 유와……."

"그래, 말했잖아. 난 시노미야의 숙제를 돕고 시노미야

는 술값을 내준다고."

아마노는 크하하 웃더니 컵에 든 청주를 꿀꺽꿀꺽 마셨
다. 취한 눈으로 내려다본다. 섬뜩할 만큼 차갑고 냉혹하
게. 그 시선에 할 말을 잃었다.

"난 말이야, 불행한 내 신세를 거들떠보지도 않고 즐겁
게 살아가는 인간들이 싫어. 내가 그렇게 불행하게 죽은
줄도 모르고 실실 웃으며 지내는 것들이 몸서리치게 싫다
고. 그래서 놈들을 모조리 불행에 처박기로 결심했지. 시노
미야는 그런 나와 찰떡궁합이었어. 거추장스러운 사신을
쫓아버리고 싶다기에 효과적인 방법을 알려주기로 했지.
내가 시키는 대로 시노미야가 움직이자 사신은 배신감으
로 마음에 상처를 입었어. 정말 깨소금 맛이었다니까. 공부
가 됐나, 애송이. '사자'라고 모두 착한 사람은 아니야. 나
처럼 남의 불행을 술안주 삼는 '사자'도 있다고. 크하하하."

"……이게."

그 웃음과, 그 목소리에 분노가 끓어올랐다.

유를 잘도 가지고 놀았구나. 자칫하면 덤벼들 만큼 피가
거꾸로 치솟았다.

하지만 그러지 않았던 것은 이성이 만류했기 때문이 아
니다. 아마노가 믿기지 않는 말을 꺼내서였다.

"그런데 설마 이쯤에서 시노미야가 성불할 줄은 몰랐네. 참 좋은 콤비였는데. 하지만 걱정하지 마. 시노미야한테 비장의 정보를 얻었거든. 이런 안줏거리를 남겨줬으니 감사해야겠어."

"뭐?"

"……헉!"

무슨 소리인가 싶어 나는 눈썹을 찡그렸다. 동시에 지금까지 고개를 숙이고 있던 하나모리가 어째서인지 갑자기 벌떡 일어섰다. 처음 보는 창백한 얼굴로.

그리고 아마노를 멍한 눈으로 바라보며 갈라진 목소리로 물었다.

"잠깐, 무슨 말을 하려고?"

"크하하. 알면서 묻기는."

"안 돼. 부탁이야."

"싫어. 내가 이 순간을 얼마나 고대했는데."

"제발, 뭐든지 할게."

"필요 없으니까 잔말 말고 거기 찌그러져 있어."

"잠깐. 부탁이야, 제발."

하나모리가 외쳤다. 어리둥절해하는 내 옆에서 첫소리를 질렀다.

뭐야, 무슨 이야기야. 너희들 대체 무슨 말을 하는 거야.

다음 순간.

나는 진정한 절망이 무엇인지 알았다.

"애송이. '사자'가 '사자'를 알아볼 수 있다는 건 알지?"

"그게 어쨌는데?"

"안 돼. 말하지 마."

"거기 여고생은 너보다 한 발 먼저 시노미야를 만나러 왔다고 들었어. 왜일까?"

"그야 우선은 여자들끼리 이야기를 하려고……."

"맞아. 그거야. 그게 다야."

"아니지. 입막음을 하기 위해서야."

"뭘 입막음하는데?"

"안 돼, 안 돼. 부탁이야."

"그 녀석은 '사자'야. '사자' 겸 '사신'이라고."

"……뭐?"

말문이 막혔다. 정신이 멍해졌다.

세상이 소리도 없이 움직임을 멈췄다.

이 순간, 나와 하나모리의 미래가 사라졌다.

5장

행
복
의
꽃

"뭐라고?"

내 얼빠진 목소리가 울려 퍼졌다. 당연하다.

하나모리가 '사자' 겸 '사신'이라니? 대체 무슨 소리야.

곤혹스러워하는 나를 보면서도 하나모리는 입을 열지 않았다. 아마노가 다시 말을 꺼냈다.

불쾌한 웃음을 띤 채 즐거운 목소리로.

"반응을 보니 모르는 모양이군. 사신에는 두 종류가 있어. 반년 기한의 아르바이트와 무기한으로 일하는 '사자'. 제법 유명한 이야기인데."

아마노는 계속, 웃었다.

저항할 수 없는 절망을 뿜어내면서.

"'사자'가 된 지 오랜 시간이 흐르면 제안이 와. 사신이
되어 다른 '사자'와 접촉하면서 스스로를 되돌아보지 않겠
느냐고. 수락하면 그때부터 뒤치다꺼리를 하는 입장에 서
는 거지. 그리고 고용 기간에 제한이 없는 그 사람을 중심
으로 아르바이트생을 채용해. 아니면 업무가 밀리겠지?"

"어디서 뻔뻔하게 거짓말을."

그렇게 말했지만 완전히 부정하지는 못했다.

하나모리의 경험이 아주 풍부해서 의문스럽기는 했다.
나보다 약간 빨리 사신이 되었을 텐데 이렇게까지 차이가
나나 싶었다.

하지만.

"그래, 역시 거짓말이야. '사자'는 서로 알아볼 수 있잖
아. 그런데 지금까지 만난 '사자'는 하나모리 앞에서 그런
소리를 한마디도 안 했다고. 그러니까 거짓말이지."

공포를 떨쳐내듯 그렇게 따졌다.

하나모리를 두둔하기 위해. 아닌가, 나 자신을 지키기
위해?

그렇지만 희망은 간단히 무너졌다.

"어리숙하기는. 시노미야 말로는 처음에 여고생 혼자 와
서 자기가 '사자'라는 사실을 비밀로 해달라고 부탁했대.

250

잘 생각해봐. 짚이는 게 있을 거야."

"……."

믿고 싶지 않은데도 지금까지 느낀 위화감이 되살아났
다. 아사쓰키, 구로사키, 히로오카. 하나모리는 늘 먼저 인
사를 하러 갔다. 그리고 아마노의 말을 듣고 떠오른 장면
도 있었다.

구로사키는 사라지기 직전에 "그쪽도 힘들 텐데 민폐만
끼쳤군"이라고 했다. 히로오카도 "당신이 부디 행복을 찾
기를" 하고 인사했다. 그때는 그냥 인사로 여겨졌지만 지금
은 다른 의미로 다가온다. 아마노와 처음 만났을 때도 하
나모리는 필요 이상으로 경계했다. 이 모든 일을 종합하면.

설마, 그런.

"하나모리, 아니지?"

"……."

"하나모리, 뭐라고 말 좀 해봐."

"……."

"하나모리, 아니지?"

"……."

"하나모리!"

"크하하하."

아마노가 절망한 나를 향해 소리 높여 비웃었다.

불길하게 타오르는 아침놀에 정체 모를 분노를 흩뿌리듯이.

"이거야. 이걸 보고 싶었어. 마지막에 최고의 절망을 구경시켜줘서 고맙다. 추가시간은 역시 끝내준다니까. 난 앞으로도 이렇게 남의 절망을 구경하면서 살 거야. 날 그런 꼴로 만든 썩을 놈의 세상, 싹 다 불행해져라!"

비탄과도 비슷한 감정의 폭발에 압도당했다.

조롱 섞인 웃음소리가 멈추지 않는다.

이제 아마노의 얼굴을 볼 용기가 없었다.

"볼일도 끝났으니 이만 가야겠다. 아참, 시노미야의 마지막 메시지를 깜박했네. 너희에게 가장 큰 불행이 찾아오기를 빈대. 그럼 안녕, 사신들."

한바탕 웃어서 만족한 걸까.

아마노는 그렇게 말하고 훌쩍 가버렸다.

남겨진 우리는 멍하니 서 있는 것이 고작이었다.

"사쿠라."

"……왜."

그리고 드디어 때가 왔다.

하나모리가 우리 관계에 마침표를 찍을 때가.

"전에 말했었지. 사자의 힘 중에는 시간을 멈추는 힘도 있다고."

"응."

"그건 내 힘이었어. 미안해."

한순간이었다.

갑자기 눈앞에서 하나모리가 사라졌다. 연기처럼 사라진다는 말이 실감으로 다가올 만큼 정말 갑작스럽고 어이없이. 몇 초 지나서 이해했다. 하나모리가 시간을 멈추고 떠났다는 걸.

"이건."

그리고 내 손에 뭔가 쥐여져 있다는 것도 알아차렸다.

무슨 꿍꿍이인지는 모르겠지만 그건 만 엔짜리 지폐였다. 시간을 멈춘 사이에 쥐여줬겠지. 이건 도대체 무슨 의미일까. 생각만 해도 몹시 화가 났다. 이딴, 이딴 걸로.

"젠장, 젠장."

벤치를 걷어찼다. 그 정도로는 화가 수그러들지 않았다. 계속 걷어찼다. 몇 번이고 계속.

"망할, 망할, 빌어먹을!"

주체할 수 없는 분노가 나를 붙들고 놓아주지 않았다.

결국 그날은 아무 진전도 없었다.

공원에 멍하니 앉아 있다가 자판기에서 커피를 샀지만 입맛이 써서 집어던졌다.

버스를 타고 동네로 돌아와 도서관으로 향했다. 추가시간이 끝났으니 유의 사건이 어떻게 되었는지 확인하고 싶어서였다.

컴퓨터를 켜고 관련 검색어로 검색하여 해당 기사를 클릭했다. 사건의 결말은 참으로 참담했다.

유를 아파트에서 떨어뜨린 어머니는 고작 징역 5년을 선고받았다. 직장에서 과도한 스트레스를 받았음을 인정하여 선처했기 때문일까. 판결문의 '피고는 가해자이자 사랑하는 딸을 잃은 피해자이기도 하다'는 부분이 어처구니없었다. 이걸 보면 유는 기뻐할 거라고 생각하며 쓴맛을 삼켰다.

집에 돌아와서는 아무것도 하지 않고 가만히 누워 있었다. 잠을 거의 자지 못해 녹초가 됐다. 아무튼 잠을 청해 마음을 추스르고 싶었다. 하지만 이런 상황에서 잠이 올 리 없었다.

왜, 어째서 안 가르쳐준 거야.

그런 생각만 머릿속을 뛰놀았다.

주먹으로 베개를 내리쳤다. 변함없이 내 행복은 오래가지 않는다. 손에 넣었다 싶은 순간 스르르 빠져나간다. 절망으로 가득한 밤에 잠을 한숨도 이루지 못하고 월요일 아침을 맞았다. 구역질이 날 만큼 괴로움에 시달렸다.

'일단 학교에 가자.'

그래도 그런 생각이 들었던 건 어렴풋한 희망에나마 매달리고 싶어서였을까.

아무튼 만나서 이야기를 해본다면. 그렇게 믿고 어두운 통학로를 홀로 걸었다. 하지만 희망은 무참히 부서졌다.

그날 하나모리는 학교에 오지 않았다.

다음 날도, 그다음 날도.

무려 2주일이 지나도 학교에 코빼기도 비치지 않았다.

반 아이들도 걱정했다. 엿들어보니 연락도 안 된다고 한다. 선생님에게 물어봐도 집안 사정이라고 얼버무렸다든가. 고개가 절로 숙여질 만큼 기운이 쭉 빠졌다.

어쩌지. 어쩌면 좋지.

설마 이렇게 될 줄이야.

물론 그사이에 손 놓고 있었던 건 아니다. 전화를 걸고, 용기를 내어 하나모리의 친구에게 집주소를 물어서 찾아도 가보았지만 결과는 예상대로였다.

스마트폰은 꺼져 있었고 집에 가도 만나주지 않았다.

화단이 예쁜 단독 주택의 초인종을 누르자 어느새 또 만 엔짜리가 손에 쥐여져 있었다.

속상하다. 슬프다. 우리 관계가 이런 식으로 끝나다니.

그 사실에 몸이 딱딱하게 굳어버렸다.

"앞으로 나보고 어쩌라고."

가라앉는 태양은 아무 대답도 없었다.

그 후로 정말 암울한 나날이 이어졌다.

동복으로 갈아입는 10월이 되어 적적함과 허무함이 깊 어지는 가운데 무엇 하나 찾아내지도, 해결하지도 못하는 시간을 보냈다.

아침에 일어나서 학교에 가지만 하나모리는 못 만난다.

방과 후에도 마찬가지다.

그저 적막한 나날이 지나갔다.

괴로웠다. 너무나 괴로웠다.

하나모리가 '사자'였다.

이미 죽었다. 그 사실이 나를 옥죄었다.

정말로 방법이 없나.

정말로 헤어질 운명에서 벗어날 수 없나.

애당초 하나모리는 왜 죽었을까.

어떤 기분으로 추가시간을 지내왔을까.

그런 생각으로 머리가 터져버릴 것만 같았다.

어두운 밤, 정체 모를 괴물이 입맛을 다신다.

주르르 줄지은 송곳니가 악몽을 선사한다.

마음속에 검은 물이 차오른다. 붉은 심장이 물에 빠져 허우적댄다.

언젠가 하나모리가 준 퇴직서가 생각났다.

결심할 때가 온 걸까. 답은 나오지 않는다.

이리저리 헤매는 동안에도 시간은 흘러 10월도 중순이 지났다.

하나모리와 만나지 못한 지 한 달이 다 되었다.

그런 나날에 생각지도 않게 희망이 찾아왔다.

어느 날 한밤중에 예상치 못한 형태로 나타났다.

"오, 신지."

"아버지."

그날 일찌감치 잠자리에 들었지만, 깊은 잠에 들지 못해 물이라도 마시려고 부엌으로 나왔다. 그런데 언제 돌아온 걸까.

아버지가 불도 켜지 않고 거실에 앉아 있었다.

"어째 오랜만이네. 좀 마른 것 같다?"

"남 말할 처지예요? 아버지야말로 너무 말랐는데."

퉁명스럽게 대꾸했지만 갑작스레 아버지와 마주쳐 조금 당황했다. 아버지는 전국을 돌아다니는 운송업자라 정말 오랜만에 얼굴을 본 데다, 둘 사이에 여러모로 많은 일이 있었으니까. 어떻게 대하면 좋을지 난감했다. 거북한 분위기가 감돌았다.

다만 내 생각만 그랬던 모양이다.

"요즘 어떠냐, 신지. 학교는 문제없이 잘 다녀?"

"음."

어둠 속에서 쾌활하게 날아든 목소리가 내 마음을 단숨에 녹였다.

"음, 보통인가. 그냥 그래요. 아버지는요? 계좌 잔액이 전혀 안 늘던데."

"하하하. 잘될 턱이 있나. 전과자가 다 그렇지 뭐."

"자영업자들이면서 웬 신세타령이래."

아버지의 농담에 악담으로 응수하면서 나직이 웃었다.

사정을 잘 모르는 사람이 지금 이야기를 들었다면 벌컥 화를 내겠지. 다 당신 때문에 이 모양 이 꼴이 된 것 아니냐며. 하지만 나는 그러지 않았다. 전과자지만 존경할 만한 사람이니까.

깊이 따져보지 않아도 내 생각이 옳다는 걸 안다.

"여자친구하고는 어때? 진도는 어디까지 나갔어?"

"여자친구 없어요. 전과자이신 누구누구 때문에."

"어디서 시치미야. 아까 다 봤어. 그 근사한 수영복은 뭐야."

"수영복이 수영복이지 뭐긴 뭐예요. 친구랑 놀러 가려고 산……."

"또 잡아떼네. 네가 친구랑 놀러 가는 데 돈을 쓴다고? 여자야. 맞지?"

"……딱히 사귀는 건 아니고."

"으하하, 역시 여자구나."

"아아, 성가셔. 대체 왜 이래요."

별 생각 없이 한마디 툭 던졌다.

그런데 뜻밖의 대답이 돌아왔다.

"아니, 그게. 아사쓰키 씨네 딸아이가 죽은 지 벌써 다섯 달이 지났나. 그때 너, 눈 뜨고 못 볼 만큼 초췌했으니까…… 걱정이 돼서."

"아……."

예상치 못한 아버지의 연약한 목소리에 무심코 숨을 삼켰다.

몰랐다. 아사쓰키가 사고로 죽은 세상에서 내가 그랬다는 걸. 하지만 그럴 만도 하겠구나 싶었다.

나는 아사쓰키를 좋아했다.

아사쓰키를 더 이상 볼 수 없다는 걸 알았을 때, 세상이 끝나는 듯한 절망을 맛보았다.

그렇다면 원래 역사에서 내가 괴로워했어도 이상할 건 없다. 다만 지금의 나는 모르는 세상의 이야기라서 당황스러웠다.

그런 날 보고 무슨 생각을 했는지 아버지가 나지막하면서도 묵직한 목소리로 말했다.

"걱정됐어. 넌 옛날부터 착한 아이였으니까. 다리를 다쳤을 때도, 네 엄마가 집을 떠났을 때도, 걱정을 끼치지 않으려고 씩씩하게 행동했지. 그런 네가 그때만은 미친 듯이 날뛰었잖니. 그런 모습은 처음이라 무섭더구나. 마음에 상처를 입은 네가 내 앞에서 사라지는 게 아닌가 싶어서."

"……무슨 소리예요. 사라지다니 황당하네."

무뚝뚝하게 대꾸했지만 목소리가 떨리는 건 감출 수 없었다.

아버지가 겁먹은 줄은 몰랐다. 원래 역사에서 내가 그런 상태인 줄도 몰랐다.

그리고 무엇보다 역시 아사쓰키를 잃었지만 현재의 나는 나름대로 앞으로 나아가고 있었다는 사실을 새삼 깨달았다. 지금이야 실의의 수렁에 빠졌지만, 조금 전까지만 해도 분명 앞으로 나아가고 있었다. 그 이유는 하나밖에 없다.

마음속에 진실이 한여름 태풍처럼 찾아왔다.

폭풍이나 벼락처럼 느닷없이 나타났다.

"신지, 못난 아버지라 미안하다. 욱하는 감정을 참지 못해 가족의 행복을 망쳤어. 그런 주제에 할 소리는 아니다만, 부디 너만은 행복해지렴. 부엌에 모아둔 돈 봤다. 아르바이트라도 하니? 그것도 널 위해 쓰렴. 그게 내 가장 큰 행복이니까."

"그럴 거예요. 쓸 데가 있어서 모아둔 거니까. 그나저나 아까부터 뭐야, 술 드셨어요?"

전에 없이 약한 아버지의 모습을 보자 멋쩍어서 괜히 딴소리를 했다. 아버지가 술을 안 마신다는 걸 알면서.

내 본심을 알아챈 듯 아버지가 말했다.

"글쎄다. 너, 어릴 적에도 용돈을 모아서 엄마가 갖고 싶어 하던 지갑을 사줬잖아."

기억이 안 난다고 대꾸했지만, 실은 기억하고 있다. 그
때는 칭찬받고 싶은 마음에 그랬다. 기억해줘서 기뻤다. 오
랜만에 아버지와 추억에 잠기는 밤은 참으로 기분 좋았다.

문득 느꼈다.

아아, 역시 우리는 부모 자식이라고.

정치를 그만둔 아버지는 지명도를 활용해 회사를 차렸
다. 하지만 일찍이 아버지의 숙적이었던 작자가 훼방을 놓
았다. 그 남자가 부하를 모욕하자 아버지는 그만 손이 나
가고 말았다. 상대가 안 좋았던 것이리라. 정치가 출신 기
업인의 폭력은 상해 사건으로까지 왜곡됐다.

폭력은 폭력이다. 성질 급한 아버지를 두둔할 생각은 없
다. 하지만 부하를 위해 화를 낸 건 일종의 착한 인품이라
고 믿는다. 자신은 잘 모르겠지만 만약 내가 착하다면 그
건 틀림없이 아버지에게 물려받은 것이다. 그것만은 자신
있게 말할 수 있다.

절망 속에서 문득 경험한 마음의 해후.

신비한 뭔가가 소용돌이치는 밤이었다.

나중에 돌이켜보건대 그 밤이 모든 것을 인도하는 등불

이었던 것 같다.

다음 날, 휴일 아침에 자연스레 아사쓰키의 집으로 발이 움직였다.

"그때는 제가 어떻게 됐었나 봐요. 죄송해요."

"괜찮아. 나야말로 미안해. 네가 나쁜 애가 아니란 걸 알면서 심한 소리를 했구나."

초인종을 누르고 아사쓰키 어머니가 나오자마자 고개 숙여 사과했다. 아사쓰키가 사라진 그날, 몰랐다고는 하나 아사쓰키 어머니에게 큰 상처를 주었다.

그런 나를 보고 아사쓰키 어머니는 당황한 기색이었다. 분노인지 놀라움인지는 모르겠지만 얼굴에 분명 복잡한 감정이 맺혔다.

하지만 잠시 후에 아사쓰키와 똑같이, 부드럽게 웃으며 나를 용서해주었다. 그 순간 메말랐던 마음이 촉촉이 젖어드는 기분이었다. 동시에 수척한 뺨을 보자 아사쓰키 어머니가 그동안 어떻게 지냈을지 짐작이 갔다. 가슴 깊은 곳이 욱신욱신 아팠다.

"오늘은 우리 집 아저씨가 출장을 가고 없네. 왔었다고 아저씨한테도 전할게."

"신경 써주셔서 감사합니다."

집으로 들어갔다. 무난한 이야기를 하면서 애써 초조함을 억눌렀다. 솔직히 여기 오는 데 상당한 각오가 필요했다.

언젠가 사과하러 가야 한다고 생각하면서도 늦은 건, 그러면 아사쓰키의 죽음과 다시 마주해야 하기 때문이다. 그리고 딸을 잃은 어머니와 만나기도 겁이 났다. 그만큼 그날 들은 욕설은 씻기지 않는 앙금으로 남아 나에게 찰싹 붙어 있었다.

하지만 이 사람은 그런 나를 용서해주었다.

그러니까 나도 나아가야 한다.

오늘 여기에 온 이유가 뭔지는 나도 모른다. 다만 어젯밤에 아버지와 이야기한 후, 직감이 여기에 와야 한다고 속삭였다. 아르바이트의 시작점인 한 소녀. 멈춘 시간을 움직이려면 분명 아사쓰키의 힘이 필요하리라.

"사쿠라, 아사쓰키에게 인사하렴."

"네."

결의를 다지는 중에 거실에 이르렀다. 마침내 때가 왔다. 도대체 얼마 만일까. 잊을 수 없는 사랑스러운 웃음.

사랑했던 소녀와 아주 오랜만에 재회했다.

"오랜만이야."

아사쓰키.

불단에 모셔놓은 아사쓰키의 영정사진을 보고 나직이 말했다.

윤기가 흐르는 흑발에 얌전하니 청초한 얼굴과 미소. 그 앞에서 희미하게 미소 지었다.

이건 고등학교 입학식 때 찍은 사진일까. 그때는 아직 사귀는 중이었고, 둘 다 인생이 나름대로 빛났다. 그러므로 나도 아사쓰키도 꾸밈없이 웃을 수 있었다. 그 행복이 조만간 망가질 줄 몰랐으니까.

영정사진 앞에 무릎을 꿇었다. 옅은 웃음을 띤 아사쓰키를 아무 말 없이 바라보았다.

뭘까. 여기 오면 좀 더 특별한 감정이 솟을 줄 알았는데. 벌써 나름대로 시간이 지났기 때문일까. 막상 마주해도 격정은 일지 않고 정말로 세상을 떠났구나 싶어 허무함만 솟았다. 참으로 먹먹한 기분이었다.

"차 끓여 올 테니 조금만 기다리렴."

"아, 안 그러셔도 되는데. 고맙습니다."

내 반응에는 아랑곳없이 아사쓰키 어머니는 자리에서 일어섰다. 혹시 배려해준 걸까. 그렇다면 감사해야 마땅하다. 드디어 찾아온 둘만의 시간. 아사쓰키에게 하고 싶은 말이 어마어마하게 많았다.

"아사쓰키, 오랜만인데 미안해. 나, 어쩌면 좋을까."

말을 걸었다.

구깃구깃해진 색종이를 조금씩 펼치듯이.

"네가 사라진 그날부터 열심히 살아왔어. 사신으로 열심히 일하면 네 진실에 다다를 수 있을 거라 믿었거든. 그런데 어렵네. 뭔가 붙잡힐 것 같았는데, 결국 유를 구하지 못했고 하나모리도 못 만난 지 오래됐어. 정말 후회뿐이야. 왜 내 인생은 후회뿐인 걸까, 진짜."

혼잣말을 하며 자각했다.

내가 정말 감정에 치우쳐 행동하는 놈이라는 걸 다시금 깨달았다.

아사쓰키의 진실을 알고 싶다. 하나모리에 대해 모른다. 그런 괴로움 속에서 희망을 찾고 싶어 여기 왔는데도 내 마음을 채우는 건 슬픔이 아니라 분노다.

왜.

왜 아무 말도 해주지 않았어, 아사쓰키.

꾹 억누르고 있던 아사쓰키에 대한 분노가 한없이 넘쳐흘렀다.

'사자'라는 걸. 마지막 시간이라는 걸.

알면서 왜 안 가르쳐준 거야. 아무 말도 없이 사라지면 내가 힘들어할 걸 뻔히 다 알면서.

"열심히 했어. 진짜 애썼다고. 히로오카 씨 때도 유 때도. 잘 안 될 때도 있었지만, 그래도 내 딴에는 최선을 다했어. 이 아르바이트를 계속하면 진실에 다다르리라고 믿고서. 그런데 결국 아무것도 남지 않았어. 후회만 가득해. 왜, 어째서 나를 두고 간 거야. 왜……."

고개를 숙이고 엎드렸다.

답이 나오지 않는 괴로움에 소리 없이 오열했다.

빠른 다리, 다정한 어머니, 빛나는 미래, 아사쓰키, 하나모리. 모든 것을 잃고 이 세상에서 어떻게 살아가야 할지 몰랐다.

'아사쓰키, 하나모리…… 대체 어쩌면 좋아.'

손톱이 파고들 만큼 주먹을 꽉 움켜쥐었지만 아픈 줄도 몰랐다.

그런데 이때.

그런 나를 건져 올리는 목소리가 전해졌다.

먼 과거에서 내가 모르는 세상을 통해.

오늘 여기에 온 건 분명 우연이 아니라고 생각하게 하는 목소리가.

"사쿠라, 차 들어."

"아, 감사합니……어?"

시간이 좀 흘러 진정되었을 무렵.

어느 틈엔가 돌아온 아사쓰키 어머니가 나에게 차를 권했다. 그런데 뭘까. 아사쓰키 어머니는 차와 함께 작은 수첩도 내밀었다. 보라색, 아사쓰키가 좋아했던 색깔의 수첩을.

그게 무엇인지 아사쓰키 어머니가 직접 정체를 밝혔다.

"미안하구나, 좀 더 일찍 보여줬어야 했는데 오늘까지 미뤄서. 이건 아사쓰키가 쓰던 일기장이야. 아사쓰키가 가끔 보여줬는데, 네 이야기가 많이 적혀 있단다. 그러니까 꼭 봐줬으면 해."

"앗……."

거기까지 듣고 퍼뜩 생각났다.

맞다. 사귀고 있을 때 아사쓰키가 분명 그랬다.

간단히 일기를 쓴다고. 이런저런 생각을 매일 글로 써서 정리한다고.

나에게 보여준 적도 있다. 그날 있었던 일을 담담히 기록한 평범한 일기장을.

하지만 지금 아사쓰키 어머니는 꼭 봐달라고 했다.

내 이야기가 적혀 있다고도 했다.

이건 도대체.

"사쿠라, 이제 와서 이런 소리를 한들 마음만 아프겠지만 그래도 말할게. 아사쓰키는 너와 다시 시작하길 원했단다. 같이 공부하고, 같은 대학에 다니며 다시 둘이서 미래를 만들어나가길 바랐어. 언제부터인가 그 일기장에는 오늘 힘들었던 일보다, 내일 이루어지길 바라는 희망이 적혀 있더구나. 마치 저 멀리 있는 미래를 끌어당기듯이."

"……헉."

말이 끝나는 순간 나는 부리나케 수첩을 펼쳤다.

뭔가 생각할 틈도 없이 눈으로 훑었다. 그리고 할 말을 잃었다.

정말로 아사쓰키가 바란 미래로 가득했으니까.

> 시오리의 검사 결과가 잘 나오길
> 할머니 감기가 빨리 낫기를
> 마키가 동아리 대회에서 우승하기를

오늘 있었던 일이 아니라 아사쓰키가 내일 이루어지기를 꿈꿨던 작은 희망. 그게 또박또박 적혀 있었다. 기원하듯이, 소망하듯이, 예쁜 글씨로.

그리고 그중에는 나에 관한 내용도 정말로 있었다.

사쿠라와 같은 대학에 갈 수 있기를
사쿠라와 언젠가 여행을 갈 수 있기를
사쿠라와 행복한 가정을 꾸릴 수 있기를

그리고.
"아……."

사쿠라한테 실컷 투정 부리면서 단둘이서만 시간을 보내고
싶다

'이거.'
생각났다, 그날 밤이.
아사쓰키가 마지막으로 했던 말이.

"오늘 정말 즐거웠어. 잔뜩 투정 부렸는데도 잘 받아
줘서 고마워. 바이바이, 사쿠라."

'아사쓰키…… 너, 혹시.'

아아, 그렇구나. 그런 거였구나.

수첩을 보자 드디어 이해가 갔다. 아사쓰키와 보낸 마지막 밤의 진실을.

말해두겠는데 그냥 가설이다. 상상에 가까운 가설이다. 하지만 그래도 확신이 있었다. 아사쓰키는 분명 그날 밤 자신만의 행복을 추구했으리라는 확신이.

하나모리가 말했다.

아사쓰키는 동생과 화해하길 포기했다고. 구로사키가 그랬듯이 미련을 해소하길 포기했다고. 이제 아무래도 안 되겠다고 체념했지만, 아무래도 그 후의 선택이 구로사키와 달랐던 모양이다.

아사쓰키는 결심했다.

이 세상을 떠나기 전에 나와 단둘이 시간을 보내기로.

실컷 투정을 부리며 자신만의 행복을 손에 넣고 싶다, 그런 미래를 바란 것이다. 내가 나중에 괴로워할 줄 알면서도.

아사쓰키가 '사자'인 걸 밝혔다면 분명 나와 이야기도 변변히 나눌 수 없었겠지. 왜. 어째서. 그런 소리만 늘어놓으며 아사쓰키를 난처하게 만들었을 테니까.

그런 내 성격을 알기에 아사쓰키는 자신이 '사자'라는

사실을 숨겼다.

후회스러운 과거가 아니라 희망 넘치는 미래 이야기를 하고 싶었으니까. 그래서 하나모리에게 부탁해 말을 맞춘 것이다. '사자'라는 사실이 새지 않도록.

아사쓰키 어머니가 말했다.

언제부터인가 아사쓰키는 일기장에 괴로운 과거가 아니라 내일에 대한 희망을 적게 됐다고.

나와 헤어지고 동생과도 사이가 나빠졌지만, 그래도 인생에 희망을 품고 싶어서 그랬던 것이 아닐까. 그렇다면 나와 보낸 마지막 시간은 아사쓰키 나름의 청산이었을 가능성이 높다.

나에게 아무것도 밝히지 않은 덕분에 수첩에 적은 꿈을 둘이서 이룰 수 있었다.

자신만의 행복을 마음 내키는 대로 실컷 향유한 것이다.

내가 상처 입을 줄 알지만 분명 용서해주리라 믿고서.

만약 이 상상이 옳다면 이렇게 기쁜 일이 또 있을까.

분명 세상에서 나 하나뿐이리라.

얌전하고 다정한 아사쓰키가 철석같이 믿고 투정을 부릴 수 있는 사람은.

"미안하구나, 사쿠라. 이런 걸 보여준들 당황스럽기밖에

더하겠니. 하지만 네게 꼭 보여줘야 할 것 같았어. 어째서
일까."

"아니요, 감사합니다. 덕분에 구원받았어요."

미안한 표정을 짓는 아사쓰키 어머니에게 솔직한 심정
을 말했다.

구원받았다. 틀림없이 한 가지 구원을 얻었다.

이 타이밍에 내내 알고 싶었던 진실에 다다를 줄은 꿈
에도 몰랐다. 그뿐만이 아니다. 구원받은 마음은 하나 더
있다.

'아사쓰키, 나는.'

혼이 활활 타오르는 것을 느꼈다.

잔혹한 추가시간에도 한 점의 빛이 있다는 사실을 새삼
깨달았다.

아사쓰키는 미련을 해소하지 못했다. 동생과 화해하는
데 끝내 실패했다. 그렇지만 무사히 여행을 떠났다. 이 세
상에서 조그마한 행복을 발견하여 평온하게 여행을 떠날
수 있었다.

해준 게 없다고 생각했다.

하지만 그렇지 않았다.

이러한 진실에 다다를 때까지 이끌어준 존재가 있다면

역시 한 명밖에 없다. 곁에서 가혹한 나날을 지탱해준 사람이 그 녀석 말고는 생각이 안 난다.

'……하나모리.'

이름을 불렀다. 지금도 분명 혼자 겁에 질려 있을 소녀의 이름을.

하나모리가 왜 죽었는지는 모른다. 하지만 그건 아무래도 상관없다. 더 중요한 걸 아니까.

하나모리는 언제나 곁에 있어주었다.

쾌활하고 촐랑대고 조금 막 나가는 경향이 있지만, 언제나 곁에서 웃어주었다.

자포자기한 나를 외면하지 않고 외로움을 달래주며 혼자가 아니라고 가르쳐주었다. 그리고 다양한 '사자'와 만날 기회를 주었다.

"꼭 이루고 싶은 소원이 있어서일 거야. 어떻게든 꼭."

언젠가 하나모리에게 들었던 말. 그때 하나모리를 좀 더 알고 싶다고 생각했다. 그 이유를 이제는 안다.

하나모리는 나를 구해주었다. 환히 웃는 얼굴로 태양처럼 나를 비춰주었다.

그렇다면 이번에는 내 차례다.

내 시급은 300엔. 다코야키 한 상자에 일당이 3분의 1이나 날아가는 최악의 아르바이트. 그럼에도 이 일은 최고다. 남을 구하면서 돈까지 받을 수 있지 않은가.

어려움에 처한 '사자'가 있다면 내가 간다.

나는 시급 300엔의 사신이니까.

"죄송해요. 이만 가볼게요."

"그, 그래."

수첩을 탁 덮고 일어섰다.

아사쓰키 어머니가 놀란 눈으로 쳐다봤다.

기껏 와서 수첩만 보고 바로 돌아가겠다니 그럴 만도 하다. 하지만 망설임은 없었다.

"금방 와놓고 죄송해요. 하지만 지금 당장 가야 해서요. 아사쓰키에게 뭘 해줬나 싶어 내내 괴로웠어요. 하지만 이 수첩을 보니 아주 조금이지만 아사쓰키가 행복해지는 데 일조했다는 확신이 서네요. 그러니까 가봐야 해요. 이 행복을 다음 세상으로 전달해야 하거든요."

"……."

아사쓰키 어머니는 얼떨떨한 표정이었다.

당연하다. 앞뒤 사정을 모르는 사람에게 통할 설명이 아니다. 그런데도 가짜로 핑계를 대지 않고 이렇게 설명한 이유가 있다. 내가 당신 딸에게 구원받았다는 마음을 있는 그대로 솔직하게 전하고 싶어서였다.

"……후후후."

"왜요?"

갑자기 뭘까.

분명 의아해할 줄 알았는데 뜻밖에도 아사쓰키 어머니는 부드러운 웃음으로 답했다. 수없이 보았던 아사쓰키와 꼭 닮은 웃음으로.

신기하게도 아사쓰키의 목소리가 겹쳐서 들렸다.

"사쿠라, 잘은 모르겠지만 구원받았다니 다행이구나. 지금 얼굴이 아주 환해 보여. 축구하던 시절에 그랬던 것처럼. 시즈카도 분명 기뻐할 거야. 누구보다도 소중한 남자의 얼굴에 웃음을 되찾아주었으니까."

"……네, 감사합니다."

그 말이 무엇보다도 기뻤다.

머나먼 세상에서 그토록 원하던 아사쓰키의 목소리가 들린 것 같아서.

인사하고 거실을 빠져나왔다. 한순간 시야 끝에 걸린 영정사진이 미소를 지어준 것처럼 느껴졌다. 분명 내 착각만은 아닐 것이다.

현관을 뛰쳐나와 푸른 하늘과 태양 아래를 달렸다.

그래, 달렸다. 달리지 못할 터였던 내가.

당연히 달릴 수 있다.

그야 나는 달리는 게 장기니까.

생명을 불태우고 혼을 휘날리며 쉼 없이 달렸다.

구름을 찢고 푸른 하늘을 뚫을 듯이 온 힘을 다해 달렸다. 바람도 등을 밀며 나를 응원해주었다.

"……후우."

이렇게 많이 달린 건 오랜만이었다.

저녁녘. 여기저기 바쁘게 돌아다닌 끝에 나는 해가 지는 해변에 오도카니 앉아 있었다. 아무것도 하지 않고, 아무 말도 없이 그저 가만히.

왜 이러는지 알려면 시간을 조금 되돌려야 한다.

아사쓰키의 집을 나선 후 나는 집으로 돌아가 하나모리에게 전화를 걸었다. 혹시나 받을까 기대하며. 하지만 예상대로 스마트폰은 꺼져 있었다. 이래서는 집을 찾아가봤자 또 용돈만 늘어나겠지. 그래서 다음 방법에 나섰다.

"야, 이러지 마! 왜 이래, 미쳤어?!"

"미안하지만 제정신이에요. 각오해요, 아저씨."

내가 취한 수단은 실로 단순했다.

버스를 타고 유가 살던 동네에 갔다. 버스에서 내려 공원까지 달려가 낮잠에 취한 아마노를 찾아내 목에 커터칼을 들이댔다.

내 표정에서 진심을 느꼈으리라. 안절부절못하는 아마노는 아랑곳없이 목에 칼을 단단히 들이댄 채 "하나모리와 만나고 싶으니 순순히 협조해" 하고 으름장을 놓았다. "시, 시키는 대로 할 테니까 살려줘!" 하고 외친 아마노의 얼굴은 정말로 창백했다.

하나모리에게 대항할 방법을 찾기 위한 고육지책이었다. 시간을 멈추는 힘은 너무 강력하다. 그게 있는 한 어떻게 접근해도 놓친다. 실제로 두 번 물먹었다.

그렇다면 어떻게 해야 할까.

눈에는 눈, 사자의 힘에는 사자의 힘이라는 답이 나왔다. 아마노가 어떤 힘을 지니고 있는지는 모르지만 아무것도 없는 것보다야 낫다. 만약 실패하더라도 아마노와 함께 다른 '사자'를 찾아내서 협조를 요청하면 된다. 그러면 언젠가는 하나모리를 능가하는 힘을 지닌 '사자'와 만날 수 있을 것이다.

다행히도 그렇게까지 할 필요는 없었다.

"난 아무리 멀리 떨어져 있어도 머릿속에 떠올린 사람에게 텔레파시로 메시지를 보낼 수 있어. 일방통행이라 불편하지만. 이 힘으로 시노미야랑 비밀리에 만났지."

식은땀으로 범벅이 된 아마노에게 설명을 듣고 즉시 나에게 실험해보았다. 거짓말이 아니라는 걸 확인한 후, 이 힘은 써먹을 수 있겠다고 확신하고 하나모리에게 메시지를 보내라고 지시했다. '함께 갔었던 해변에서 영원히 널 기다릴 거야'라는 메시지를.

"아저씨, 정말로 보냈겠죠?"

"보냈어. 보내면서 내 힘에 대해서도 설명했고."

"못 믿겠는데요."

"이런 상황에서 누가 거짓말을 하겠냐! 거짓말이면 진짜로 날 죽일 거잖아!"

만약을 위해 그렇게 쐐기를 박은 후 아마노에게 감사를 표하고 다시 버스를 타고 우리 동네에 돌아왔다. 다시 역까지 달려 전철을 타고 몇 정거장 지나서…….

그리하여 이렇게 바닷가 모래밭에 앉아 있는 것이다.

어머니에 대해 이야기한 이 해변에.

"후우."

싸늘해 보이는 태양 아래서 한숨을 쉬며 생각했다.

안다. 이건 단식 농성이다. 초등학생이 방에 틀어박혀 '엄마가 미안하다고 할 때까지 밥 안 먹어' 하고 떼쓰는 것이나 마찬가지라는 건 잘 안다. 솔직히 다른 방법도 생각은 했었다.

예를 들면 몇 시 몇 분에 학교 옥상에서 몸을 던지겠다는 메시지를 보내고 죽는 꼴을 보기 싫거든 시간을 멈춰서라도 만나러 오라고 협박한다든가, 그렇게 억지로 불러낼 생각도 하기는 했었다. 성공률을 따지자면 이쪽이 좀 더 확실했을지도 모른다.

하지만 결국 집어치웠다. 억지로 불러내봤자 아무 의미 없고 무엇보다 하나모리 보기에 민망하다.

그래서 아마노에게 부탁해 '이왕 말이 나온 김이라면 뭐하지만 못 준 생일선물도 줄게, 배고파서 먹어치우기 전에 와'라는 메시지도 덧붙여 보내고 뒷일은 하늘에 맡기기로 했다. 분명 이 정도 관계가 우리에게는 딱 좋다고 믿으며.

"며칠이나 걸리려나."

여전히 아무도 없는 해변에서 바다를 바라보며 중얼거렸다.

장기전은 각오했다. 하나모리도 메시지를 받았으니 가

봐야겠다고 선뜻 마음을 먹지는 않을 테니까. 그 정도는 안다.

그래서 오로지 기다리기로 했다.

몇 시간이든 며칠이든. 하나모리가 왔을 때 웃음으로 맞이할 수 있도록 마음을 차분히 가라앉히고.

시간이 흘렀다. 해가 진다. 바다가 검어진다. 달이 뜬다.

안 온다. 괜찮다. 반드시 올 거다.

날이 밝았다. 해가 뜬다. 하나모리는 오지 않는다. 그래도 괜찮다. 계속 기다렸다.

달이 떴다. 기다렸다. 해가 떴다. 기다렸다.

알고 보니 어느새 옆에 물과 삼각김밥이 놓여 있었다.

갸륵한 마음씨에 표정이 누그러졌지만 일부러 물 말고는 손을 대지 않았다. 그냥 오기다.

달이 떴다. 해가 떴다. 또 달이. 해가.

나는 계속 기다렸다.

대체 시간이 얼마나 흘렀을까.

해가 지고 달이 뜨고, 오로지 그 반복이었다. 오늘 밤도 춥겠다고 생각하며 나도 모르게 삼각김밥으로 뻗는 손을 찰싹 때렸다.

그때 알아차렸다.

내 손이 온기에 감싸여 있음을.

밤바다의 파도가 멈췄음을.

시간이 멈춘 세상에서 사람을 건드리면 그 사람만 시간 정지에서 풀어줄 수 있다. 예전에 하나모리가 그렇게 말했다. 과연. 이게 시간이 멈춘 세상인가. 즉 방금 전까지 아무도 없었던 옆에 앉아 내 손을 잡고 있는 이 소녀는 내가 애타게 기다리던 사람이 틀림없겠지. 솟아오르는 기쁨을 달에게도 나누어주었다.

"이야, 오랜만이네."

"이 바보야, 왜 이렇게 무리를 해."

은방울을 굴리는 듯한 목소리가 낭랑하게 울려 퍼졌다.

하나모리 유키가 곁에 있었다.

인상을 찌푸린 채 눈물이 고이고 빨갛게 부은 눈으로 바다를 바라보며.

내 손을 꽉 움켜쥔 소녀가 있었다.

"미안해. 이렇게라도 해야 만날 수 있을 것 같아서."

"바보. 멍청이. 죽을 뻔했잖아. 외톨이답네."

아무래도 하나모리는 진심으로 화난 것 같았다. 이쪽에 눈길 한 번 주지 않고 상관없는 이야기까지 꺼내며 다그쳤다. 너무 야단스러운 것 아니냐고 대꾸하고 싶었지만 아무래도 내 생각보다 위태로운 상태인 듯했다. 손을 마주 잡기도 힘들고 목소리도 잠겼다. 가난하니까 단식 농성에 강하지 않을까 싶었는데, 평소 잘 못 먹는 만큼 빨리 약해지는 모양이다. 하하하, 이건 맹점이었다.

하지만 지금 그런 건 아무래도 상관없었다. 드디어 고대하던 시간이 찾아왔으니까.

"늦었지만 생일 축하해. 하나모리."

"죽을 뻔한 주제에 입만 살아가지고. 바보."

달 아래 내민 쿠키 꾸러미를 하나모리는 화를 내면서도 받아주었다. 별빛에 반짝이는 아름다운 눈물이 뺨을 타고 흘러내렸다.

"왜 울어. 울 일이 아니잖아."

"울긴 누가 울었다고 그래?"

순 억지소리에 쓴웃음을 지으면서도 온 하늘의 별이 담긴 커다란 눈동자에 깊이 빠져들었다.

드디어 만났다. 겨우 손이 닿았다. 그렇게 생각하며.

그래서일까.

나는 자연스레 한 걸음 내디뎠다. 하나모리를 고독한 세상에서 구해낼 용기 있는 한 걸음을.

"하나모리, 너에 대해 알고 싶어."

하나모리는 대답하지 않았다. 나는 하나모리의 손을 힘주어 잡았다.

걱정 마, 하나모리. 무슨 일이 있어도 함께할 테니까. 그런 마음을 담아.

내 바람이 통한 걸까.

"……후우."

아주 희미하게, 하지만 분명 하나모리가 나직한 한숨을 내쉬었다. 허전하고 가녀리면서도 어쩐지 졌다는 듯 안도가 섞인 한숨을.

별이 깃든 눈동자가 이쪽을 향했다. 난감한 듯한 웃음이 살짝 맺혔다.

작은 소원이 하늘의 총총한 별에 닿은 모양이다.

"응, 알았어. 알았다고, 사쿠라. 이렇게까지 하는데 입 다물고 있는 것도 도리는 아니겠지. 하는 수 없네. 말할게, 네가 모르는 나의 이야기를."

"하나모리……."

하나모리는 눈물을 거두고 서글프게 웃는 얼굴로 허심탄회하게 말했다.

장난기 어린, 그러면서도 각오를 다진 말투로.

이 세상과 저세상 사이의 추가시간에 생명의 이야기가 자아진다.

"들어줘, 사쿠라. 내가 태어나고 죽은 이야기를."

파도 소리가 들리지 않는 해변에 앉아 있자니 새삼스레 기묘한 느낌이 들었다.

하나모리가 멈춘 시간 속. 일단은 하나모리가 가져온 빵을 먹고 기력을 보충했다. 이어서 유에 관해서도 이런저런 이야기를 나누었다.

구하지 못했다. 무참한 최후를 막지 못했다. 그저 유가 평안하기만을 빌었다. 두 번 다시 보지 못할 그 미소를 생각하며.

그리고 그 후에는 잡담을 했다. 학교에서 있었던 일과 모두들 걱정하고 있다는 것. 그런 이야기를 나누었다.

달도 별도 바람도 구름도 전부 정지한 신비한 세상. 소리가 없는 공간이 몹시 적적하게 느껴졌지만, 단단히 깍지를 낀 우리의 손은 따뜻했다.

그리고 우연히 말이 뚝 끊긴 순간, 하나모리가 이야기를 시작했다.

'사자'로서 살아온 자신의 이야기를.

"난 초등학교 2학년 때 죽었어. 아빠가 돌아가신 지 얼마 지나지 않아서."

쓸쓸한 목소리로 말을 꺼낸다.

하나모리가 망설이지 않도록 손을 꼭 잡아주었다.

"이혼했다는 이야기는 전에 했었지. 그 후에 엄마랑 둘이서 살았는데 생각만큼 쉽지는 않았어. 일이며 육아며 여러 가지가 겹쳐서 그랬겠지. 어린 마음에도 엄마가 힘에 부친다는 걸 알겠더라고. 아아, 오늘도 엄마 표정이 어둡네, 이러면서."

친척들의 매정한 말도 한몫했다고 하나모리는 말했다.

병이 든 남편을 외면하다니 돈에 미쳤나 봐.

그런 말이.

"그러던 어느 날, 엄마가 기분 전환을 하자면서 산속의 예쁜 계곡에 데려갔어. 바쁠 텐데 하루 휴가까지 내서 말이야. 얼마나 기뻤는지 몰라. 도시락을 들고 잔뜩 부푼 마음으로 출발했지. 노래를 부르고 깔깔 웃으며 즐거운 하루를 보내리라 믿고서."

하지만.

하나모리는 그렇게 말했다.

"하지만 그 믿음은 산산이 깨졌어. 그날 아무도 없는 산

속 계곡에 빠져 죽었거든. 엄마가 내 머리를 계곡물에 힘
껏 짓눌러서."

"……헉."

충격적인 고백. 언젠가 하나모리가 한 말이 떠올랐다.

개인적으로 꼭 도와주고 싶은 여자애야.

그게 무슨 의미인지 드디어 이해가 갔다.

"한순간 마가 껴서 그랬을 거야. 이혼은 했지, 일은 힘들
지, 아이도 키워야 하지. 하지만 의지할 데라곤 아무 데도
없었거든. 지금 돌이켜보면 그때 엄마는 몹시 예민한 상태
였어. 애먼 화풀이도 하지 않고 이상적인 엄마였지만, 분
명 갖은 괴로움이 마음속을 맴돌았겠지. 사쿠라라면 무슨
말인지 이해할 거야."

"응, 그럼."

이해하고말고. 어머니도 자신의 삶을 원하는 한 사람의
인간이라는 걸 나는 알고 있다.

고개를 끄덕이는 내 옆에서 하나모리는 당시 이야기를
계속 이어서 했다.

물속에 처박혀 숨을 쉴 수 없었다. 뭐가 어떻게 된 건지
몰랐다. 하지만 분명 엄마의 손이 얼굴에 덮여 있었다. 그
런 이야기다.

다만.

"그런데 모르겠는 게 딱 하나 있어. 엄마가 실은 날 구하려 했던 게 아니냐는 거야."

"구하려 했다고?"

내가 되묻자 하나모리는 답답한 심정을 고백했다. 계곡에서 놀던 하나모리가 발을 헛디뎌 물에 빠진 것이 모든 일의 시작이었다. 사고가 났음을 알아차리고 어머니가 달려왔다. 물속에서 버둥대는 딸에게 손을 뻗으려고. 하지만 그 손이 취한 행동은.

"당시 아직 어렸던 탓에 물속에서 정신을 가다듬을 수 없었어. 그래서인지 생각이 안 나. 엄마가 나를 구하려다가 실패한 건지, 아니면 괴로움에서 해방되고 싶어서 돌발적으로 나를 빠뜨려 죽인 건지. 전혀 생각이 안 나."

침묵을 지키는 내 옆에서 하나모리는 기억을 다시 더듬었다.

결국 그때 죽어서 '사자'가 되었다.

'사자'가 되어 계곡에 빠져 죽었다는 사실 자체가 무효화됐다.

추가시간에 어머니는 정신적 부담을 딛고 일어서서 별 문제없이 지내고 있다.

뿐만 아니라 아무리 바빠도 생일은 꼭 축하해주고, 수업 참관일에는 휴가를 내면서까지 학교에 온다. 확실한 애정이 느껴진다. 그런 이야기를 해주었다.

하지만 바로 그렇기에.

"난 모르겠어. 살해당한 건지, 사고였던 건지. 추가시간이 끝나면 엄마가 체포될지 말지도. 진실을 알 방도는 없고, 사실 자체가 무효화된 이상 해명하기도 불가능해. 설령 가능하더라도 엄마한테 그런 걸 물어보기는 싫어. 엄마가 날 죽였다는 생각은 하기도 싫고, 만약 그게 아니라면 계속 의심해온 나 자신을 용서할 수 없을 거야. 이제 내 인생에 남은 건 후회밖에 없어."

어느덧 하나모리의 눈에서 눈물이 펑펑 쏟아졌다.

슬픔을 얼린 투명한 물방울. 한없이 쏟아지는 눈물에 소녀의 마음도 녹아 없어질 것 같았다. 나는 하나모리의 손을 더 세게 잡았다.

하나모리가 후회스러운 일을 한 가지 밝혔다.

끓는 속을 도저히 달랠 길이 없어 어머니와 싸우다가 복수를 한 적이 있다고 한다. 예전에 어머니한테 받은 유리 장식품을 벽에 집어던져서 깨뜨렸다. 자신의 괴로움을 한 번 맛보라는 마음에서.

하지만 어머니는 난처한 듯 웃음을 지었다. 화내기는커녕 미안하다고 사과했다. 그 순간, 자신이 구원받을 방법은 어디에도 없다는 걸 깨달았다. 상처를 줄 작정이었는데 도리어 평생 지워지지 않을 상처가 새겨졌으니까.

"난 옛날에는 소심하고 걸핏하면 우는 아이였어. 하지만 그래서는 세상에 짓뭉개질 것 같아서 억지로라도 웃게 됐지. 난 불행하지 않다고 외치고 싶어서. 효과는 있더라. 친구도 많아졌고 하루하루가 즐거웠으니까. 하지만."

말을 끊고 숨을 들이마셨다.

가시지 않는 냉기를 모조리 토해내려는 듯이.

"혼자 있으면 생각나. '사자'에게는 언젠가 끝이 온다. 오늘일지도 모르고 내일일지도 모른다. 그런 공포가 엉겨붙어. 거기에 누구의 기억에도 남지 못한다는 공포도 덮쳐오지. 지금 아무리 사이가 좋더라도 아예 만난 적도 없는 게 되잖아. 그리고 그것보다 집에 돌아가기가 더 무서웠어. 언제부턴가 엄마가 웃으며 어서 오라고 하는데도 웃음이 잘 안 나오더라. 다녀왔다고 말할 때마다 마음이 비명을 질렀어. 그래서 방과 후에도 집에 가지 않고 밖에서 시간을 때웠지. 해가 질 때마다 이대로 시간이 멈추면 좋겠다고 생각했어. 그런데 어느 날 정말로 멈추더라고. 그때 깨달았지. 내 미련은 한 번이라도 좋으니까 진심으로 웃는 얼굴로 다녀왔다고 인사하는 거라는 걸, 아무 거리낌도 없이 엄마한테 어서 오라는 인사를 받고 싶은 거라는 걸. 그래, 깨달았어."

그게 절대로 이루어지지 않을 줄 알면서 말이야.

하나모리는 구슬픈 표정으로 이야기를 끝맺었다. 나는 아무 말도 못 했다.

그 후로 하나모리는 다른 '사자'와 똑같은 나날을 보냈다. 많은 사신이 하나모리를 찾아왔지만 아무도 미련을 해결하지 못했다. 몇 년이 흘러도 추가시간이 끝나지 않던 어느 날, 편지가 왔다. '사자' 겸 사신이 되지 않겠느냐고 제안하는 편지가. 고민한 끝에 하나모리는 사신이 됐다. 언제 끝날지도 모를 추가시간에 희망을 품고 싶어서. 그때부터 수많은 '사자'와 만나며 살아왔다. 절망 속에서 모래알 같은 기적을 찾아.

기나긴 시간이 흘렀다. 영원하다고도 느껴지는 나날이.

하지만 행복은 찾지 못하고 고등학생이 되었다. 그리고.

"널 만났지."

모든 비극을 지워버릴 듯 기쁘게 웃음을 지으며 하나모리는 말했다.

"널 만나서 난 조금 변한 것 같아. 처음에는 에헤헤, 지금이니까 말하지만 어두운 사람이다 싶었어. 하지만 고뇌하면서도 힘차게 일어서는 네 모습이 어느 틈엔가 동경의 대상처럼 눈부셔 보였어. 네가 곁에 있어준 덕분에 추가시간도 나쁘지만은 않다는 생각이 들기 시작하더라. 지금까지는 억지로 웃어왔지만 진심으로 즐거운 날이 생겼어. 그래서 너에게 '사자'라는 사실이 들통났을 때는 다 끝났구나 싶었는데…… 그래도 넌 날 구해줬어. 미아가 된 어린아이를 환한 달빛 아래로 인도했지. 그 결과 난 여기에 있는 거야. 이제 알아. 네 곁이 그 어디보다도 행복한 장소라는 걸."

"……그렇구나. 그거 고맙네."

하나모리의 너무나 순수한 고백.

그 앞에서 그렇게 대답하는 것이 고작이었다.

얼굴이 화끈거린다. 몸이 뜨겁다. 깍지를 낀 손이 당장이라도 불타오를 것 같다. 심장 뛰는 소리가 전해지지는 않을까 걱정이다. 아니, 분명 전해졌겠지. 하나모리의 손끝에서도 심장 고동이 이렇게나 전해져오니까.

이렇게 힘겨운 세상에서 우리가 만난 것에 감사한다.

절망의 바다를 헤엄치는 우리가 만난 건 분명 우연이 아니겠지. 모든 걸 잃기 전에 드디어 행복하다는 걸 깨달았으니까.

"지금까지 말하지 않아서 미안해. 언젠가 말하려고는 했는데."

"괜찮아. 이제 알았으니까 됐어."

"고마워. 정말 고마워."

어깨에 부드러운 머리카락이 닿았다. 눈물에 젖은 뺨이 가까워졌다. 이어진 손끝에서 심장 고동이 더욱 확실하게 느껴졌다. 가녀린 어깨를 끌어안았다. 하나모리의 온기가 살아 있음을 주장했다.

안 죽었다. 아직 안 죽었다.

살아 있다. 우리는 살아 있다.

둘만의 세상에서 서로 생명의 온기를 확인했다.

몇 번이고 몇 번이고, 흘러내리는 생명을 긁어모으듯이.

시간을 잃은 세상에서 유구한 기억을 새겨나가던 중에.

갑자기 어떤 일이 떠올랐다.

"맞다. 돌려줄게. 이거 뭐였어?"

"어? 아……."

호주머니에서 꺼낸 만 엔짜리를 보고 하나모리는 겸연

적은 목소리를 흘렸다.

어쩐지 한 방 먹인 기분이었다.

"그, 사과해야겠다 싶어서."

"사과?"

"아르바이트나, 그밖에도 여러 가지로."

"우리는 이런 걸로 정리되는 사이였어?"

"그럴 리가…… 미안해."

"다시는 이러지 마. 상처 많이 받았어."

"응. 미안해. 절대로 안 그럴게."

그렇게 말하며 하나모리가 에헤헤 웃었다. 나도 따라서 웃음을 지었다. 이 순간이 제일 좋다. 하나모리의 웃음을 독점하는 기분이니까. 동시에 나에게 진정으로 위안을 주는 사람이 하나모리라는 걸 알 수 있으니까. 지금까지도 앞으로도 우리는 분명 그런 관계다.

그러므로 이 답에 다다른 것이리라.

"추억을 만들자."

"응?"

밤하늘을 올려다보며 희망을 끌어낸다.

"결국 잃는다 하더라도 그사이에 웃으며 지낼 수 있다면, 그것도 분명 아주 의미 있는 일이겠지. 슬픔을 없앨 수는 없어. 하지만 슬픔을 능가할 행복을 찾아낸다면 분명이 세상에 태어나길 잘했다는 생각이 들 거야. 아사쓰키한테 배웠는데, 과거에 괴로워하기보다 내일에 희망을 품어야 행복해질 수 있나 보더라고. 우리도 마지막으로 그런 기적 같은 시간을 보내자."

"……응, 그러자."

아련한 소녀의 눈동자 속에 작디작은 꽃이 피었다.

상당히 오랜만에 듣는 경쾌한 목소리로 "아하하하" 하고 꽃피었다.

슬픔은 없었다. 좀 더 특별한 감정이 느껴졌다.

이때 이 추가시간이 무엇보다도 행복한 시간이 되리라고 확신했다. 그야 이렇게도 멋진 소녀가 옆에 있으니까.

"고마워, 사쿠라. 으라차! 어쩐지 기운이 나는걸. 그럼, 잘 부탁드립니당."

"그래. 나야말로."

"엄청 기대해야지. 꼭 즐거운 시간으로 만들어줘."

"당연하지. 내가 진지하게 임하면 어떻게 되는지 꼭 보여줄게."

하나모리가 웃었다. 나도 웃었다. 서로를 원하는 손이 행복을 나누어 가졌다.

어느 틈엔가 눈물은 말랐다. 눈물 자국도 사라졌다.

존재하지 않는 세상에서 영원한 시간에 몸을 맡긴 우리 두 사람.

나와 하나모리의 마지막 시간이 움직이기 시작했다.

그리하여 시작된 추억 만들기는 정말로 즐거웠다.

약 두 달간 우리는 틀림없이 행복하다 할 수 있는 시간을 보냈다.

지금까지와는 또 다르게 하루하루가 특별하게 느껴졌다. 끝이 온다는 걸 아는 만큼 하루하루가 소중했다.

"좋아, 사쿠라. 오늘은 닭날개 뷔페에 가자!"

"뭐야, 그 특이한 뷔페는."

어느 날은 하나모리에게 끌려가서 닭날개를 물릴 만큼 먹었다.

"박살내! 자빠뜨려! 거기다, 눈을 노려!"

"말해두겠는데, 그거 전부 반칙이야."

또 어느 날은 스포츠 경기를 구경하러 가서 침이 마르도록 규칙을 설명해주었다.

"으어어엉…… 폭풍 눈물이네. 이 영화, 감동이었어."

"자느라 10분의 1도 못 봤을 테니 가르쳐줄게. 이거 코미디 영화였어."

또 다른 날에는 영화관에 낮잠을 자러 온 하나모리에게 일침을 가하기도 했다.

아무튼 우리는 하루하루를 최대한 만끽했다. 이제 곧 끝이 오겠지만 그게 뭐 어쨌느냐고 외치듯이.

덧붙여 아르바이트 말인데, 하나모리에게는 더 이상 업무지시서가 발송되지 않았고 우리 집 우편함에만 매일 아침 한 명분의 일당이 들어 있었다.

"아이고. 나한테 줄 일당은 없다 이건가. 에휴."

하나모리는 푸념했지만. 나는 이 세상을 초월한 신비한 존재가 고마웠다. 하나모리를 구원하라는 메시지가 느껴졌기 때문이다.

그리하여 더욱 의욕적으로 시간을 보낼 수 있었다.

"뽀뽀할까."

"뭐야, 갑자기."

"걱정 마. 살짝 따끔한 정도니까."

"입술에 가시라도 돋았냐?"

"사진 찍어서 반에 확 뿌리면 어떻게 되려나."

"하지 마. 반 아이들을 그렇게 걱정시켜놓고."

"그러게. 반의 인기인이 음침한 남학생에게 당하면 일이 천파만파 커질 테니까."

"음침해서 미안하게 됐수다."

"그러니까 사쿠라가 쏘는 걸로 하고 노래방에 갈까."

"뭐가 어떻게 되면 그런 결론이 나오는데? 게다가 나보고 쏘라니."

"디저트 실컷 먹어야지."

"노래하러 가는 게 아니었어?"

그런 나날을 보내는 가운데, 우리는 기특한 짓을 하게끔 됐다.

"잘 생각해봤는데 이렇게 굉장한 힘을 썩히면 아깝잖아. 장난이나 실컷 쳐야겠다."

"어휴."

11월이 지나 겨울의 뒷모습이 뚜렷이 보이던 무렵, 하나모리의 이 말이 계기가 되었다.

요컨대 시간을 멈추는 힘이 있는데 그걸로 놀지 않으면 아깝다고 주장하고 싶은 모양이다. 뭐가 어떻게 아까운지는 통 모르겠지만, 말려봤자 아무 소용없다는 걸 잘 알기에 마지못해 함께하기로 했다.

"아하하. 봐봐, 사쿠라. 걸작이지."

"요즘은 초등학생도 안 그러겠다."

기세를 올려 시작한 장난은 정말로 시답잖은 것들뿐이었다.

교내에서 시간을 멈추고 교장선생님 이마에 '채소 편식 금지'라고 적거나, 현대국어 후루키의 호주머니에 '불륜은 금물, 요시다 드림'이라고 쓴 메모를 숨겨놓는다. 참 어처구니없는 짓만 골라서 했다.

그런데 어째서일까.

딱히 상의한 것도 아닌데 우리는 자연스레 남을 위한 아이디어를 내놓기 시작했다. 독거노인을 찾아가서 마당을 손질하고, 강 주변이 더러우면 청소했다. 시간이 멈춘 세상에서 작은 행복을 뿌린 것이다.

그렇게 지내다 보니 이런 추억이 생길 때도 있었다.

"히야, 이런 절경을 우리 둘이서 독점하다니. 어째 사치스럽네."

"그러게. 아주 귀중한 체험이야."

한밤중 학교 옥상에서 별이 가득한 하늘을 바라보며 대화를 나누었다.

이날은 하나모리가 학업을 도와준 학교에 보답하기에 학교를 청소하기로 했다. 시간을 멈추고 열쇠를 확보한 후, 아무도 없는 밤에 들어가서 싹 청소했다.

청소를 마친 다음 휴식을 취할 겸 옥상에 가보고 싶다기에 올라갔는데 뜻밖에도 하늘에 별이 잔뜩 떠 있었다.

"우아아, 굉장하다."

하나모리의 환호성처럼 전부 다 잊어버리고 싶을 만큼 감동적이었다. 장대한 밤하늘에 반짝이는 은빛 별들. 어린 시절이 떠올라서 가슴이 두근두근 설렜다.

"지금까지 이런 일은 해본 적 없어?"

가지고 온 컵라면에 보온병의 뜨거운 물을 부으며 물어보았다.

"이런 일이라니?"

"밤에 학교에 몰래 들어오는 거. 얼마든지 가능하잖아."

"음, 아니야. 안 해봤어."

"의외네. 해보고 싶다는 생각이 바로 들 것 같은데."

"혼자서는 재미없으니까. 뭐 그렇게 좋아하는 힘도 아니었고."

쓸쓸한 하나모리의 목소리를 듣고 깨달았다.

그랬구나. 그런 거였구나.

아무리 편리하고 재미있더라도 그 힘이 무엇 때문에 존재하는지 상기하면 좋아할 수 없을지도 모르겠다. 조금 반성했다.

하나모리는 전혀 개의치 않고 밤하늘을 올려다보며 속삭였다.

"어쩐지 신기한 기분이야. 이 세상에 우리 둘만 있는 것 같아."

"뭐, 그러네."

옥상에서 동네 불빛이 내려다보인다. 산 위라서 그런지 평소 살던 동네가 아주 멀어 보였다. 다른 세상 속에 하나모리와 단둘이만 살아 있는 듯한 느낌마저 들었다.

"이대로 시간을 멈추고 평생 둘이서 살까."

"하다하다 이제 인류 멸망이냐."

"옳거니. 그래, 난 슬픔을 짊어지고 태어난 마왕이었던 거야."

"게임 끝판대장 같은 소리하고 있네."

"그렇다면 사쿠라는 평범한 마을 사람이겠다."

"평범한 마을 사람이라니, 왜?"

"얼굴."

"갑자기 눈물이 나네."

"자, 사쿠라. 결전이다. 대마왕에게 덤벼라!"

"마을 사람인데 마왕하고 싸운다고? 무슨 마을이 꿈도 희망도 없냐."

"아뵤. 마왕킥!"

"어어! 야, 라면 엎지를 뻔했잖아!"

하나모리의 발길질을 신호로 잠시 장난을 쳤다. 교복이 구겨지는 것도 상관 않고 서로 부대꼈다. 얼결에 닿은 하나모리의 살결은 희한하리만치 따뜻했다. 심장이 쿵 뛰었다.

숨이 차오를 무렵.

우리는 드러누워서 더욱 신비한 이야기를 시작했다.

"'아카식 레코드'라고 알아?"

"들어본 적 있어. 뭐였더라?"

"'투명한 책'은?"

"그건 처음 듣는데."

가르쳐주겠다며 하나모리는 말을 이었다.

"아카식 레코드. 거기에는 우주의 모든 기억, 사상, 개념이 영구적으로 기록된다고 해."

하나모리의 설명은 계속됐다.

세상, 시간, 공간을 넘어 우주가 탄생하기 전부터 머나먼 미래까지 모든 것이 집약되는 기억 매체. 그게 아카식 레코드라나.

"내 추가시간은 언젠가 무효화 될 거야. 하지만 없어지는 게 아니라 보이지 않을 뿐이지. 아카식 레코드 안의 '투명한 책'에 남겨진대. 옛날에 나를 담당한 사신이 해준 이야기야."

"이야."

이름도 모르는 사신이 풀어낸 우주의 기억.

거기에 신비한 가능성을 느꼈다.

"이 이야기는 먼 옛날에 누군가가 '사자'를 위해 지어낸 걸 거야. 결코 없어지지 않는다. 살아 있었다는 증거가 세상 어딘가에 남는다. 위약 처방처럼 느껴지지만, '사자'는 모두 마지막에 거기에서 위안을 찾아. 그렇게 자신을 이해시킴으로써 여행을 떠날 결심을 해. 나도 그런 책이 있으면 좋겠다 싶어."

"그렇구나. 나도 있기를 바랄게."

영원히 잊어버리는 게 아니다. 세상의 기억은 인간의 손이 미치지 않는 곳에 남아 있다.

그 이야기를 듣고 그 책이 몹시 읽어보고 싶어졌다. 그 책의 투명한 페이지에는 분명 세상에서 가장 소중한 이야기가 적혀 있을 테니까.

"그거, 읽어보고 싶다."

"후후, 인간한테는 무리야. 신 같은 존재만 읽을 수 있는 책이니까."

"지금은 안 되더라도 언젠가 읽을 수 있을 날이 올지도 모르지."

"안 와. 애당초 책 이야기를 했다는 것조차 잊어버릴 텐데 뭐."

"안 잊어버릴지도 몰라."

"잊어버린대도."

"생각날 수도 있잖아."

"무리야."

"모를 일이지."

고집도 참, 하고 하나모리가 투덜댔다. 하지만 어쩐지 기쁜 표정이었다.

하나모리 말마따나 안 될 것이다. 하지만 될지도 모른다. 적어도 그런 꿈을 꾸는 건 잘못이 아니다. 머지않아 다가올 기억을 잃은 세상. 어쩌면 나는 거기서 그 책을 만날 수 있을지도 모른다.

그런 희망을 별이 반짝이는 하늘에 맡겼다.

끝이 가까워지자 어쩐지 허전함이 느껴졌다.

그래서일까. 12월 초순. 하나모리는 마음에 걸리는 일을 몇 가지 청산했다.

"여기는 오랜만인걸."

"응."

버스에서 내려 낯익은 동네를 둘러보며 말했다.

제일 먼저 유가 살던 동네에 갔다. 그 후로 어떻게 됐는지 궁금했지만 올 용기가 없었다. 하지만 하나모리가 "유의 동생이 어떻게 됐는지 궁금해"라고 하기에 용기를 내어 찾아왔다.

그러나 유의 가족에게 우리는 생판 남이다.

정보를 모으기 어렵겠다 싶었지만 다행히도 편리한 정보원이 있었다.

"으어어! 너, 너희들, 뭐 하러 왔어?"

"에이, 너무 경계하지 마세요."

오늘도 공원 구석에서 낮잠을 자던 아마노에게 웃으며 다가갔다.

그런 우리를 보고 아마노는 비명을 질렀다.

"사쿠라, 무슨 일 있었어? 이 아저씨, 엄청 겁먹었는데?"

"왜 그럴까. 어이쿠, 호주머니에서 커터칼이."

"히이익!"

농담은 이쯤 하고 새삼 인사를 나눈 후 우리는 정보를 얻어냈다.

"동생은 괜찮은 것 같더라. 학대를 당하는 낌새는 없어. 그 사건을 계기로 부모는 이혼했고, 친권은 완전히 아버지에게 넘어갔지. 아버지는 학대에 가담하지 않았지만 아내를 말리지는 못했나 봐. 지금은 아버지와 딸 둘이서 잘 지낸대. 보호관찰관도 드나들고 있으니 걱정할 필요 없어."

하기야 언니를 잃고 마음의 상처가 깊은 모양이지만, 하고 아마노가 덧붙였다. 아마노의 이야기에 일단 안도의 한숨을 내쉬었다.

전부 다 해결됐다고 하기에는 미묘한 구석이 있다. 하지만 적어도 유가 염려하던 여동생의 안전은 확보된 듯하다. 그게 유일한 위안이었다.

그렇다면 우리가 할 일은 더 이상 없다고 판단하고 온지 얼마 되지 않았지만 물러가기로 했다. 아마노에게 고마움을 표하고 등을 돌렸다. 그런데 예상치 못한 일이 하나 생겼다. 하나모리가 갑자기 걸음을 멈추고 돌아선 것이다.

흠칫 놀란 아마노의 얼굴이 눈에 들어왔다.

하나모리가 뜻밖의 말을 꺼냈다.

"아저씨, 여러모로 신세 많이 졌어요."

"엉?"

"알아요. 실은 아저씨가 착한 사람이라는 걸."

"……."

아마노는 할 말을 잃었다. 하나모리가 말을 이었다. 예쁜 얼굴에 자애로운 웃음을 띠고서.

"알아요. 죽었다는 현실을 받아들이지 못하고 남의 불행을 바라는 '사자'도 있다는 걸. 하지만 아저씨는 유네 집안 사정을 빠삭하게 파악하고 있었어요. 분명 아저씨의 본심이 그러라고 시켰겠죠. 그러니 아저씨가 언젠가 구원받기를 바랄게요. 유도 분명 그러길 바랄 테니까."

지금까지 고마웠어요.

꾸벅 인사하고 하나모리는 다시 걸음을 옮겼다. 나도 따라서 머리를 숙이고 뒤따라갔다. 껄끄러운 일이 있었지만 하나모리가 용서한다니 나도 용서하자. 순순히 그렇게 마음먹었다.

미안하다.

내 머릿속에 희미한 목소리가 울려 퍼졌다.

작은 행복이 또 하나 새겨졌다.

이날 오후에 한 가지 일을 더 청산했다.

"만나주려나."

"이것만은 장담 못 하겠는데."

내가 사신이 된 지 얼마 되지 않았을 무렵에 딱 한 번 왔었던 국립병원. 아사쓰키의 여동생이 입원한 병실 앞에서 긴장된 목소리로 소곤거렸다.

내내 마음에 걸렸었다.

아사쓰키가 사고로 죽은 세상에서 동생이 어찌 되었는가.

선물을 가지고 왔을 때 딱 한 번 동생과 만났다. 하지만 아사쓰키의 추가시간이 끝났으니 만났다는 사실조차 무효화됐으리라. 그러므로 처음 보는 우리를 과연 만나줄지 불안했다.

다만 아사쓰키 어머니에게 사전에 연락하여 일단 병실에 들어가는 건 허락받았다. 그러나 역시 동생의 상태는 심각했다.

하얀 병실에서 창밖을 바라보며 소녀는 말했다.

상처로 가득한 마음을 고스란히 드러내며.

"후회스러워요."

"……."

그렇게 시작된 이야기는 말 그대로 후회로 점철됐다.

"입원하자 하루하루가 너무 재미없더라고요. 아침에 일어나서 밤에 잠들 때까지 금지되지 않는 게 없었으니까.

처음에는 좋았어요. 친구가 매일 병문안을 왔거든요. 하지만 점점 횟수가 줄어들었죠. 당연해요. 개들한테도 생활이 있고, 저는 화풀이만 했으니까요. 그럴 만도 해요. 하지만 머리로는 이해해도 마음으로 받아들이지는 못하겠더라고요. 그래서 유일하게 곁에 있어주는 언니에게 툭툭거렸어요. 뭘 어째도 언니만은 화를 내지 않으니까 응석을 부린 거죠. 그런데 결국 언니마저 없어졌네요. 그제야 깨달았어요. 제가 가장 원하던 게 뭐였는지. 정말 돌이킬 수 없는 짓을 하고 말았어요."

동생은 단숨에 이야기를 마치고 고개를 푹 숙였다. 그 모습에 나도 하나모리도 침묵을 지켰다.

상심이 크겠지. 잃고 나서야 소중함을 깨달았으니.

괴로울 것이다. 그래도 현실을 받아들이고 살아가야 하니까.

분명 이 미련은 영원히 풀리지 않으리라. 죽은 사람은 절대로 되살아나지 않으니까.

'……'

그렇지만.

"시오리. 이걸 받아줘."

"예?"

그래도 나는 포기할 마음이 없었다.

"이건……."

들고 온 쇼핑백에서 그걸 꺼내 하얀 손에 살짝 건네주었
다. 놀라는 시오리에게 말했다.

"오늘은 이걸 주러 왔어. 실은 언니한테 네가 이걸 가지
고 싶어 한다는 이야기를 들었거든. 언니가 직접 주는 게
최고겠지만 그건 이제 안 되니까, 내가 대신 줄게. 늦어서
미안해."

"언니가……."

시오리가 품에 안은 가방을 다시 바라보았다.

모은 아르바이트비를 일부 헐어서 이 아이가 두 번째로
원하던 걸 샀다. 아사쓰키의 추가시간이 끝났을 때 선물도
무효화되었지만 시오리가 원했다는 사실은 변함없다. 아
사쓰키가 가방을 통해 이루고자 했던 바람도 마찬가지다.

"언니는 너랑 화해하고 싶어 했어. 이 가방을 선물해서
계기를 만들 생각이었지. 그 뜻은 이루지 못했지만 품고
있던 바람까지 사라진 건 아니야. 언니는 널 사랑했어. 그
것만은 잊지 마. 한때 삐걱거렸을지언정 너희는 마음속으
로 늘 이어져 있었어. 그러니까 '사자'의 몫까지 힘껏 살면
서 언젠가 너 자신의 행복을 꼭 찾길 바라."

"……언니."

소녀는 가방을 꼭 끌어안았다. 작은 흐느낌이 눈물과 함께 흘러나왔다.

그 모습을 보고 병실을 뒤로했다.

지금은 그저 슬프겠지. 하지만 언젠가 언니의 마음을 이해한 날, 저 아이도 웃음을 되찾을 것이다. 그렇게 믿고 우리는 시오리에게 작별을 고했다.

가방에 눈물 한 방울이 떨어졌다.

이렇게 이날 우리는 몇몇 마음에 걸리던 일을 청산했다. 하지만 마음이 편안해졌느냐 하면 그렇지는 않았다.

그날 저녁. 병원에서 돌아오는 길.

하나모리가 아무 말도 없이 대뜸 손을 잡았다. 최근에는 이것이 시간을 멈춘다는 신호다. 직후에 세상이 멈추고 단둘이 되었다.

"갈까, 사쿠라."

"응."

우리는 소리 없는 세상을 걸었다.

멈춘 사람, 차, 신호등. 모든 것을 지나쳐 계속 걸었다.

어느덧 어느 평범한 비탈길 꼭대기에 다다랐다.

뒤에는 우리가 걸어온 오르막길이. 앞에는 잔뜩 녹슨 계단이. 저 아래에는 주택지가 펼쳐졌다. 내가 모르는 곳에서 살아가는 사람들에게 기묘한 감각을 느꼈다.

문득 생각나서 물어보았다.

"그 선물은 남으려나."

"글쎄, 그 가방도 수정 대상에 포함될지는 잘 모르겠네."

하나모리가 주면 추가시간의 규칙상 분명히 무효화 된다. 그래서 내가 내 돈으로 사서 건넨 건데…… 뒷일은 하늘에 맡기는 수밖에 없나.

짧은 대화를 마치고 시간이 멈춘 세상에서 다시 정적에 잠겼다.

조용하다. 이 세상은 정말로 조용하다. 심장 소리만 귀를 때린다. 곁에 있는 하나모리에게 들리는 게 아닐까 싶을 정도로.

이번에는 하나모리가 입을 열었다.

"사쿠라."

"응?"

"그날 마지막으로 이야기했어. 아사쓰키랑."

"어……."

가깝고도 먼 과거의 이야기. 아사쓰키가 살다간 추가시

간의 이야기.

하나모리는 내가 모르는 부분을 들려주었다.

"지금이니까 말하지만, 난 아사쓰키가 '사자'라는 사실을 밝히려고 했어. 내가 아사쓰키의 미련을 좀처럼 해결하지 못하는 상황에서 사쿠라가 사신이 된 데 의미가 있다고 생각했거든. 하지만 아사쓰키가 거부했지. 이해가 안 가더라. 마지막 시간이 다가올 텐데 그래도 괜찮나 싶었어."

어슴푸레한 하늘을 올려다보며 하나모리는 말을 계속했다.

"하지만 괜찮았던 모양이야. 사쿠라와 마지막 밤을 보낸 후 새벽에 연락이 왔어. '덕분에 사쿠라와 미래에 대한 이야기를 잔뜩 나누었어, 고마워'라고."

"……."

"후후. 혹시 이미 알고 있었어?"

"뭐, 그럭저럭."

안다. 아사쓰키가 마지막에 바란 미래의 모습을.

나를 괴로움에 빠뜨리면서까지 아사쓰키가 행복을 바랐다는 걸 안다.

"비밀로 해서 미안해. 적당한 때가 올 때까지 밝히지 않겠다고 아사쓰키와 약속했거든."

"괜찮아. 옳은 선택이었어."

"미안해."

"사과할 것 없어. 정말로 옳은 선택이었으니까."

거짓말이 아니다. 진짜다.

적당한 때가 오기까지 밝히지 말라고 부탁하다니 역시 아사쓰키답다. 나를 잘 안다.

사신 아르바이트를 시작했을 그 당시는 분명 아사쓰키의 마음을 이해하지 못했을 것이다.

어쩌면 원망했을지도 모른다. 왜 날 이렇게 괴롭게 만드느냐면서.

하지만 많은 '사자'와 접한 지금은 받아들일 수 있다.

내가 아사쓰키에게 도움이 된 것이 바로 행복임을.

"아사쓰키가 그랬어. 사쿠라를 잘 부탁한다고. 무슨 뜻이었을까."

"글쎄."

"그리고 밥도 잘 챙겨 먹이라고 하더라."

"엄마가 따로 없네."

"또 있어. 사쿠라는 의외로 공부를 못하니까 공부도 봐주라고 했어."

"에이 참, 웬 참견이래."

"그리고."

"어휴, 아직도 있어? 무슨 유언이 그렇게 많아."

별 생각 없는 한마디였다.

하지만 하나모리의 표정에 허를 찔렸다.

"잔뜩 남았어. 한참 이야기했는걸. 우리 몫까지 사쿠라가 행복해지길 바라며."

……헉.

울고 있었다. 하나모리가 한 줄기 눈물을 흘렸다.

그제야 알았다. 쓸쓸함이 하나모리의 마음속에 가득 차올랐다는 걸.

"동생도 잘 부탁한다고 했어. 아사쓰키는 역시 동생이 마음에 걸리는 모양이더라. 그래도 여행을 떠나는 걸 선택했어. 사쿠라와 보낸 시간을 마지막으로 하고 싶다면서. 쓸쓸해. 쓸쓸하다고. 무섭지는 않아. 저세상으로 여행을 떠나는 건 무섭지 않아. 추가시간이 영원히 계속되는 게 무섭지. 하지만 쓸쓸해. 아무것도 기억나지 않는 세상으로 간다니 쓸쓸해."

"하나모리."

끌어안았다. 바르르 떠는 그녀를 힘껏 끌어안았다.

뺨에 닿는 눈물이 뜨거웠다. 눈물방울에 끓어오르는 생

명이 깃든 것 같았다.

쓸쓸하다. 쓸쓸하다. 하나모리는 이 서글픔을 얼마나 오래 짊어지고 온 걸까.

나는, 나는.

"사쿠라. 나, 아사쓰키한테 아무것도 못 해줬어."

"무슨 소리야. 네 덕분에 아사쓰키는 여행을 떠날 수 있었어. 고마워."

끌어안고 생명의 온기를 느끼며 결심했다.

반드시. 반드시 하나모리를 행복하게 해주겠다고. 쓸쓸함을 넘어서는 최고의 행복을 주겠다고.

떨리는 손으로 그녀를 붙잡고 결심했다.

어스름한 저녁 하늘 아래, 영원하다고도 할 수 있는 시간 속에서 우리는 마주 앉았다.

그 후로도 우리는 더할 나위 없이 소중한 시간을 보냈다. 어떤 때는 웃고, 어떤 때는 기뻐하고. 얼마 남지 않은 생명을 불태우듯 살았다.

즐거웠다. 기뻤다.

별것 아닌 일상이 전부 눈부셔 보였다.

그런 나날을 보내면서 나는 추가시간에 대해 새로운 견

해를 가지게 됐다.

생각건대 추가시간은 모든 사람들이 행복해지기 위해 존재하는 것이 아닐까. 여기까지 와서 그런 가능성을 깨달았다.

'사자'는 미련을 해소한다는 결실을 거두지는 못하지만 작은 행복을 찾아내 여행을 떠난다. 그것은 어디에도 남기지 못할 허망한 기억. 하지만 사신인 우리는 아직 기억하고 있다. 우리가 잊어버리기 전에 그들의 행복을 온 세상에 흩뿌린다면…… 분명 멋진 의미가 깃들지 않을까.

요 한동안 시간을 멈추고 많은 씨앗을 뿌려왔다.

개를 찾는 포스터가 붙어 있으면 찾아서 개집에 넣어주었다.

부부싸움을 하는 소리가 들리면 가족사진을 찾아내 두 사람 사이에 놓아두었다.

얼마나 의미가 있을지는 모르겠다.

얼마나 수정되지 않고 남을지도 알 수 없다.

하지만 설령 수정될지언정 그전까지 행복을 받은 사람이 다른 사람에게 행복을 선사한다면. 추가시간에는 무한한 가능성이 생기는 것 아닐까.

처음 만났을 때 하나모리가 한 말이 생각났다.

"사람들을 '행복'으로 가득 채우고 사회를, 더 나아가
세계를 '행복'하게 만든다는 이념 아래 일하고 있어."

수상한 종교로 여기고 흘려들었다. 하지만 아무래도 정
답은 처음부터 나와 있었던 모양이다.

이 세상은 잔혹하다. 그래도 여기저기에 행복의 씨앗이
떨어져 있다.

그 씨앗을 싹틔워 한없이 퍼뜨려나간다. 그게 바로 사람
들에게 필요한 일이다. 시급 300엔에 매달려야 할 만큼 구
제불능 인생이기에 그 소중함을 깨달을 수 있다. 결국은
잊어버릴 것이기에 그 소중함을 퍼뜨려나가고자 최선을
다할 수 있다. 하루하루 줄어드는 나날 속에서 그걸 실감
했다.

그렇듯 원대한 마음가짐이 작은 용기를 주었다.

시간이 흘러 겨울이 되고, 내 아르바이트도 열흘, 이레,
닷새 끝을 향해 나아갔다.

마침내 그날을 맞이했다.

"좋은 아침이야, 사쿠라."

"응, 안녕."

12월 24일. 아르바이트 마지막 날이 찾아왔다.

반년에 걸친 아르바이트의 마지막 날은 공교롭게도 크리스마스이브였다.

눈이 내려 창밖이 온통 은세계로 변했다. 하늘이 축복의 선물을 내려주는 것 같아서 기뻤다.

그런 날 아침 댓바람부터 우리 집에 온 사람은 물론 하나모리다. 하나모리는 선명한 빨간색 코트 차림으로 "으으 추워라, 오키나와가 없어졌을 때만큼이나 춥네" 하고 썰렁한 우스갯소리를 하면서도 어쩐지 점잖은 표정이었다. 그 얼굴을 보고 알아차렸다.

아아, 드디어 마지막 결단을 내렸구나.

오늘 마침표를 찍기로 했구나.

평소대로 행동하는 하나모리가 고마울 따름이었다.

"사쿠라. 오늘은 갈 데가 있어."

"그래, 알았어."

하나모리가 굳게 결심했다는 건 묻지 않고도 알 수 있었다. 이때를 위해 마지막 나날을 보내왔으니까. 걱정 마. 절대 널 혼자 두지 않을게.

손을 뻗는다. 손을 잡는다.

시간이 멈춘다. 세상이 우리만의 것이 된다.

쌓이는 눈이, 흩날리는 눈이, 세상에서 소리를 지운다.

얼음처럼 얼어붙은 세상에서 함께 미소 짓는다.

"같이 갈까, 하나모리?"

"응. 같이 가자, 사쿠라."

하얀 어둠으로 발을 내디뎠다.

하나모리의 마지막 청산을 하기 위해.

"자, 어서 들어와, 사쿠라."

"실례하겠습니다."

작은 방이었다.

벌써 두 달 가까이 지났을까. 멋진 문설주도 잘 손질된 화단도 전부 하얗게 물든 하나모리의 집을 보자 묘하게 정겨움이 느껴졌다.

무미건조하면서도 아기자기한 집으로 들어가 안내받은 작은 방. 온기가 편안히 감도는 그 방에 있었다. 머그잔이 놓인 고타쓰(열원을 넣은 틀 위에 이불을 덮은 일본 고유의 난방 기구 – 옮긴이) 밑에 두 다리를 넣고 꾸벅꾸벅 조는 모습으로 시간이 멈춘 아름다운 여자가.

두말할 것도 없이 이 여자가.

"소개할게, 사쿠라. 우리 엄마야."

"안녕하세요. 하나모리와 같은 반 친구인 사쿠라 신지입니다."

무의미한 줄 알면서도 공손히 머리를 숙여 인사했다. 분명 두 번 다시 만날 일은 없을 테니까.

"눈매도 그렇고 많이 닮았네."

"그치, 그치. 엄마와 딸이 쌍으로 미인이라는 말을 자주 들어. 히히히."

내 말에 하나모리는 깔깔 웃었다.

하나모리 어머니는 하나모리 말마따나 정말 미인이었다. 단정한 이목구비. 큰 눈. 아름다운 검은 머리. 전부 하나모리를 보았을 때와 똑같은 감상이다. 풍기는 분위기도 비슷하다. 분명 하나모리가 제 나이에 맞게 철이 들면 이렇게 되리라.

"흠. 집 안은 따뜻하네. 사쿠라, 뭐 좀 마실래?"

"아니, 됐어. 난 여기서 기다릴게."

감상을 품는 한편으로 하나모리가 긴장했다는 것도 알아차렸다. 평소처럼 굴려고 애썼지만 어쩐지 목소리가 침착하지 못했다.

그래서 나는 고개를 젓고 하나모리 어머니의 정면에서 조금 옆으로 비켜 앉았다. 여기 앉으면 방해하지 않고 하나모리와 자리를 같이할 수 있을 것 같았다. 그 마음이 하나모리에게도 전해진 모양이다.

"그럴래? 후후, 고마워. 사쿠라는 착하다니까."

"그냥 보통이야."

보통이다. 겸손이 아니라 정말로.

하나모리가 지금부터 할 일을 생각하면 이 정도는 아무것도 아닐 테니까.

하나모리는 어머니 정면에 앉아 내 손을 꼭 잡았다. 그리고 숨을 크게 들이마셨다. 나는 떨리는 손끝에 기도를 담았다. 괜찮아, 오늘 마침내 여기까지 왔잖아. 넌 강해. 그렇게 믿으며.

"좋아, 그럼 시작할까."

드디어 시작된다.

하나모리의 마지막 청산이.

"어디 보자. 새삼스럽지만 일단 안녕, 엄마. 느닷없이 시간을 멈춰서 미안해. 마주 앉아 제대로 이야기하고 싶었지만, 그건 어려울 것 같아. 그러니까 이 상태로 이야기할게. 들어줘, 내 진심을."

멈춰 있는 어머니 앞에서 하나모리는 이야기를 시작했다. 애정과 후회를 몽땅 담아서.

"초등학교 2학년 때부터 엄마랑 둘이서 살기 시작했지. 병에 걸린 아빠는 본가로 돌아갔고. 외로웠지만 끄떡없었어. 엄마가 열심히 애쓴다는 걸 알고 있었으니까. 거짓말 아니야. 그때는 정말로 엄마를 응원했어. 내내 쭉, 진심으로."

손가락과 목소리는 떨렸지만 마음만은 떨지 않고 하나모리는 말을 이어나갔다.

사랑했던 사람에게 보내는 이별의 메시지를.

"그러다 아빠가 돌아가셨지. 장례식 때 난 울었고 엄마는 울지 않았지만, 실은 몹시 괴로웠을 거야. 여러 사람에게 별별 소리를 다 들어서."

고개를 숙이고 쓰디쓴 기억을 토해낸다. 여기에 관한 이야기는 이미 자세하게 들었다. 하나모리 어머니를 모진 말로 책망했다고.

쓸모없다고 남편을 쫓아낸 주제에. 보험금이라도 뜯어내려고 왔나.

그런 험담이 끊이지 않았다.

"힘들었겠지. 속상했을 거야. 일도 고생스러웠을 테고. 한번은 회사 상사한테 전화가 왔는데, 엄마 목욕하는 중이라 내가 받았거든. 수화기를 들자마자 어마어마하게 욕을 해서서 깜짝 놀랐어. 내가 몰랐을 뿐 엄마는 아주 힘든 세상에서 버티고 있었던 거야.

그런 상황이라 함께 놀러 갔던 산속 계곡에서 일이 터진 걸까. 그날 엄마의 웃음은 몹시 딱딱했지. 난 그걸 알면서도 오랜만의 외출이 기뻐서 신경도 안 썼어. 그때 내가 조금이나마 마음을 썼다면 다른 미래가 펼쳐졌으려나. 조금, 아주 조금이나마 마음을 썼다면."

하나모리의 손톱이 내 손을 깊이 파고들었다. 아픔을 참으며 생각했다. 대체 하나모리는 몇 번이나 이렇게 후회하며 스스로를 책망해왔을까.

물에 빠져 죽어가는 기억을 몇 번이나 떠올렸을까.

꿈이 아닌 현실에 몇 번이나 절망했을까.

대체 몇 번이나 하나모리는…….

"그로부터 반년쯤 지났을 때였나. 엄마는 직장을 옮긴 걸 계기로 기운을 차렸어. 집에 못 들어오는 날도 많았지만 아주 좋은 직장이었나 봐. 일과 가정에 충실해졌고, 아무리 바쁘더라도 한 달에 한 번은 둘이서 놀러 갔어. 즐거웠지. 즐거웠던 것 같아. 엄마에게는 새로운 나날이 아주 행복했을 거야. 하지만 내게는 아주 황폐한 날들이었어."

모래처럼 버석버석한 마음에 눈물이 떨어진다. 후회의 물방울을 받아낼 그릇은 없다.

사랑했던 어머니에게 눈물 젖은 비탄을 토해낸다.

"그날부터 내 시간은 멈췄어. 아무리 웃어본들, 천진난만하게 웃었던 그날은 절대 돌아오지 않아. 뭘 어떻게 해도 채워지지 않아, 잊을 수 없다고. 내 인생은 그 순간에서 멈춰버린 거야."

눈물이 그칠 줄 모르고 흘러내린다.

하나모리는 지쳤다. 어떻게 해도 상처 입는 마음에. 그래도 어머니에게 상처를 주기 싫어 억지로 웃는 자신의 호의에.

어머니를 위하는 까닭에 마음은 상처를 입었고, 상처가 곪기만 하는 시간을 멈출 수밖에 없었다.

괴사하는 그 순간을 조금이라도 늦추기 위해.

"엄마가 그날 어쩌려고 했는지는 모르겠어. 그래서 양쪽 다 염두에 두고 말할게. 어제는 고마워. 내 투정을 받아줘서. 아주 좋아하는 요리를 잔뜩 만들어줘서. 오늘 아침도 고마워. 이불 밑으로 파고든 나를 꼭 안아줘서. 따스하고 기뻤어. 그리고 지워지지 않는 괴로움이 있다는 걸 알았지. 그러니까 엄마."

하나모리가 꺼냈다, 어머니에게 남기는 마지막 말을.

"원망스러워. 하지만 사랑해. 고마워. 잘 있어."

"……하나모리."

뛰어나갔다. 하나모리는 눈물을 펑펑 쏟으며 집을 뛰쳐나갔다.

스르르 빠져나간 하나모리의 손을 다시 잡기 위해 나도 달렸다.

흩날리다 허공에 멈춘 눈물 같은 눈을 헤치고.

하얗게 쌓인 눈물바다에 아픈 다리를 힘껏 디디며.

하나모리. 괜찮아. 마음껏 달려. 실컷 울어.

널 멈출 수는 없어. 하지만 반드시 따라잡아 눈물을 닦아줄게.

반드시, 반드시 그렇게 할 거야…….

그렇게 생각하며 얼마나 달렸을까.

"하나모리."

"사쿠라."

따라잡은 하나모리를 나도 모르게 끌어안았다.

홀로 남아 얼음장 같은 몸으로 덜덜 떨고 있는 그녀를. 삶의 마지막에 다다른 그녀를. 꼭 끌어안았다.

이 온기를 잊지 않겠다. 잊어버려도 분명 우주 어딘가에 남아 있을 터.

그렇게 믿으며.

"잘했어. 잘했어, 하나모리."

"사쿠라, 사쿠라, 나……."

소리 없는 세계에서 내리다 멈춘 눈은 우리와 같았다.

어디에도 가지 못하고 회색 하늘과 하얀 바다에 갇혀, 그저 떨어져 사라질 때만을 기다리는 덧없는 목숨.

여리지만 아름답게 흩어지는 존엄한 순백.

신비한 생명의 이야기를 끝맺을 때가 왔다.

끝없는 은세계를 말없이 걸었다.

옆을 걷던 하나모리가 갑자기 걸음을 멈췄다. 그것이 신호였다.

나도 정지한 세상에 멈춰 서서 소녀를 돌아보았다. 아무래도 여기가 나와 하나모리의 종착역인 모양이다. 어디에나 흔한 평범한 길가.

"사쿠라, 여기서 끝낼래."

"알았어."

하나모리에게 고개를 끄덕이고 곁에 있는 콘크리트 담에 몸을 기댔다. 하나모리도 담에 등을 맡겼다. 눈앞에 온통 눈으로 뒤덮인 거리가 펼쳐졌다.

소리는 없다. 전혀 없다. 정적이 아플 만큼 귀를 찔렀다.

"미안해, 사쿠라. 아르바이트 기간을 대부분 나한테 허비했네."

"마음에 둘 것 없어. 오히려 다행이야, 마지막 상대가 너라서."

"오, 지금 그 말 좀 심쿵인데. 사쿠라 주제에 제법이야."

"사람을 뭘로 보고. 나 원래 인기 많았어."

"아하하, 진짜?"

그런 대화를 시작으로 하잘것없는 이야기를 나누었다.

하잘것없어서 내일이면 잊어버릴 잡담.

추위에도 개의치 않았다. 마주 잡은 손이 따뜻했으니까. 지금 가장 행복하다는 사실을 일깨워주었으니까.

그래서일까. 하나모리가 이런 이야기를 시작했다.

"난 내가 추가시간을 멋지게 끝맺을 줄 몰랐어."

"그래?"

응, 하고 하나모리는 고개를 작게 끄덕였다.

"전에 사쿠라한테 착하다고 했잖아. 그거, 거짓말 아니야. 9년을 '사자'로 살면서 내가 본 '사자'의 최후는 대부분 슬펐어. 스스로 목숨을 끊거나 실망에 잠겨 모든 걸 포기하거나. 나도 반드시 그리될 줄 알았지. 마지막 순간에 절망에 푹 빠지겠거니 했다니까."

하지만.

하나모리는 아련한 목소리로 말했다.

"하지만 아니었어. 마지막이 이렇게 근사하다니 정말 놀랐지 뭐야. 미련은 풀지 못했지. 진심으로 웃으면서 다녀왔다는 말도 못 했고. 그래도 스스로 매듭을 지었어. 게다가 마지막 순간을 지켜줄 사람도 곁에 있잖아. 분명 이보다 큰 행복은 없을 거야. 정말 고마워, 사쿠라."

"낯간지럽게 무슨. 난 아무것도 안 했어."

하나모리가 본심을 털어놓는 이런 상황에서도 무뚝뚝하게 대꾸하다니, 나도 참 어지간하다. 내가 그러더라도 하나모리는 받아준다.

어깨에 머리를 대고 입술을 움직여 "사쿠라라서 다행이야" 하고 속삭여준다. 그 말이 떨리는 내 마음을 그 무엇보다도 진정시켜주었다.

"사쿠라, 그런데 말이야……."

"응……."

그 후로도 우리는 계속 이야기를 나누었다.

신은 왜 이런 고통을 줄까 고민했다는 것. 행복은 찾을 수 없으리라고 여겼다는 것. 하지만 뜻밖에 행복은 가까이 있었다는 것. 분명 이 사소한 일상이야말로 행복이라는 것. 그런 이야기를.

행복했다. 틀림없이 행복했다.

이 시간이 영원하길 바랄 만큼.

이대로 영원히 단둘이 있고 싶다고 외치고 싶을 만큼.

하지만 참았다.

웃으며 보내주는 것이 우리 사이라고 믿었으니까. 그래서 나는 웃음을 거두지 않았다.

설령 두 번 다시 생각해내지 못하게 될지언정.

"아, 맞다. 사쿠라, 예전 상사로서 마지막으로 한 가지만 더 알려줄게."

"응? 뭔데?"

하나모리가 갑자기 그렇게 말하더니 호주머니에서 종이 한 장을 꺼냈다. 그걸 보고 생각났다.

"이건 사신을 퇴직하는 사람에게 주어지는 신청서야. 요전에 집에 배달됐어. 어떤 소원이든 이루어주는 '희망'을 신청하려면 여기에다 그 소원을 적으면 돼. 무슨 소원이든 꿈이든 말이야."

"오오, 그러고 보니 그런 게 있었지 참."

덤덤히 중얼거렸다.

맞다. 분명 그런 게 있었다.

"하나모리, 넌 어때?"

무심코 물었다.

대체 무슨 소원을 빌 거야. 뭘 염원하며 인생을 끝낼 거야. 그렇게 생각하며.

답은 미소와 함께 밝혀졌다.

한없이 애틋한 소망이 담긴 소녀의 미소와 함께.

"여름방학 때 수영장에 갔던 거 기억나? 그날 돌아오는 길에 본 '사자'를 위해 사용하려고. 그 아이의 마지막 순간이 부디 행복하기를, 그렇게 빌 거야."

"어……."

엉겁결에 놀란 나를 누가 탓하랴. 그렇지 않은가.

왜 그런 데 쓰느냐, 꼭 이루고 싶은 소원이 있지 않느냐는 생각이 머릿속을 맴돌았다.

하지만 하나모리는 한없이 다정한 소녀였다.

"실은 날 위해서 쓰려고 했어. 되살아날 수는 없겠지만 환생이 있다면 조금이라도 좋으니 이 기억을 남겨달라, 사쿠라가 퇴직한 후에도 기억을 유지하게 해달라, 뭐 그런 희망을 신청할 생각이었지. 어젯밤…… 아니, 오늘 아침 일어났을 때까지만 해도."

하지만.

하나모리는 그리움에 젖은 눈으로 작은 후회를 끄집어냈다.

"하지만 지금은 조금이나마 남에게 도움이 되고 싶어. 역시 유를 구하지 못한 게 마음에 걸리네. 그러니까 유의 몫까지 누군가의 인생에 행복을 주고 싶어. 괴로움이 넘치는 추가시간이지만 살아 있길 잘했다고 느끼도록. 그게 내 마지막 소원이야. 지금은 순수하게 그런 마음이 들어."

"하나모리……."

벌써 반년 전, 아사쓰키와 함께 보냈던 밤이 생각났다.

아사쓰키는 하나모리가 세계 평화를 바란다고 했다.

무슨 의미인지 몰랐다. 하지만 드디어 알았다.

하나모리는 바란 것이다. 이 세상이 누구에게나 행복한 곳이기를.

이 세상은 참 멋지다고 외칠 수 있기를 무엇보다 바랐다. 자기가 살아 있었다는 증거를 남기기보다.

"사쿠라, 허락해줄래?"

하나모리가 장난스럽게 웃으며 물었다.

만류할 이유는 당연히 어디에도 없었다.

"네가 원하는 대로 해."

"후후후, 고마워. 너라면 그렇게 말해줄 줄 알았어, 사쿠라."

이름을 불렀다. 하나모리는 몇 번이고 내 이름을 불렀다.

난 대답했다. 어쩐지 겸연쩍고 쑥스러운 기분에 젖으며.

마지막 미련이 소리도 없이 눈처럼 녹아갔다.

"그럼, 사쿠라. 마지막으로 둘만의 이야기를 나눌까?"

"그러자. 무슨 이야기가 좋겠어?"

"사쿠라가 빚쟁이 인생을 어떻게 극복할 것인가에 대해서. 어때?"

"마지막의 마지막까지 아픈 곳을 찌르다니 대단하다, 대단해."

장난을 주고받으며 많은 이야기를 나누었다. 지금까지 있었던 일도 이야기했다. 참 많은 일이 있었다. 아사쓰키와 그랬듯이 미래에 대한 이야기도 나누었다. 만약 대학생이 된다면. 만약 누군가와 결혼한다면. 실현될 리 없는 그런 미래의 이야기를.

나, 좋아해?

하나모리가 물었다.

처음에도 했던 질문이네. 그렇게 답했다.

하나모리는 웃으며 말했다. 미움받을 자신이 있었다고.

나는 대답했다. 그때는 진심으로 싫었다고.

역시 언젠가는 떠올려주었으면 좋겠어. 하나모리가 중얼거렸다.

뭐야, 그게. 뜬금없는 말에 어리둥절했다.

꿈은 꿀 수 있잖아. 그녀는 웃었다.

그것도 나쁘지 않겠군. 나도 웃었다.

의외로 기억 속 어딘가에 남아 있을지도 몰라. 그녀는 바랐다.

그럼 좋겠다. 나도 바랐다.

꽃을 꺾었다. 이름도 모르는 길가의 꽃을.

행복의 꽃. 하나모리가 그렇게 말하며 내밀었다.

누군가 행복하게 마지막 순간을 맞았을 때 딱 한 송이 피어나는 꽃. 눈에도 굴하지 않는 이 꽃에는 그런 전설이 있다고 한다.

정말이야?

지금 꾸며냈어.

이런.

그런 것치고는 멋진 이야기 아니야?

마지막까지 하나모리는 하나모리였다.

행복은 뭘까. 먼 기억 속 누군가가 물었다.

이제는 안다. 지금이 행복함을 아는 게 행복임을.

잃기 전에 깨닫는 것.

잃었더라도 행복했음을 기억하는 것.

기억하지 못하더라도 언젠가 기억해낼 수 있기를 바라는 것.

분명 그것이 바로 이 세상에서 추구해야 할 진실이다.

잊지 않겠다.

역경 속에서 진실을 움켜쥔 사람들을.

눈처럼 덧없는 생명을 한껏 빛낸 사람들을.

무엇을 위해 태어났는가. 지금 이 순간을 위해 태어났다. 분명 이 세상은 우리가 그렇게 여기기를 바란다.

나는 형체를 이룬 행복을 끌어안았다.

"⋯⋯앗."

시간이 얼마나 흘렀을까.

어느덧 내 옆에는 아무도 없었다. 눈이 팔랑팔랑 떨어져 내렸다. 세상이 움직이기 시작했다. 뺨이 젖어 있었다. 눈물도 안 흘렸는데. 오른손에 꽃이 쥐여져 있었다. 행복의 꽃이.

"아."

다음 순간.

꽃이 없어졌다.

이 세상에서 사라졌다.

세상이 모든 걸 무효화했다.

내 마음속의 소중한 것을 하나 잃었다.

"……윽."

흘러나올 것 같은 뭔가를 참으며 잿빛 하늘을 올려다보았다.

눈은 그칠 줄 모른다. 하지만 눈물은 흘리지 않는다.

하나모리는 분명 그러길 바라지 않는다. 해냈다. 마지막까지 하나모리가 내게 바라는 모습으로 있었다.

그래서 결심이 섰으리라.

"좋아, 갈까."

눈이 모든 것을 정적으로 감쌌다. 결심은 하얗게 굳었다. 시급 300엔의 아르바이트. 마지막 하루가 다시 시작됐다.

자, 드디어 내 이야기에도 끝이 다가온다.

이 세상을 여행하는 길면서도 짧았던, 신비한 나날을 끝마칠 때가.

아직 오전이라 할 수 있는 시간대. 흩날리는 눈을 맞으며 일단 집에 돌아갔다가 우편함에 봉투 두 개가 들어 있는 걸 알았다. 거기에는 사신으로서 수행할 마지막 지시가 적혀 있었다.

날짜가 바뀜과 동시에 퇴직 절차가 완료됩니다

"아아…… 그러시군요."

첫 번째 서류에는 그렇게 적혀 있었다. 참으로 건조한 문장에 무심코 존댓말이 튀어나왔다.

그렇다고 노고를 치하하는 것도 이상하다 싶어 바로 기억에서 지웠다.

어차피 볼일이 있는 건 다른 봉투니까.

희망을 제출하십시오

"음, 어떻게 할까."

두 번째 서류에 적힌 문장을 보며 중얼거렸다. 그리고 희망을 어디에 어떻게 사용할지 고민했다.

처음에 나는 어머니를 만나러 가기 위해 이 아르바이트를 시작했다.

하지만 그 후, 자포자기하여 돈은 때려치우고 아사쓰키를 기억하기 위해 아르바이트를 계속했다. 지금 돌이켜보면 그때 제일 신경이 날카로웠던 것 같다.

그렇지만 그 이후로 '사자'와 접촉하며 생각이 바뀌었고, 이리저리 부딪히고 헤매면서도 포기하지 않았다. 최종적으로는 뭐랄까. 무언가를 위해서라기보다 있는 그대로 성심을 다해 일했던 것 같다. 그러므로 막상 뭐를 바라느냐고 묻자 난감하다는 것이 본심이었다.

"으음, 희망이라. 희망, 희망."

이렇듯 마지막 날의 나머지 시간은 오로지 소원을 생각하며 보냈다.

중얼중얼하며 일단 다시 집을 나서서 정처 없이 걷다가 대뜸 전철을 타고 멀리 갔다. 그렇다고 추억 어린 곳을 찾은 것은 아니다. 적당한 역에서 내려 적당히 거닐었다. 그칠 줄 모르는 눈을 맞으며 오로지 생각에 잠겼다.

'희망, 희망, 희망……'

하지만 좋은 생각은 떠오르지 않았다.

그러다 오후 4시를 지났을 무렵.

나는 인기척 없는 역 플랫폼에서 중얼거렸다.

"그래. 이만 가야겠어."

눈 때문에 전철 운행이 중단됐다는 걸 알리는 전광판을 보며 결심했다.

분명 이것도 무슨 메시지겠지.

누군가가 눈의 모습을 빌려 나에게 전하러 온 것이다. 돌아가라고. 이쪽이 아니라고. 네가 갈 곳은 저쪽이라고. 그런 메시지에 고개를 깊이 끄덕였다.

안다. 답은 언제든 내 안에 있다.

생각한다는 건, 그 사실을 깨닫고 받아들이기 위해 필요한 시간이다. 응. 괜찮다. 앞으로 나아갈 용기는 이미 얻었으니까.

낯선 거리에 등을 돌리고 친숙한 동네로 걸음을 옮긴다.

마지막 해답을 구하러 눈 속을 나아갔다.

밤을 눈앞에 둔 하늘은 변함없이 회색 구름으로 가득했다. 거기서 떨어지는 흰 알갱이는 누군가의 기억일까, 아니면 눈물일까.

눈이 흩날리는 가운데. 나는 그에게 말을 걸었다.

"역시 여기 있었구나."

"……."

웃음을 지었다. 여름에 마주쳤던, 길가에 우두커니 서

있는 소년에게.

하나모리가 '희망'을 의탁한 이름도 모르는 소년.

역시 답은 여기 있었던 듯하다.

"생각을 많이 해봤는데. 나도 널 위해 '희망'을 쓰기로 했어."

"……."

소년은 아무 말도 없었다. 낡은 축구공을 끌어안은 채 세상을 저주할 따름이다. 그 모습을 보자 사명감이 하나 생겼다.

반드시 이 아이를 구해야 한다는 사명감이.

"얘야, 들어봐."

나는 말을 꺼냈다.

하나모리가 희망을 맡긴 외톨이 소년에게.

"난 내내 인생을 새로 시작하고 싶었어. 반짝이는 날들을 잃고 세상이 대번에 빛바랬거든. 그런 인생이라 과거와 결별하고 싶었지. 그러길 바라며 이 아르바이트를 시작했어. 잃어버린 반짝임을 어떻게든 되찾고 싶어서."

쓴웃음과 함께 말을 이었다.

"하지만 지금은 달라. 지금은 인생을 새로 시작하겠다는 생각이 없어. 아무리 괴롭고 힘들더라도 그 나날들이 바로 내 인생이니까. 재출발이 아니야. 받아들일 건 받아들이고 앞으로 나아가는 게 중요해. 다들 그렇게 살아왔지. 그러니까 나도 과거를 품에 안고 앞으로 나아갈 거야. 모든 걸 잊어버린 세상에서도 힘차게 살아갈 자신이 있으니까."

그러므로 나도 날 위해 소원을 사용하지 않겠다. 다시금 그렇게 결심했다.

이날들을 잊지 않는 것보다 훨씬 중요한 일이 있다. 잃어버리더라도 반드시 앞으로 나아간다. 그렇게 믿고 맡기는 것이다. 이 세상 한구석에서 회색 눈에 파묻힐 것만 같은 소년에게.

하늘을 올려다보고 떠올렸다. 사신으로 일해온 지난 반년을.

어느 날 갑자기 명랑한 소녀가 집을 찾아와서 사신이 되라고 했다.

그 후 아사쓰키와 오랜만에 이야기를 나누었지만, 바로 영원히 작별했다.

자포자기한 가운데 구로사키와 만났고, 사랑 때문에 힘들어하는 히로오카를 만났다.

유를 만나고 잃었다. 아마노와 만나 화해했다. 그밖에도 많다. 격정 속에서 헤아릴 수 없이 많은 기억을 쌓아왔다.

그리고…….

"하나모리."

이름을 불렀다. 내내 곁에 있어주었던 소녀의 이름을.

고작 반년이라는 짧은 시간. 하지만 그동안 아주 따스한 온기를 준 소녀.

아무리 마음이 얼어붙고 눈물이 날 것 같아도 하나모리는 언제나 태양처럼 세상을 비추었다. 그 목소리는 지금도 내 가슴속에 남아 있다.

"있지, 있지, 사쿠라."

"잠깐, 뭐 하는 거야, 사쿠라."

"어휴. 이러니까 사쿠라는."

"……읍."

그때다. 그 목소리를 떠올린 걸 후회했다.

아차.

생각나지 않게 노력했는데.

울지 않도록. 눈물을 보이지 않아도 되도록. 지금까지 애썼는데. 그 노력이 물거품이 되고 말았다.

싫다. 잃어버리고 싶지 않다.

소중한 소녀를, 하나모리를, 절대로 잊고 싶지 않다. 영원히 가슴속에 남기고 싶다. 가능하다면 어떤 형태로든 상관없으니까 하나모리와 다시 만나고 싶다. 정지된 세상에서 이야기를 나눈 마지막 순간, 나는 눈물을 흘리지 않았다. 하지만 내 뺨은 눈물로 젖어 있었다. 그게 무슨 의미인지 생각하지 않으려고 했는데.

이 세상은 잔혹하다.

이토록 많은 추억을 모조리 앗아가니까.

살라고, 앞으로 나아가라고 내 등을 세게 떠민다.

소중한 기억을 대가로 무엇보다도 큰 힘을 내려주고서.

그러므로 용기를 쥐어짜냈다. 스러져가는 생명에 모든 희망을 맡기기로 결정했으니까.

호주머니에서 서류와 펜을 꺼냈다. 서류에 희망을 써넣었다. 멋진 마지막은 하나모리가 약속해주었다. 그렇다면 나는 거기에 다다르기 위한 등불이 되자. 눈이 아무리 펑펑 쏟아지는 밤에도 헤매지 않고 나아가라는 소망을 담아서.

부디 이 소년이 헤매지 않고 길을 걸어갈 수 있기를

"……."

"어라."

희망을 다 적은 순간 알아차렸다.

눈앞의 소년이 이쪽을 똑바로 바라보고 있음을.

아주 예쁜 녹색 눈이었다. 혹시 혼혈일까. 세상에서 가장 아름다운 보석을 박은 것 같은 눈동자를 보며 눈물을 닦았다. 아아, 맞다. 아직 안 끝났다. 아직 하나모리에 대해 이야기하지 않았다고 생각하며.

"내 아르바이트는 이로써 끝이야. 하지만 아직 시간이 남았네. 이것도 인연이니 내 추억 이야기를 좀 들어줘."

살면서 잠깐 신기한 시간을 보낸 적이 있다.

흩날리는 눈 속. 부옇게 흐려진 세상에서.

우두커니 선 그에게 나는 이렇게 말했다.

"내가 사신 아르바이트를 하던 때의 이야기야."

이 아르바이트는 최악이지.

시간 외 수당은 안 나와.

교통비도 없어.

아무렇지도 않게 이른 아침부터 불러내지.

게다가 유령 같은 '사자'를 저세상으로 보낸다는 상식 밖의 일을 시켜.

무엇보다 시급이 300엔이야.

300엔이라고.

어이없는 수준을 넘어서 웃음이 날 정도지.

정말로 돼먹지 못한 아르바이트라니까.

"하지만 말이야."

그래.

하지만.

"그래도 너한테 이 아르바이트를 추천할게."

묘비처럼 우두커니 선 그에게 나는 생명을 불어넣는다.

이 아르바이트는 최악이었다.

그러나 동시에 소중한 무언가도 붙잡을 수 있었다.

내 앞에서 사라져간 많은 사람들.

모두가 빛나는 희망을 주었다.

"알아주었으면 해. 이 세상에 멋진 사람들이 있었다는 것을."

"……"

그 후, 눈 속에서 나는 소년에게 전부 말했다.

웃으면서. 때로는 울면서. 즐거웠던 나날을 떠올렸다.

결국은 사라질 이야기. 하지만 아직 투명해지지 않은 확실한 기억.

추억의 책을 마지막으로 한 번 더 읽듯이 소년에게 이야기를 들려주었다.

이 이야기가 분명 누군가의 마음에 이어지리라 믿고서.

그날 밤. 마지막 밤.

아르바이트비를 몽땅 퍼부어서 산 손목시계를 아버지 눈에 띄는 곳에 놓아두고 이불을 덮고 누웠다.

여전히 그칠 낌새가 없는 눈에 희망을 싣듯이 커튼 너머에 조용히 속삭였다.

"하나모리. 또 보자."

검은색과 흰색 세상에 그렇게 말했다.

왜 작별 인사를 하지 않았을까.

그 이유를 나는 분명 안다.

"다들 잘 자."

꿈속. 누군가 나에게 웃음을 지었다. 잘 자라는 말이 들린 것 같았다.

마지막 꿈속에는 아사쓰키가 있었다. 유도 있었다. 지금까지 만난 사람들이 웃고 있었다.

달렸다. 하나모리도 옆에 있었다. 하나모리가 공을 패스했다. 나는 패스를 받아 한없이 달려 나갔다.

머나먼 날의 그리운 기억이었다.

……3년 후.

에필로그

……다시 만났네.

"……응?"

이날도 나는 잠에서 깨어나 묘한 기분을 맛보았다.

뭘까. 어쩐지 몹시 긴 꿈을 꾼 듯한 신기한 기분. 언제부터일까. 나는 가끔 이런 기분으로 아침을 맞곤 한다. 뭔가 생각날 듯하면서도 아무것도 생각나지 않아 찜찜하다.

"뭐, 넘어가자."

생각해본들 답은 나오지 않으므로 오늘도 딱히 마음에 두지 않고 평소대로 아침을 시작했다.

세수하고 옷을 갈아입고, 식빵을 하나 먹으며 우편함을 뒤적거린다.

그제야 이상한 낌새를 챈다.

어? 왜 지금 우편함을 뒤적거렸을까.

우편물은 오후에 배달된다. 그러니까 지금 봐봤자 아무 소용없는데. 하지만 가끔 아침에 지금처럼 무의식적으로 우편함을 살필 때가 있다. 마치 예전에 매일 아침 뭔가가 배달된 것처럼. 가끔 이런 기시감에 빠지고는 한다. 내가 모르는 신비한 기억에 이끌리듯이.

"으음, 뭐, 됐다."

하지만 역시 생각해본들 알 턱이 없으니까 다시 한숨으로 찜찜함을 날려버리고 집을 나서기로 했다.

현관문을 열자 4월에 걸맞은 푸른 하늘이 상쾌하게 펼쳐졌다.

저 멀리 보이는 공원에서 하늘하늘 떨어지는 벚꽃 꽃잎이 따뜻하고 쾌청한 봄날 분위기를 물씬 풍겼다.

"다녀오겠습니다."

새로운 하루에 뛰어들듯 밖으로 한 발짝 내디뎠다.

다녀와.

방 안에서 졸린 듯한 목소리가 들렸다.

내가 태어나고 자란 이곳은 쇠퇴하지는 않았지만, 그렇

다고 번성이라고 표현하기도 모호한 중소도시다.

동네를 터벅터벅 걸어 전철을 타고 두 정거장 간다. 역에서 똑바로 나아가 정보계열 전문학교에 발을 들여놓는다. 여기에 다닌 지 1년쯤 됐을까. 고등학교를 졸업하고 전에 없이 열의를 불태우며 면접이라는 면접은 다 받다가 겨우 채용된 가게에서 밤낮 없이 죽을 둥 살 둥 아르바이트를 했다. 하지만 지금은 이렇게 젊은이다운 생활을 손에 넣었다. 물심양면으로 지원해준 아버지에게 절로 고개가 수그려진다.

그런 추억은 일단 제쳐두고, 수업이 시작되기 전의 한가한 시간.

재수를 한 나는 같은 처지라 어쩐지 마음이 맞아 사이좋게 지내는 이성 친구에게 오늘 아침 느낀 기시감을 이야기했다. 무의식적으로 우편함을 뒤적거리는 행위에는 어떤 의미가 있을까 싶어서. 그러자 잡학다식한 친구는 지식을 총동원하여 말해주었다.

"그건 분명 기시감이 아니라 미시감일 거야."

"미시감?"

그게 뭔가 싶어 물어보았다.

이런 대답이 돌아왔다.

"경험한 적 없는데 경험한 것처럼 느끼는 게 기시감. 경험했는데 처음 경험하는 것처럼 느끼는 게 미시감. 네가 느낀 그건 일종의 미시감이겠지. 잊어버렸을 뿐 머릿속 한 구석에는 기억이 남아 있으니까 그렇게 느끼는 거야. 알아듣겠어?"

"전혀 모르겠는데."

솔직히 말하자 으그그 혀를 차면서 친구는 생각에 잠겼다. 말이 잘 통하지 않아서 답답한 모양이다.

"그러니까 내 말은 네가 옛날에 그런 경험을 했다는 뜻이야. 하지만 무슨 사정으로 잊어버린 거지. 고로 오늘 아침 행동에 기시감을 느꼈지만, 그건 사실 미시감의 회로에 따른……."

"어휴."

더 못 알아들을 이야기가 시작됐기에 신나게 떠드는 친구를 내버려두고 생각에 잠겼다. 방금 들은 이야기 중 옛날에 경험했지만 무슨 사정으로 잊어버렸다는 부분이 마음에 걸렸다. 그런 경우가 진짜 있을까 궁금해졌다.

실은 친구 말처럼 나에게는 기억이 확실치 않은 시기가 있다.

아버지가 사고를 쳐서 체포되고, 아사쓰키가 사고로 죽

었다. 나는 그로부터 반년쯤 절망적인 기분에 빠져 하루하루를 보냈다. 당시를 떠올리려 해도 앞뒤가 잘 맞지 않을 정도다. 그러므로 잊어버렸다면 그때가 아닐까 싶었다.

계기는 기억이 잘 안 나지만 결과적으로 이렇게 살다가는 큰일 나겠다 싶어 자력으로 다시 일어서는 데 성공했다. 100군데 넘게 아르바이트 면접을 본 활력도 그때 얻었다. 그리고 그동안 많은 기시감을 느낀 것도 사실이다.

예를 들어 아사쓰키 집에 가서 아사쓰키 어머니가 수첩을 보여주었을 때도.

한밤중에 돌아온 아버지와 손목시계 이야기를 나눴을 때도.

그밖에 고등학교 3학년 때 생긴 친구와 수영장과 자연공원에 갔을 때도.

아무튼 다양한 기시감을 느낄 때가 많았다. 관계없을지도 모르지만 왠지 그때마다 신기한 힘이 차오르는 기분이었다. 그 결과 아르바이트 면접에 마구 도전할 배짱이 생겼다. 이건 그냥 내 선입관일까. 아무래도 그 기시감이 의미심장하게 느껴졌다.

"따라서 일종의 미시감을 주장하는 입장으로서는 네가 평행세계 같은 곳에서 살았던 것이 아니냐는 가설을……."

빨간 테 안경이 잘 어울리는 친구는 나를 거들떠보지도 않고 지론을 종알종알 떠들어댔다. 마치 속사포 같아서 다른 학생들이 힐끔힐끔 쳐다볼 정도다.

야, 그쯤 해둬. 알았어, 알았다고.

평행세계가 있겠느냐고 생각했지만, 반론하면 더 시끄러워질 테니까 수긍한 척 적당히 이야기를 끝맺었다.

그리고 그건 이만 제쳐놓자는 뜻으로 화제를 바꾸었다.

"그것보다 요전에 소개해준다던 아르바이트 말인데."

"응? 아아, 역시 겸업하기로 했어?"

"응. 아버지한테 부담 주기도 싫고 해서."

"후후후. 약골치고는 남을 배려할 줄 아는구나."

"약골이 뭔 상관? 그나저나 아르바이트 말이야."

"응, 작은아버지 가게를 돕는 일이야. 뭐가 궁금한데?"

"시급은 얼마야? 아직 안 정했다고 했잖아."

"기뻐하게나, 사쿠라 군. 작은아버지가 파격적인 시급을 제시했어."

"진짜? 얼마인데?"

"500엔."

"사람 놀리냐!"

"아하하! 그렇게 말할 줄 알았어."

"야, 농담하지 말고."

"아쉽지만 부려먹을 생각밖에 없는 것 같아. 그냥 포기하셔."

"쩝, 제법 기대했는데."

그렇다면 지금 아르바이트 시간을 늘려야겠다고 생각하며 위를 올려다보았다.

젠장, 괜히 기대했네. 이제 점심을 좀 더 괜찮게 먹을 수 있을 줄 알았는데.

허탕을 치자 허탈한 마음에 또 한숨이 나왔다.

'……500엔이라.'

한편 이 순간에도 문득 기시감을 느꼈다.

500엔. 아무리 생각해도 시급이 너무 낮다.

그런데 왜일까. 어쩐지 그 금액이 너무 낮은 건 아니라는 생각도 들었다. 그때에 비하면 낫다는 묘한 기분에 사로잡혔다. 그때의 기억은 존재하지 않는다는 걸 알면서.

"그것보다 사쿠라……. 이제 곧 내 생일인데, 선물 뭐 줄거야?"

"주긴 뭘 줘. 돈 없는 거 알잖아."

"에이…… 이럴 때는 남자친구답게 척 사줘야지."

"누가 네 남자친구냐."

"사쿠라는 비앙카랑 플로라 중에 플로라를 선택할 것 같아."

"뭐야 갑자기. 그건 또 왜?"

"유부녀 더하기 어린 소녀 취향 같으니까."

"완전 생뚱맞은 대답인 데다, 둘 다 내 취향이 아니야."

"유부녀가 취향 아니야?"

"노."

"어린 소녀도?"

"노."

"풍만한 가슴도?"

"노."

"무지개의 네 번째 색깔은?"

"초록색."

"쳇, 안 걸리네."

"그 장난, 내가 가르쳐준 거잖아."

변함없이 제멋대로 이야기를 끌고 가는 친구에게 탄식했다. 뭘 하고 싶은 거냐 싶었다.

다만 그런 대화에서도 기시감, 아니 미시감 같은 것이 또 느껴졌다. 대체 이 감각은 뭘까.

창문으로 불어드는 봄바람을 쐬어도 묘한 기분은 가시

지 않았다.

　시간이 흘러 오늘 수업을 다 들었다.

　학교를 나섰지만 오늘은 아르바이트도 없으므로 집에 갈까 했는데.

　그 순간에도 신기한 감각이 찾아왔다.

　"……또다."

　어느 횡단보도 앞에 왔을 때다. 다시 기시감에 휩싸여 생각했다. 오늘 왜 이러지. 장난 아니게 기시감이 심하네.

　잿빛 빌딩들. 탁한 소용돌이같이 칙칙한 우산들의 행렬. 욕하는 듯한 빗소리. 비껴가는 사람들.

　그런 광경이 플래시백처럼 횡단보도와 겹쳤다. 비는 내릴 낌새도 없이 기분 좋은 오후인데.

　뭘까. 진짜 뭘까, 이 현상은. 무심코 횡단보도 앞에 멈춰서서 고심했을 정도다. 이 행동은 과연 우연일까, 필연일까.

　예상치 못한 만남이 기다리고 있었다.

　"안녕하세요."

　"네?"

　느닷없이, 정말 느닷없다는 말이 딱 들어맞는 만남이었다. 어느 틈에 멍하니 서 있는 내 옆에 나타난 걸까. 한 여자애가 환하게 웃으며 인사했다. 너무 갑작스러워서 어안이 벙벙해졌다.

"안녕하세요, 잘 지내셨나요?"

"엥? 어, 그러니까."

소녀는 나에게 생각할 틈을 주지 않았다.

당황한 나를 놀리듯이 하얀 카디건 차림의 소녀는 다시 인사를 던졌다. 너무 곤혹스러워서 이런 말밖에 안 나왔다.

"저기, 우리 아는 사이야? 어디서 본 적 있어?"

"네. 예전에 한 번, 그때와는 모습이 달라졌지만, 이 횡단보도에서 뵀었죠."

"아, 그게……."

큰일이다. 생각이 안 난다. 진심으로 기억에 없다.

잠깐, 잠깐. 이런 여자애는 짚이는 구석이 없는데. 진짜 생각이 안 난다.

그럼 혹시 사기 치는 건가? 계속 듣고 있으면 단돈 20만 엔에 행복을 가져다주는 항아리를 소개한다든가? 검은색 일색으로 차려입은 남자들이 둘러싼 위험한 밀실에서.

그런 이미지를 상상하자 위험하다 싶어 달아나기로 했다. 더 이상 얽히면 안 되겠다고 생각하며.

'……'

그런데 이때.

왜일까. 정말로 왜일까. 나도 모르겠지만.

자연스럽게 이렇게 말했다.

어딘가 먼 곳의 모르는 누군가가 말하듯이.

그 이유는 나도 모른다.

"난······ 아무것도 기억이 안 나지만 뭐랄까 너를, 아니 너희를 아는 것 같아. 이 기억은 뭘까. 언젠가 어디서 너희와 함께 웃었던 것 같아. 그런 기분이 들어."

거기까지 말하고 깜짝 놀랐다.

뭐야. 내가 지금 도대체 무슨 소리를.

완전히 헛소리를 한 것 같은데.

"후후후."

하지만 그런 나에게서 무엇을 보았는지 눈앞의 소녀는 사랑스러운 얼굴로 웃었다.

언젠가 본 듯하면서도 낯설기도 한, 그야말로 기시감과 미시감 사이에 해당하는 얼굴로.

"축하해요. 당신은 아무래도 도달한 모양이네요."

"뭐?"

난감했다. 소녀는 개의치 않고 말을 이었다.

어느 틈엔가 세상에서 색과 소리가 사라졌다.

신비한 세상에서 소녀의 목소리가 들렸다.

"세상은 언제나 같은 색. 내가 다른 색으로 보인다면 그건 당신이 변한 거예요. 이 세상에는 작은 기적이 수없이 많으니, 그 정도 호의가 있어도 나쁘지 않겠죠. 당신은 분명 괜찮을 거예요. 모두가 당신의 행복을 축복해줄 테니까."

"그거…… 앗, 어라?"

다음 순간 소녀가 눈앞에서 사라졌다.

어느새 세상은 소리와 색을 되찾아 원래대로 돌아왔다. 아지랑이 같은 만남에 얼떨떨했다. 지금 이건 뭐였을까.

신기하고 기묘하면서도 그리움이 느껴지는 정겨운 만남. 어째서인지 문득 웃음을 지었다. 내가 모르는 누군가의 웃음을 흉내 내어.

"작은 기적이라."

별 생각 없이 소녀의 말을 되풀이했다. 오늘 몇 번이나 느낀 기시감이 앞으로도 계속 찾아오지 않을까. 그런 기분이 들었기 때문이었다. 아무래도 이 세상에는 아주 신비한 뭔가가 흩어져 있는 모양이니까.

길가에 떨어져 구깃구깃해진 편지.

소년이 하늘을 날아가는 제비를 보고 두 팔을 활짝 펼치는 모습.

흩날리는 꽃잎 아래에서 누군가 꽃구경을 하는 서정적인 풍경.

여학생이 조금 낡은 가방을 들고 즐겁게 웃는 모습.

이렇듯 사소해 보이지만 반짝반짝 빛나는 희망과도 같은 것이.

그리고.

……이 세상에는 작은 기적이 수없이 많으니, 그 정도 호의가 있어도 나쁘지 않겠죠.

"응?"

소녀의 말이 떠오른 다음 순간.

존재하지 않을, 물거품 같은 기억이 머릿속을 스쳤다.

기적이 일어난다.

이건 대체 누구의 기억일까.

"안녕하세요. 오랜만이에요."

"앗."

또다. 생판 모르는 소년이 다가와 말을 걸었다.

오랜만에 만나는 그 소년이.

"당신 덕분에 드디어 제 인생의 의미를 찾았어요. 꽤 오래 걸렸지만 겨우 추가시간을 끝낼 수 있을 것 같아요. 마지막으로 감사 인사를 하려고 왔어요. 정말 고맙습니다."

"어……."

무슨 소리일까. 중학교 교복을 입은 소년의 말이 당황스러웠다.

예상치 못하게 재회한, 많이 성장한 소년의 목소리에 귀를 기울인다.

"분명히 절 기억 못하시겠죠. 그래도 전부 없었던 일이 되는 건 아니에요. 이 세상을 떠나기 전에 그걸 전하러 왔어요."

얼굴도 모르는 소년은 낡은 축구공을 들고 있었다.

그리운 그 모습에 눈 내리는 날이 떠올랐다.

옅은 녹색 눈에 신기한 감정과 그리움을 품는다.

우리 소원이 이루어졌다는 사실에 희망이라는 기적을 본다.

"당신에게 들은 투명한 이야기를 돌려드릴게요."

이름도 모르는 소년이 그렇게 말했다.

나와 소녀의 연결점인 소년이 그렇게 말했다.

"이제 생각이 안 나겠지만 예전에 당신에게는 소중한 사람이 있었어요. 이 이야기는 제가 사라지면 다시 투명해지겠죠. 하지만 지금 이 순간만은 당신을 행복하게 만들 수 있을 거예요. 제 인생의 큰 의미는 거기에 있어요."

소중한 사람. 누군지 알고 있다는 기분이 든다.

소중한 사람. 한시도 잊은 적 없다.

세상을 연결하는 작은 기적에 의해 시간과 공간을 넘어 우리는 만난다.

투명한 책에 적힌 이야기가 다시 우리 앞에 모습을 나타낸다.

"시작할게요. 예전에 당신이 들려준 이야기…… '시급 300엔의 사신'을."

……다시 만났네.

오늘 아침 잠에서 깼을 때 느낀 기시감이 미시감이 되어 찾아왔다.

투명해진 이야기가 다시 세상에 전해진다.

"저를 이끌어준 건 한 사신이었어요."

"아아, 그래. 그 녀석이 우리를 이끌어준 거야."

이제 생각이 안 나지만 소중한 사람이 곁에 있었다.

먼 세상에서 흐르는 눈물이 아무것도 모르는 내 눈동자에 희망을 외친다.

영원히 모를 줄 알았다. 두 번 다시 생각나지 않을 줄 알았다.

둘도 없이 소중한 사람의 기억에 눈물짓는다.

결국 이 아이가 여행을 떠나면 다시 잊어버릴 허망한 기억이다.

　하지만 이렇게 다음 세상으로 이어나가면 분명 언젠가, 잊어버렸을 무렵에 작은 행복으로 만날 수 있다. 잔혹한 세상에 한 줌의 호의가 더해지면 분명 세상은 멋있어진다. 나는 예전 기억을 떠올렸다.

　우리는 이야기를 나누었다. 우리를 이끌어준 소녀 이야기를 했다.

　기억나지 않지만 소중한 소녀에 대해 이야기했다.

　어디선가 그녀의 웃음소리가 났다.

　행복의 꽃이 길가에 한 송이 피었다.

예상치 못한 작가의 예상치 못한 작품

후지마루는 생소한 작가다. 일단 국내에 소개된 책이 『내일 나는 죽고 너는 되살아난다』 한 권밖에 없다.

후지마루는 2012년 10월 『내일 나는 죽고 너는 되살아난다』로 제19회 전격소설대상 '금상'을 수상하고, 2013년 2월에 수상작이 문고로 출간되어 작가로 데뷔한다. 작가 정보는 이 정도밖에 없다. 작품 수도 적어서 현재까지 출간된 책은 다섯 권. 『내일 나는 죽고 너는 되살아난다』 시리즈 네 권을 제외하면 작년 말에 출간된 소설 한 권뿐이다. 그리고 그 최신 작품이 바로 이 책 『너는 기억 못하겠지만』이다.

전격소설대상은 일본 출판사 가도카와의 사내 브랜드인 아스키 미디어워크스에서 1994년부터 주최하고 있는 소설 신인상이다. 판타지, SF, 미스터리, 연애, 청춘, 호러 등 장르를 불문하고 응모가 가능하지만, 수상작들의 성격을 보면 큰 틀은 '라이트노블'이라고 할 수 있겠다.

라이트노블. 일본 소설에 관심이 없더라도 책을 읽는 사람들이라면 이제는 귀에 익숙한 단어가 아닐까. 라이트노블을 한마디로 정의하기는 어렵겠지만, 젊은 세대를 타깃으로 만화풍 책표지와 삽화, 캐릭터성을 부각시킨 등장인물, 대화체의 적극적 활용을 라이트노블의 특징으로 볼 수 있지 않을까 싶다.

요즘 국내 출판계에서는 라이트노블(및 라이트한 소설들)의 인기가 높지만, 내 취향은 아니다. 그래서 이른바 라이트노블로 데뷔한 작가의 최신작에도 그렇게 큰 기대는 하지 않았다. 표지도 만화 같았고, 설정을 보건대 싼값에 사신 아르바이트를 시작한 고등학생이 '추가시간'을 살아가는 사자의 사연을 듣고 수수께끼를 풀어내어 성불시키는 라이트 미스터리겠거니 했다.

하지만 내용은 예상과 달랐다. 사자들의 사연은 생각했던 것보다 훨씬 무겁고 심각했으며, 세부 설정 또한 먹먹함을 자아냈다. 라이트급인 줄 알고 가볍게 읽기 시작했다가 헤비급 펀치를 맞은 것처럼 얼떨떨한 기분이었다.

이야기는 무겁지만 가볍고 짧은 문체로 가독성을 살렸고, 독특한 설정과 에피소드를 활용해 주제를 효과적으로 부각시킨다. 캐릭터도 판에 박힌 듯하지만 후반부의 변화에 주목할 만하다.

다 읽고 나서 내 좁은 견문을 반성했다. 표지가, 문체가, 캐릭터가 가볍다고 꼭 내용까지 가벼운 건 아니다. 몇몇 요소가 좀 가벼우면 어떠랴, 끝에 가면 뭉클 올라오는 것이 있는데.

어떻게 보면 『너는 기억 못하겠지만』은 라이트노블 형식을 빌린 작가의 인생론이라 할 수도 있겠다. 작품에 등장하는 '추가시간'이라는 설정에 '인생'을 대입하면 독자들도 크게 느끼는 바가 있지 않을까. 특히 '라이트'한 소설은 취향이 아니라는 독자에게는 꼭 한번 일독을 권해보고 싶은 작품이다. 시작은 가볍지만 끝에는 묵직한 감동이 기다리고 있으니까.

예상치 못한 작가의 예상치 못한 작품을 번역하는 것이 번역가라는 직업의 재미 중 하나가 아닐까 싶다. 이번에

후지마루라는 새로운 작가의 재미있는 작품을 번역할 수 있어서 기뻤다. 작가가 다음에는 무슨 작품을 쓸지 기대가 된다. 너무 오래 기다리지 않아도 되기를 바라본다.

2019년 1월
김은모

너는 기억 못하겠지만

1판 1쇄 발행 2019년 1월 16일
2판 6쇄 발행 2024년 12월 2일

지은이 후지마루 **옮긴이** 김은모
펴낸이 김영곤 **펴낸곳** (주)북이십일 아르테
일러스트 김주환 **디자인** 데시그
문학팀 김지연 원보람
해외기획팀 최연순 홍희정 소은선
출판마케팅팀 한충희 남정한 최명열 나은경 한경화
영업팀 변유경 김영남 강경남 황성진 김도연 권채영 전연우 최유성
제작팀 이영민 권경민

출판등록 2000년 5월 6일 제406-2003-061호
주소 (우 10881) 경기도 파주시 회동길 201(문발동)
대표전화 031-955-2100 **팩스** 031-955-2151

아르테는 (주)북이십일의 문학 브랜드입니다.

(주)북이십일 경계를 허무는 콘텐츠 리더

아르테 채널에서 도서 정보와 다양한 영상자료, 이벤트를 만나세요!
페이스북 facebook.com/21arte **인스타그램** instagram.com/21_arte
포스트 post.naver.com/staubin **홈페이지** arte.book21.com

ISBN 978-89-509-7897-6 03830

책값은 뒤표지에 있습니다.
이 책 내용의 일부 또는 전부를 재사용하려면 반드시 (주)북이십일의 동의를 얻어야 합니다.
잘못 만들어진 책은 구입하신 서점에서 교환해드립니다.